SILVERS GEHEIMNIS

MILLIARDÄR-BOSS-ROMANZE

DIE SAGA DER SILVER-BRÜDER
BUCH VIER

LACEY SILKS

„Jeder ist ein Mond und hat eine dunkle Seite, die er niemandem zeigt." ~ Mark Twain

.Schaut uns an, perfekt von außen, voller Geheimnisse
im Inneren. Die eine versteckt einen Sohn und die
andere einen Fötus. Keine Zwanzigjährige könnte mit
unserem Scheiß umgehen, also seid dankbar, dass
unsere Männer älter sind.
~ Laura Young, Silvers Geheimnis

Kapitel 1

Allie

Tristans Worte hallten wie eine Endlosschleife in meinen Ohren. „Du bist gefeuert. Du bist gefeuert. Du bist gefeuert."

Wie in Zeitlupe erhob ich mich von der Couch. Die Geschenkbox. Babyschuhe. Auf dem Schreibtisch meines milliardenschweren Freundes und Chefs. Völlig unangebracht. Was hatte ich mir nur dabei gedacht? Mein Timing war so schlecht wie das einer Bombe zünden, denn er hatte mich gefeuert, bevor ich meinem Chef sagen konnte, dass ich sein Kind erwartete. Wie konnte er mich nur gefeuert haben?

„Was?"

„Ich sagte, du bist gefeuert."

Oh mein Gott. Ich kann ihm jetzt nicht sagen, dass ich schwanger bin.

„Warum? Ich verstehe nicht. Ich dachte- Moment mal, was zum Teufel?"

„Überraschung!"

Die Bürotür flog auf, und ich sprang zurück. Laura, meine Mutter, die Flintstones und Emma kamen durch die Tür. Was machte Laura hier? Hinter der engsten Familie standen mehr unverschämt gutaussehende Männer, als ich je zuvor in einem

Raum gesehen hatte. Ich erkannte die Silver-Brüder, aber nicht die anderen. Mein Mund öffnete und schloss sich und öffnete sich wieder. Jemand ließ eine Konfettikanone knallen. Laura sah sich um, als suche sie nach denselben Antworten wie ich, während Tristans Vater eine Flasche Champagner öffnete. Ich drehte mich im Kreis auf der Suche nach Tristans Gesicht, aber gerade als ich ihn fand, prallte Emma gegen meine Seite. Sie schlang ihre Arme fest um mein Bein, schaute zu mir auf und klimperte mit den Wimpern.

„Was ist los, Ems? Was soll das?", fragte ich sie.

„Jippie! Ein Geheimnis weniger in meiner Schatzkiste!"

Scheiße. Das Geheimnis.

Laura umarmte mich als Nächste, während meine Augen immer größer wurden.

„Nimm. Die. Box. Vom. Schreibtisch."

Meine Bauchrednernummer muss gescheitert sein, denn Laura rümpfte die Nase und sah mich an, als würde ich den Verstand verlieren.

„Was?"

„Wenn du mich liebst, holst du diese Box mit Babyschuhen von Tristans Schreibtisch und rennst. Ich hab ihm noch nicht gesagt, dass ich schwanger bin."

„Allie, das ist verrückt. Er liebt dich, und du bekommst sein Kind. Er sollte es wissen."

„Ich widerspreche nicht, aber jetzt ist nicht der richtige Zeitpunkt. Ich möchte, dass es etwas Besonderes ist, nicht in einer Menschenmenge."

„Na gut, na gut. Ich hole sie, sobald er weggeht. Du solltest ihn ablenken. Ich bin sicher, dir fällt mit diesen Hormonen schon was ein."

Wie auf Stichwort wandte sich Tristans Blick der Box zu. Sein Mundwinkel hob sich, als er die Augen zusammenkniff und das Geschenk vom Schreibtisch nahm.

„Scheiße, scheiße, scheiße. Du musst mir jetzt helfen! Er wird sie öffnen!"

Hitze. Kälte. Mein Körper im Aufruhr. Goldene Sonnenstrahlen wie Seidenbänder zwischen den Jalousien. Die Geräusche verschwammen. Wurden lauter. Höher. Meine Beine gaben nach. Die kurzzeitige Schwerelosigkeit verwandelte sich in einen festen Griff, als Tristan mich in seinen Armen auffing, bevor ich auf den Boden fiel.

„Geht es dir gut?" Seine Lippen bewegten sich, aber ich konnte ihn nicht hören. Ein Summen der Besorgnis schwebte um mich herum, während ich mich auf Gesichter konzentrierte, bis ich Tristans Gesicht wieder fand.

„Geht es dir gut?", wiederholte er.

Er hat mich gefeuert?

Der Raum hörte auf, sich zu drehen. „Ja, ich glaube schon. Was ist passiert?"

„Du bist ohnmächtig geworden. Hast du heute schon etwas gegessen?"

„Ja, hab ich. Ich glaube, ich bin einfach ein bisschen überfordert, das ist alles. Kann mir jemand erklären, was hier los ist?"

Laura lugte hinter Tristan hervor und zeigte mir den Daumen nach oben. Sie stopfte die Box in ihre Handtasche, während Tristan seine Hand auf meinen Kopf legte.

„Es tut mir so leid, Allie."

„Ich ... ich habe kein Fieber."

Jemand stellte ein Glas mit Orangensaft neben meinen Kopf, und ich trank durch den gebogenen Strohhalm. Mein Herz hämmerte in meiner Brust. Tristan half mir zur Couch, während alle starrten. Das leise Gespräch wurde fortgesetzt, als ich mich setzte.

„Ich wollte nur sichergehen. Du siehst erhitzt aus."

Erhitzt?

Aber er hatte mich gefeuert. Ich war viel mehr als nur erhitzt.

„Hilf mir hoch", sagte ich.

Tristan zog mich am Ellbogen hoch, und wir entfernten uns von der Menge. Das Gespräch wurde wieder aufgenommen, und die Aufmerksamkeit der Familie ließ endlich nach.

„Champagner?" Greg reichte mir ein Glas, aber Tristan hielt ihn auf, bevor ich es ihm aus der Hand nehmen konnte. Dieser eine Moment löste in mir Panik aus. Wusste er irgendwie, dass ich nicht trinken durfte?

„Ich glaube, sie braucht noch eine Minute."

„Nein, ich denke, wir sind hier fertig." Ich drehte mich um und ging zur Tür, aber Tristan war schneller und versperrte mir den Weg, bevor ich den sich schließenden Rahmen erreichte. Eine Welle der Aufmerksamkeit floss in unsere Richtung.

„Wow, Allie, ich flehe dich an. Bitte lass mich erklären. Ich muss dich feuern."

„Du bist der Chef. Du musst nichts tun, was du nicht willst." Die Luft, die ich in winzigen Atemzügen einsog, half nicht. „Du willst offensichtlich nicht, dass ich ein Teil von Silver Securities bin."

Die ohrenbetäubende Stille im Raum ließ mich Tristans Gäste vergessen. Sie standen wie erstarrt da und starrten mich an, als hätte ich den Verstand verloren.

„Allie, Schatz. Du weißt nicht, was du da sagst."

Als er „Schatz" sagte, brach ich noch mehr zusammen. Ich unterdrückte die Schluchzer bei jedem kurzen Einatmen. Mein Handy vibrierte mit einer Nachricht von Emma. Ich griff in meine Tasche, um sie zu lesen:

Emma: Sei nicht traurig. Ich nenne meine Nichte oder meinen Neffen vorerst Baby-Maus ;)

Ich blickte durch den Raum zu ihr, wo sie am Fenster stand und lächelte. Ich wollte so sehr Teil dieser Familie sein, dass es wehtat. Tristans kleine Schwester hatte mir geholfen, mein Geheimnis zu bewahren, indem sie meine Blutwerte im Kran-kenhaus gefälscht hatte, im Austausch dafür, dass sie den Namen des Babys aussuchen durfte. Bisher kamen alle aus der Familie Feuerstein. Und ich liebte das auch.

Ich brach zusammen, und Tristan nahm mich fest in seine Arme. „Allie, es tut mir echt leid. Das mit der Kündigung ist nur Papierkram, damit ich dich für 'ne neue Stelle einstellen kann."

„Formalität?", schluchzte ich durch Tränen und Rotz und wiederholte: „Formalität wofür?"

„Es tut mir leid. Ich hätte wissen müssen, dass es überdramatisch sein würde. Es war ein langer Tag." Er blinzelte die Wolken weg und seine bernsteinfarbenen Augen hellten sich auf. „Vielleicht war es keine gute Idee, dich mit einem neuen Job zu überraschen."

Ich schluckte einen Schluchzer. „Ein neuer Job?" Dann: „Überdramatisch?"

Wenn überdramatisch ein Gesicht hätte, ja, es wäre jetzt Tristans. Aber konnte das wahr sein? Ich war nicht gefeuert? Würden wir wirklich wieder zusammenarbeiten?

„Wirklich? Ich arbeite noch für Silver Securities?"

„Natürlich tust du das. Ob du willst oder nicht, du gehörst für den Rest deines Lebens zu dieser Familie."

Meine Brust wurde etwas wärmer. Als ich heute Morgen aufgewacht war, war ich mir meines Weges so sicher gewesen, dass ich nie eine Bombe wie den Verlust meines Jobs vorhergesehen hätte. In dem Moment, als er mir sagte, dass ich gefeuert sei, dass ich möglicherweise schwanger und arbeitslos sein könnte, pflanzte sich ein Zweifel in mir ein, den ich nicht so leicht loswerden konnte. Ich ließ seine Hand los.

„Ich glaube, es geht mir jetzt gut. Was ist der neue Job?"

Er räusperte sich und stand auf. „Beruhigt euch alle."

Ein weiterer Moment der Panik überkam mich. Verdammt, wollte er etwa einen Heiratsantrag machen? Dafür war ich nicht bereit, aber andererseits dachte ich auch nicht, dass ich für dieses Baby bereit war.

„Allie geht es gut, aber ich habe ihr noch nichts von dem neuen Job erzählt."

„Sie sollte von einem Arzt untersucht werden." Meine Mutter hob die Augenbrauen. Sie sah mich seltsam an, als könnte sie direkt durch mich und meinen vorübergehend flachen Bauch hindurchsehen.

„Nein, wirklich. Mir geht's gut, Mama. Job? Welcher Job?" Ich konzentrierte mich auf Tristan.

Scheiße.

Ich war völlig neben der Spur. Diese Hormone spielten nicht nur mit meinem Körper, sondern auch mit meinen Instinkten.

Das Gespräch verstummte. Tristan drehte sich wieder zu mir um und nahm meine Hände in seine. „Wenn du einverstanden bist, wirst du die neue Abteilung bei Silver Securities zusammen mit einer neuen Partnerin leiten." Er zeigte auf Laura, und meine beste Freundin grinste von einem Ohr zum anderen.

„Was?" Ich starrte sie an und wandte mich ihr zu. „Du arbeitest mit mir? Für Silver Securities?"

„Juhu!" Sie hob ihr Champagnerglas zum Anstoßen. „Du kannst nicht behaupten, dass du eine bessere Partnerin bekommen könntest, oder?"

„Und du hast dieses Geheimnis vor mir bewahrt?"

Ich sah, wie Emma bei meinem Kommentar die Augen verdrehte. Na gut. Ich war eine Heuchlerin.

„Tut mir leid, aber auch wieder nicht."

„Moment mal – was genau werden wir tun?"

„Silver Securities hat sich mit einem lokalen Frauenhaus zusammengetan, um ein Reha-Team zu bilden. Das Green Team wird ermitteln, Beweise sammeln, für Sicherheit sorgen und hoffentlich die Verbrecher fassen. Die Wagner-Brüder haben ein Team gebildet, das euch bei den rechtlichen Aspekten unterstützen wird."

„Das Green Team? Nach mir?"

Er nickte, und meine Augen füllten sich mit Tränen. Oh, diese neuen Hormone waren wirklich eine Freude.

„Nach einer der stärksten Frauen, die ich kenne. Tut mir leid, Wilma."

Seine Mutter beugte sich hinunter und küsste ihn auf den Kopf, als wäre er noch ihr kleiner Junge, und mein Herz zog sich bei diesem Anblick zusammen. „Solange du glücklich bist, bin ich überglücklich."

Dann lehnte sie sich vor, um mich zu umarmen, und flüsterte mir ins Ohr: „Du siehst wunderbar aus, Allie."

„Danke."

Maggie und John Silver hatten meine Mutter so ins Herz geschlossen, dass sie sie gebeten hatten, dauerhaft ins Gästehaus zu ziehen, und sie hatte zugestimmt. Tristan hatte recht. Ich war Teil dieser Familie, und ich konnte es kaum erwarten, ihnen allen die gute Nachricht zu erzählen.

„Tristan, das ist wunderbar. Ich kann nicht glauben, dass du das getan hast."

„Ich weiß, wie schwer die letzten paar Monate waren. Es tut mir alles so leid, Allie. Sobald es dir besser geht, kann Silver Securities es kaum erwarten, dich dauerhaft hier zu haben."

Tristans Handy piepste, und er prüfte seine Nachricht. Er versteifte sich und starrte den langen Flur hinunter in Richtung Ausgang.

„Holt euch etwas zu trinken und esst. Mama hat Kokosnuss-Hefeschnecken gemacht, und sie wird nicht gehen, bis sie alle weg sind. Entschuldigt mich."

Er küsste mich auf die Wange und ging. Ich folgte seinem schnellen Schritt zur Tür hinaus, wo er im Flur verschwand. Der Duft von süßem Gebäck und Roastbeef-Sandwiches lenkte meine Aufmerksamkeit zurück in den Raum. Mir lief das Wasser im Mund zusammen und mein Magen knurrte. Der köstliche Geruch überwältigte meinen Widerstand, und ehe ich mich versah, saß ich hinter Tristans Schreibtisch mit einem Teller voller Obst, Sandwiches und Gebäck. Ich stopfte sie mir eins nach dem anderen in den Mund.

Emma saß auf dem Mahagonischreibtisch und ließ ihre Beine baumeln. „Na? Was meinst du?", fragte sie.

„Sie sind köstlich." Ich biss in ein cremegefülltes Windbeutelchen.

„Nein, Dummerchen. Ich meine wegen Baby Miezekatze."

„Ich denke, du solltest es weiter versuchen. Tristan wird nicht darauf anspringen."

„Dann lass uns ihn fragen." Sie wackelte mit den Augenbrauen.

„Lieber nicht." Ich stopfte mir den Rest des Windbeutelchens in den Mund. „Ich brauche dich, um dieses kleine Geheimnis noch eine Weile für dich zu behalten."

„Aber das ist nicht fair. Weißt du, wie viele Geheimnisse ich bewahren muss?"

„Viele?" Ich zog meinen Hals wie eine Schildkröte ein. „Aber das macht dich doch so besonders."

„Eines Tages, wenn ich hier arbeite, werde ich eine Regel einführen, dass es keine Geheimnisse gibt."

Mir drehte sich der Magen um, und Emma flüsterte: „Aber keine Sorge. Ich werde kein Wort über Baby Miezekatze verlieren."

„Psst."

Laura hüpfte auf die andere Seite des Schreibtisches. „Ich glaube, das ist das einzige Mal, dass Mr. Silver mich hier sitzen lässt. Aber sag ihm nicht, dass ich es getan habe."

Emma sprang vom Tisch. „Das war's. Ich bin satt. Das sind zu viele Geheimnisse, und ich habe Telefonate zu führen."

Sie schlenderte aus dem Büro, als gehöre es ihr, und Laura runzelte die Stirn. „Ich glaube, sie mag mich nicht."

„Das liegt nicht an dir. Es sind all die Geheimnisse, die sie bewahrt. Außerdem liebt sie es, auf Foxy aufzupassen", sagte ich.

„Hast du je daran gedacht, sie nach anderen Geheimnissen zu fragen, die sie vielleicht kennt? Du weißt schon, wie über James?"

„Denkst du, er verheimlicht etwas?"

„Ich weiß nicht, aber er geht jeden Monat zum Arzt."

„Warum fragst du nicht Emma um Hilfe? Sie liebt es zu ermitteln."

„Vielleicht."

Ich stupste mit dem Finger in ihren Arm. „Ich kann nicht glauben, dass du diese Überraschung vor mir geheim gehalten hast. Du wusstest, dass ich heute Morgen ins Büro gehe."

„Und du weißt, wie gut ich darin bin, Geheimnisse zu bewahren. Es musste eine Überraschung sein, also erschieß nicht den Boten. Und ich wurde mit einem mächtigen Schwert zur Geheimhaltung verpflichtet."

„Könnte dieses Schwert zufällig James' Schwanz sein?"

Sie hustete in ihre Hand und sah mich an, als würde ich den Verstand verlieren. James war der einzige anständige Kerl, mit dem sie je ausgegangen war. Während einer Lawine zusammen stecken zu bleiben, war das Beste, was ihnen hätte passieren können, sie konnten es nur noch nicht sehen.

„Es ist nicht sein Schwanz. Emma hat eine neue Besessenheit für Schwertsammlungen. Du solltest sie sehen. Ich meine wörtlich, dass sie mich mit dem Schwert zur Geheimhaltung dieses Jobs verpflichtet hat."

„Oh, tut mir leid."

„Nein, die Dinge laufen gut mit James. Richtig gut. Er ist ein guter Vater."

„Also ist es vielleicht an der Zeit, es ihm zu sagen?"

„Aber jetzt läuft alles gut", jammerte sie. Wenn es nach Laura ginge, würde sie Foxys Vaterschaft für immer geheim halten, nur um Konflikte zu vermeiden. Aber je länger sie wartete, desto größer wurde ihre Lüge.

„Du gräbst dir kein Grab, meine Freundin. Du bist schon auf der anderen Seite des Planeten! Was zum Teufel, Laura?"

„Ich versuche, es ihm zu sagen, aber jetzt werden wir zusammenarbeiten, und das bringt viele Vorteile mit sich, auf die ich noch nicht verzichten möchte."

„Welche Vorteile?"

„Sein Schwanz." Sie zuckte mit den Schultern. „Oder zumindest die Möglichkeit seines Schwanzes."

„Du hast also noch nicht mit ihm geschlafen?"

„Bitte, reib es mir nicht unter die Nase. Ich habe es genug selbst gerieben. Versteh mich nicht falsch, ich würde es gerne tun, aber ich kann mich nicht dazu bringen, weil" – sie zog die Schultern hoch und beugte sich nach vorne – „Weil..."

„Also, von welchen Vorteilen sprichst du?"

Ihr Mund verzog sich. „Seine Arme, sein Lächeln, und ich weiß bereits, was unter dieser Kleidung ist, auch wenn ich es seit drei Jahren nicht komplett gesehen habe. Aber verdammt, es hält mich nicht davon ab, mir all die unanständigen Dinge vorzustellen, die wir tun könnten."

Ja, ich wusste genau, was sie meinte, und meine Hormone auch. Bevor ich heute Abend angekommen war, hatte ich mir die alberne Vorstellung gemacht, wie Tristan mich in seine Arme nahm und hoch in die Luft wirbelte. Er wäre überglücklich, Vater zu werden, und würde mit diesem niedlichen Grübchen grinsen. Die Narbe auf seiner Oberlippe würde sich zu einem dieser sexy Daddy-Lächeln verziehen. Gott, er würde gut auf einem Spielplatz mit seinem Kleinen aussehen.

Verdammt, das schlechte Gewissen nagte an mir und machte mich ganz kribbelig. Ich müsste ihm sagen, dass ich schwanger war, sobald sich die Gelegenheit ergab. Ich blickte zum Fenster hinüber, wo er stand, groß und weise, und mit einem der Wagner-Brüder sprach. Ich konnte immer noch nicht glauben, dass der Mann, der in den Hörsaal gekommen war, mein Mann war. Als ich mich für meine Rache in die Firma eingeschlichen hatte, hatte ich keine Ahnung gehabt, dass er ein fester Bestandteil meines Lebens werden würde. Ein Leben, das sich in den letzten Monaten so schnell verändert hatte, dass es schwierig war, den kommenden Winter vorherzusagen. Schauer liefen mir über die Arme.

Das Grübchen vertiefte sich in seiner Wange und die Narbe auf seiner Oberlippe verwandelte sein Lächeln in ein sexy, schiefes Grinsen. Ach, wie gerne würde ich diese Lippe mit meinem Mund und meiner Muschi berühren. Seine whiskeyfarbenen Augen bemerkten meinen Blick, und meine Brustwarzen verhärteten sich. Seine tiefe Stimme ließ mich erschaudern. „Alles in Ordnung, Allie?" Mein Herz machte einen Satz bei seinem besorgten Tonfall.

„Du musst es ihm sagen", drängte Laura. „Ihr zwei seid füreinander bestimmt, ohne Frage."

„Und du kannst dein Geheimnis nicht für immer bewahren. Foxy wird größer."

„Das stimmt nicht. Ich dachte, ich könnte ihn James nicht vorstellen, aber bisher hat es funktioniert. Und Ems bewahrt das Geheimnis."

„Bis sie platzt."

„Ich habe die Verbindung vielleicht nicht hergestellt, Laura, aber James würde es tun, wenn du aufhören würdest, Foxy in Kostüme zu stecken."

„Laila liebt Clowns. Wir waren im Park, um die Enten zu füttern, und wir waren sogar im Aquarium. Siehst du? Qualitätszeit. Die Dinge laufen gut. Irgendwie."

„Du hast Foxy geschminkt, damit sein Vater ihn nicht erkennt", flüsterte ich laut.

„Sagt die Frau, die ihrem Freund noch nicht gesagt hat, dass sie schwanger ist."

„Psst." Meine Mutter schielte aus der Ecke zu mir herüber. Ich hatte sie gestern besucht, um zu sehen, wie sie sich einlebte, und sie strahlte regelrecht. Der Umzug und die Sicherheit, die die Silvers ihr gegeben hatten, war etwas, das ich nie zurückzahlen könnte. Und niemand ließ mich fühlen, als müsste ich es. Ich würde Tristan von unserem Baby erzählen, wenn die Zeit reif war, nicht früher und nicht später. Und diese Zeit war definitiv nicht jetzt. Oder doch?

„Es ist noch früh, aber ich sage es ihm bald. Ich werde das auf keinen Fall so lange durchziehen wie du."

Sie sank in ihren Sitz und griff nach einem Brownie mit Marshmallow-Topping.

„Das habe ich früher auch gesagt. Dann traf ich James und lernte ihn wirklich kennen... und alles änderte sich. Er ist ein fantastischer Vater. Und diese Augen..."

Sie seufzte, wie ich sie noch nie seufzen gehört hatte. Ich war mir nicht sicher, ob sie von den Augen ihres Sohnes oder von James' sprach, aber es spielte keine Rolle – denn sie hatten die gleichen Augen. Die Tatsache, dass James es nicht bemerkt hatte, verblüffte mich. Andererseits hatte Laura ihre Wahrheit gut vertuscht. Bereute sie es, James nicht früher die Wahrheit gesagt zu haben? Ein guter Vater hatte zwei Jahre im Leben seines Sohnes verpasst.

Ich berührte ihren Arm. „Laura-"

„Hast du diesen Bart gesehen? Ich meine, wie viele Zwanzig-jährige könnten so einen Bartwuchs haben?"

„Ich weiß genau, was du meinst. Die Ausdauer, die Erfahrung, kein Bullshit. Umso mehr Grund, es ihm früher als später zu sagen."

„Sieh uns an", schnurrte sie. „Nach außen hin perfekt, innen voller Geheimnisse. Die eine versteckt einen Sohn und die andere einen Fötus. Kein Zwanzigjähriger könnte mit unserem Scheiß umgehen, also sei dankbar, dass sie älter sind."

Tristan würde sich freuen, wenn ich ihm sagte, dass ich schwanger wäre, oder?

„Ich glaube nicht, dass sie eine Ahnung haben, was auf sie zukommt."

Laura lachte, und ich sank tiefer in die Couch. Ich drehte meinen Kopf zu ihr. Sie griff zum Beistelltisch neben sich und reichte mir eine Schokoladentrüffel-Praline. Ich biss in die Süßigkeit, und die Schokolade schmolz auf meiner Zunge. Die maßgefertigten Pralinen mit dem eingestanzten Silver Brothers-Logo waren immer in einer Schale in Tristans Penthouse zu finden und offiziell meine Lieblinge.

„Wer ist die Rothaarige?", fragte Laura.

„Was?"

„Groß, dünn und besitzergreifend."

Ich richtete mich auf. Ich suchte den Raum ab, konnte aber die Frau, die Laura beschrieben hatte, nicht sehen.

„Besitzergreifend worüber? Hat Foxy dich nachts wachgehalten?"

„Nein, aber sein Daddy schon." Sie zwinkerte. „Ist dir klar, dass wir den gleichen Nachnamen haben werden, wenn wir sie heiraten?"

„Heirat steht nicht zur Debatte."

„Das ist hypothetisch, Dummerchen. Es ist ja nicht so, als ob ich dieses Prachtexemplar von Mann jeden Morgen neben mir aufwachen sehen will, nur damit ich ein übriggebliebenes Krümelchen aus seinem Bart picken kann."

„Igitt, eklig. Ich bin froh, dass Tristans Bartwuchs nicht lang genug ist, um Essensreste aufzufangen."

„Du würdest widersprechen, wenn du James tatsächlich in all seiner Pracht sehen würdest. Sie machen keine Jungs mehr in seiner Form. Diese Jahre der Erfahrung sind hart erarbeitet."

„Können wir bitte aufhören, über Bartwuchs und Männer im Allgemeinen zu reden, zumindest bis du tatsächlich mit ihm geschlafen hast? Ich bin schon geil genug. Also, was hast du über eine Rothaarige gesagt?" Ich nahm einen Schluck Wasser. Ich trug die Flasche überall mit mir herum, weil der Arzt sagte, dass Hydration wichtig sei.

„Ich habe sie vorhin im Flur bei den Toiletten gesehen. Ich dachte, sie wäre Tristans Sekretärin, weil sie miteinander sprachen."

„Tristans Sekretär ist blond und steht da drüben." Ich zeigte auf Greg, der sich mit einem der Wagner-Brüder unterhielt. Die Anwälte saßen im Wartebereich draußen und genossen, was wie ein seltener Moment des Friedens aussah. Ich betrachtete die Versammlung. Dieses Unternehmen und all seine Mitarbeiter verblüfften mich. Die Teamarbeit und Sorgfalt, Brüderlichkeit, Freundschaften, nahe Verwandte und vertrauenswürdige Belegschaft funktionierten aus einem Grund, und ich konnte diesen Grund direkt vor mir sehen. Sie vertrauten einander, und das war einer der vielen Gründe, warum ich Tristan vertraute.

„Nein, die Rothaarige war definitiv eine Frau", sagte Laura. „Der übergroße Hut ist dir nicht aufgefallen?"

„Nein, die Schokoladencroissants schon."

Sie musterte mich und grinste, als wüsste sie etwas, das ich nicht wusste. „Ich weiß, man sagt, du isst für zwei, aber die tägliche Kalorienmenge, die während einer Schwangerschaft benötigt wird, ist nicht so hoch."

„Halt die Klappe und urteile nicht. Es ist das Einzige, was die Hormone im Moment in Schach hält. Davon steht nichts in den Büchern, aber ich hab's gegoogelt."

„Du hast es gegoogelt? Du hättest mich auch fragen können, weißt du. Dreiundsiebzig Prozent der schwangeren Frauen erleben einen gesteigerten Sexualtrieb."

„Du warst jünger. Ich bin älter."

Sie lachte. „Ich bin vor drei Jahren schwanger geworden, Schätzchen. Willkommen im Club der Anfang-Zwanziger-mit-Babybauch."

„Was ist vor drei Jahren passiert?" James reichte Laura ein Glas Wein. Sie wurde blass und nahm schnell einen Schluck.

„Wir haben uns an unser Weihnachtsfest in Colorado vor drei Jahren erinnert."

Laura nahm noch einen Schluck und warf mir einen Blick zu, der sagte, ich solle verdammt nochmal die Klappe halten.

Sein Mundwinkel hob sich. „Ja, das war wirklich eine lebensverändernde Nacht, oder? Es ist ein Wunder, dass alle lebend davongekommen sind."

„Hey, wer war die Rothaarige, die vorhin mit Tristan gesprochen hat?", fragte ich ihn.

„Rothaarige?" Seine Stirn runzelte sich, und für einen Moment dachte ich, er wüsste genau, wer es war. „Niemand, von dem ich wüsste."

„Das muss seine Geliebte sein." Laura senkte ihre Stimme, und ich verdrehte die Augen.

„Tristan hat keine andere Frau", sagte ich.

„Das war hypothetisch gemeint."

„Nun, er hat auch keine hypothetische Frau."

James schüttelte den Kopf. „Ihr beide bringt mich zum Lachen."

„Warum sollte er sie in einen Konferenzraum mitnehmen?", fragte sie.

James blickte über seine Schulter in Richtung Haupthalle. „Rothaarig, sagst du?"

„Sie sind zusammen in den Konferenzraum gegangen?", formte ich mit den Lippen.

Die Neuigkeit landete in der Grube meines bodenlosen Magens und überzeugte mich davon, dass ich noch ein Croissant brauchte.

„Es ist wahrscheinlich eine Kundin."

„Am Wochenende?"

„Es gibt keine Wochenenden, wenn man ein Unternehmen besitzt."

„Laura hat recht. Unsere Arbeit ist Teil unseres Lebens, und Geschäftszeiten sind rund um die Uhr. Mit Vorteilen. Entschuldigt mich für einen Moment."

James verließ Tristans Büro und beschleunigte seinen Schritt den Flur hinunter.

„Ist es normal, dass James so weggeht?", fragte ich.

„Nein, ist es nicht, aber ich bin sicher, es ist nichts."

„Genau das sagst du immer, wenn es doch etwas ist."

Tristan kam später am Nachmittag zurück, aber ich sah James nicht wieder. Ich fuhr mit Laura nach Hause, und wir holten Foxy auf dem Weg vom Babysitter ab. Während mein Patenkind in seine Routine verfiel, konnte ich das nagende Gefühl der Angst nicht abschütteln, das mich aus dem Nichts überfallen hatte. Die Unruhe wurde nur schlimmer, also duschte ich und beschloss, Tristan zu überraschen. Ich zog sexy Unterwäsche an, die der Fantasie keinen Spielraum ließ, warf einen langen Mantel über und machte mich auf den Weg nach Manhattan. Irgend-etwas musste nachgeben, und ich betete, dass es meine Hormone waren.

Als ich eine halbe Stunde vor unserem Treffen am Hafen ankam, rechnete ich nicht damit, Simone schon vorzufinden. Ihr Überraschungsauftritt hatte Hartleys Handschrift in Neonbuchstaben. Ich schluckte den bitteren Geschmack hinunter. Sie saß an einem privaten Tisch nahe dem Balkonende mit Blick auf die vertäuten Boote. Eine Möwe landete auf dem Geländer, und sie warf ein Stück Brot in die Luft. Der Vogel erhob sich und fing den Leckerbissen. Simone lachte, und der Klang ihrer Stimme traf mich wie ein Blitz aus heiterem Himmel. Eine Flut von Erinnerungen brach über mich herein, und mein Herz öffnete sich, schmerzerfüllt von den glücklichen Jahren, die wir geteilt und verloren hatten.

Yachten wiegten sich sanft in der Hafenbucht. Das Geräusch von Metall, das gegen Metall klirrt, hallte durch den Hafen. Simone nippte an einem Getränk und blickte über die Bucht dorthin, wo die Silvers wohnten. Ich hatte ihr so viele Fragen zu stellen, dass ich nicht wusste, wo ich anfangen sollte, aber ich brauchte die Antworten, weil Allie sie ebenfalls verdiente. Wir alle verdienten sie. Der wärmere Herbsttag trug einen frischen Hauch von Veränderung in der Luft.

Ich räusperte mich am Tischrand, und sie drehte sich auf ihrem Sitz um, was sich wie in Zeitlupe anfühlte. „Hallo, Simone."

Als sie mir endlich gegenüberstand, blieb die Zeit stehen.

Wie kann das möglich sein?

Die fünfzehn Jahre, in denen ich dachte, sie wäre verschwunden, waren wie weggewischt, und ich war wieder der junge Mann, der sich Hals über Kopf in ihr sommersprossiges Gesicht verliebt hatte. Die Zeit hatte ihr gut gedient. Ihre roten Locken fielen über ihr üppiges Dekolleté.

„Tristan." Sie lächelte, erhob sich von ihrem Sitz und ging um den Tisch herum, während ich wie angewurzelt stehen blieb. Sie schlang ihre Arme um mich, bis meine Glieder einer Umarmung nachgaben, von der ich nie gedacht hätte, sie wieder zu spüren.

Als sie mich heute Morgen auf dem Friedhof überrascht hatte, hatte sich der Moment nicht real angefühlt, und ich konnte nichts von dem, was sie sagte, verstehen. Von der kurzen Erklärung über ihre Gefangenschaft im Haus ihres Vaters bis zu ihrer Dankbarkeit für seinen Tod klang es, als wäre sie aus der Hölle zurückgekehrt.

Ich blinzelte wiederholt und versuchte, die Situation zu verarbeiten, die ich gestern noch für unmöglich gehalten hatte: Simone war am Leben.

„Ich kann nicht glauben, dass ich dich endlich in den Armen halten darf." Sie verstärkte ihre Umarmung und schlängelte ihre Hände um meinen Rücken bis zu meinem Nacken. Ihr Körper presste sich an meinen, als wäre er dazu bestimmt, für immer dort zu bleiben. Ihr warmer Atem sandte einen Schauer von Nervosität entlang meiner Wirbelsäule, die Haare in meinem Nacken stellten sich auf. Ich hatte kein Recht und keinen Grund, mich von der Macht ihres Körpers über meinen verführen zu lassen. Ich liebte Allie. Kostbare Zeit war vergangen, und die Uhr, die in meinem Herzen tickte, konnte nicht zurückgedreht werden. Ich löste ihre Arme von meinem Nacken, trat zurück und zog ihren Stuhl zurück.

„Ich versichere dir, niemand ist überraschter, dich hier zu sehen, als ich."

Sie nahm Platz und schlug ein Bein über das andere. „Also, du hast mir Chrysanthemen gebracht? Hätte ich Perlen und Rosenparfüm tragen sollen?"

Ich rieb mir das Kinn.

„Nur ein Scherz. Es tut mir leid, ich hätte nicht so auftauchen sollen. Ich habe mir Sorgen gemacht, als du heute Morgen davongelaufen bist."

„Ich hatte nicht erwartet, dich an deinem Grab zu sehen."

„Richtig." Der gleiche Trotz, an den ich mich erinnerte, funkelte in ihren Augen. Simone machte die Dinge auf ihre Art, obwohl es schien, als hätte Hartley ihr das – zumindest vorübergehend – geraubt.

Der Kellner brachte mein Getränk. Unsere Gläser klirrten, und ich leerte den Whiskey in einem Zug, ihre hochgezogene Augenbraue ignorierend.

„Die Party bei der Arbeit ist gut gelaufen?"

Ich kniff die Augen zusammen. Ihr untypischer Besuch bei Silver Securities hatte mich überrascht. Andererseits war von den Toten aufzuerstehen auch nicht gerade charaktertypisch.

„Ja. Wir haben gefeiert."

„Neue Mitarbeiter?" Sie neigte den Kopf.

„Ja. Die Arbeit hat zugenommen. Dein Vater hat uns beschäftigt gehalten."

„Das kann ich mir vorstellen. Dein Geschäft ist nicht das Einzige, das gewachsen ist."

Ich lehnte mich vor. „Was meinst du damit?"

Sie winkte abweisend ab. „Nichts. Nur Familienkram, mit dem ich mich nach seinem Tod beschäftigen musste."

„Kann ich dir irgendwie helfen?"

Ich war dabei, ihren Onkeln rechtliche Dokumente zuzustellen; die Wagner-Brüder wollten mit dem Fall vorankommen. Es war an der Zeit, dass sie die Verantwortung für den Schaden übernahmen. Ohne die Finanzierung der Hartleys hätte der korrupte Kongressabgeordnete Donaldson nicht die Unterstützung, um gegen den vorgeschlagenen Gesetzentwurf zum Menschenhandel zu kämpfen.

Ihr Mundwinkel hob sich, und sie musterte mich. „Möglicherweise. Weißt du, zum ersten Mal in meinem Leben kann ich endlich nach vorne blicken."

Sie streckte die Hand über den Tisch aus und legte sie auf meine. Ich zog mich zurück, und sie bemerkte mein Unbehagen. Sie zog das Angebot zurück und umklammerte ihr Weinglas.

„Simone-"

„Ich erwarte nicht, dass du und ich zu dem gleichen Punkt zurückkehren, an dem wir aufgehört haben." Sie nahm einen kalkulierten Atemzug, verlagerte ihr Gewicht und lehnte sich vor. „Aber ich muss dir danken. Ohne deine Arbeit und dein Team, die nach Kendra und all den anderen gesucht haben... Was ich sagen will, ist, dass ich nie aus dem Griff meines Vaters befreit worden wäre, wenn es dich nicht gäbe, Tristan. Wer auch immer ihn getötet hat, verdient meine volle Dankbarkeit. Jetzt bekomme ich eine weitere Chance, und das ist alles, worum man bitten kann."

Ich hatte die Fallakten versiegelt. Simone durfte nie erfahren, dass Allie in jener Nacht dort war. „Es tut mir leid wegen deines Vaters."

„Danke, aber es fällt mir schwer, Mitleid mit einem Mann zu haben, der mich von dem Mann ferngehalten hat, den ich liebe."

„Simone-"

„Ich verstehe es. Du bist wahrscheinlich weitergezogen. Aber ich habe nie aufgehört zu hoffen, dass ich eines Tages zumindest die Chance hätte, dich wiederzusehen. Um es zu erklären." Als sie das zweite Mal die Hand ausstreckte, berührte sie meine Wange. Ich legte ihre Hand unbehaglich zurück auf den Tisch.

„Was ist passiert? Wie ist das möglich? Sie haben mir gesagt, du wärst tot. Ich war bei deiner Beerdigung."

Sie nippte an ihrem Weinglas. Als sie es wieder auf den Tisch stellte, wurden ihre Augen glasig. „Warum fangen wir nicht mit den Vorspeisen an?" Sie lächelte, und meine Atmung verlangsamte sich, als Erinnerungen an die Zeit, in der dasselbe Lächeln mein Leben beherrschte, zurückkehrten.

„Ja, natürlich."

Essen war mir gerade völlig egal, aber Simone bestellte eine Tapas-Platte zum Teilen. Sie schien auch keinen Hunger zu haben, nur den Wunsch, in meiner Gesellschaft zu bleiben. Ich konnte ein ähnliches Bedürfnis nicht leugnen. Ich hatte zu viele Fragen und viel zu wenige Antworten.

„Ich kann dir gar nicht sagen, wie glücklich ich bin, dich hier zu sehen. All diese Jahre dachte ich, du wärst weg. Ich... Herrgott, ich dachte, ich hätte deinen Tod auf dem Gewissen."

„Was passiert ist, war nicht deine Schuld. Es war die meines Vaters. Er hat dir erzählt, ich wäre tot, aber offensichtlich war ich es nicht."

Mistkerl.

„Lange Zeit dachte ich, er hätte die Bremsen manipuliert oder so, aber die Forensik ergab keine Anzeichen für Manipulation. Und das ergab Sinn, weil du seine Tochter warst. Er hätte dir nicht geschadet."

Ein ferner, stumpfer, leerer Blick überschattete ihr Gesicht. „Da bin ich mir nicht so sicher."

„Was?"

„Du denkst, mein Vater hat sich tatsächlich um mich gekümmert?"

„Du warst seine einzige Tochter. Natürlich hat er sich gekümmert."

Sie schüttelte verneinend den Kopf. „Mein Vater hatte nur seine Affären und sein Geld im Kopf. Nichts mehr und nichts weniger. Es war ihm scheißegal, ob ich in diesem Auto saß. Er wollte die perfekte Rache an dir und Silver Securities, und als sie mich lebend fanden, bekam er, was er wollte und mehr. Er behielt mich für sich."

Ein ekelerregendes Gefühl wirbelte in meinem Magen. „Hat er dir wehgetan?"

„Er hielt mich den Großteil meines jungen Erwachsenenlebens eingesperrt. Er hielt mich von dir fern."

Richtig. Natürlich hatte er ihr wehgetan, aber das war nicht, was ich meinte. Vielleicht war ich doch nicht so bereit für all die Details, wie ich dachte.

„Die Beerdigung und dein Grabstein?"

„Das war alles nur Show."

„Wer wusste sonst noch davon?"

„Meine Mutter ist die Einzige in meiner Familie, die es nicht wusste. Alle anderen sind loyal. Als Vater den Pakt mit den Silvers und Wagners brach, schwor er, uns auseinanderzubringen. Du weißt, er hasste die Idee von uns beiden zusammen."

Arme Candice. Simones Mutter....

„Dein Vater hat mit Minderjährigen gehandelt", erinnerte ich sie.

„Angeblich. Er wurde nie angeklagt."

Weil er tot war. Verteidigte sie ihn?

„Wir waren dem Fall auf der Spur, aber wohl nicht schnell genug."

„Ihr hättet ihn nicht gekriegt." Sie richtete sich auf und straffte die Schultern. „Er war berechnend und immer zwanzig Schritte voraus. Erst sein Tod hat mich befreit."

„Was meinst du damit?" Ich beugte mich vor, die Augen auf sie gerichtet?"

„Der Mord lenkte sie ab, und ich fand endlich meine Chance."

„Und jetzt? Sie suchen nicht nach dir?"

„Keine Sorge, Tristan, sie werden mich nicht anrühren. Ich trage ihren Nachnamen."

Ich rutschte auf meinem Stuhl herum und lehnte mich zurück. Der Kellner brachte die Tapas-Platte und ein frisches

Getränk, als ich den letzten Schluck aus meinem Glas nahm. Das erste Gefühl der Entspannung, das ich erwartet hatte, war noch lange nicht da. Simone hingegen sah aus, als hätte sie keine Sekunde des Lebens verpasst. Von ihrer karamellfarbenen Bräune bis hin zu ihren manikürten Nägeln suchte ich nach Spuren von Schmerz und Stress, konnte sie aber nicht sehen. Andererseits zeigten sich nicht alle Schmerzen in körperlichen Symptomen, und ich wusste das besser als jeder andere.

„Greif zu." Ich zeigte auf das Essen.

Sie stach mit der Gabel in die frittierte Aubergine mit Honig und Rosmarin.

„Was wäre passiert, wenn er nicht gestorben wäre?", fragte ich. „Ich meine, fünfzehn Jahre lang wusste niemand, dass du am Leben warst. Er muss einen Plan gehabt haben."

Ihr Blick senkte sich auf den Teller. Sie musterte die Aubergine, als würde sie alle Antworten enthalten, und zögerte, einen Bissen zu nehmen. Als sie wieder aufsah, war der Schatten, den ich auf ihrem Gesicht zu sehen geglaubt hatte, verschwunden.

„Wenn er einen Plan hatte, hat er ihn nie mit mir geteilt." Ihr Tonfall hob sich, und ich war froh, dass wir einen abgeschiedenen Bereich gewählt hatten.

„Ehrlich gesagt, Tristan, sein einziger Plan war, dich leiden zu lassen. Das ist alles. Aber ich möchte lieber nicht über meinen Vater reden, und so schwer es auch sein mag, je eher ich das alles vergessen kann, desto besser. Ich möchte die Vergangenheit dort lassen, wo sie hingehört. Jetzt, da er weg ist, kann ich mit meiner Arbeit vorankommen."

„Arbeit?"

Sie atmete tief ein und aus. Mein Instinkt erwachte, als ich das sich langsam aufbauende Lächeln erkannte. Hartleys Plan mochte mit ihm gestorben sein, aber Simones war definitiv lebendig.

„Ich weiß Dinge."

„Was für Dinge?" Ich hielt ihrem Blick stand, bis die Welt um uns herum verschwand und nur noch wir beide da waren, Geheimnisse teilend und Zukunftspläne schmiedend. Fast wie früher, aber nicht ganz. Als ich in ihren Augen forschte, wurde mir klar, dass es nicht mehr dieselben waren, an die ich mich erinnerte. Etwas hatte sich verändert; wenn sie dachte, sie könnte das Trauma verbergen, lag sie falsch.

„Dinge, die er versteckt und vor der Welt geheim gehalten hat. Häuser, Verstecke, Papiere."

Gut. Ich konnte nicht leugnen, dass sie mich gepackt hatte.

„Alle hatten Angst vor ihm. Er hatte diese Firma, eingetragen als GmbH auf Mauritius. Nicht nachverfolgbar und unantastbar."

Sie log. Das konnte ich sehen. Ein vertrautes Lächeln hob ihren Mundwinkel. Ich erinnerte mich an dieses überhebliche Selbstvertrauen von damals, als sie unkontrollierbare Partys schmiss.

Ihr Handy piepste, und ich wartete, während sie die Benachrichtigung überprüfte. Der Wind blies, und Simone strich ihr rotes Haar hinters Ohr. Ich hatte schon oft gesehen, wie Frauen ihre Zuhälter verließen, aus Missbrauchsbeziehungen flohen und der Gefangenschaft entkamen, häufiger als mir lieb war, und für jemanden, der die letzten fünfzehn Jahre gegen ihren Willen festgehalten worden war, sah sie verdammt gut aus.

Sie legte ihr Handy auf den Tisch. Ihre Wangenknochen hoben sich, und ihre Augen funkelten, als hätte sie gerade im Lotto gewonnen.

„Alles klar?", fragte ich.

„Wunderbar, eigentlich. Die Wohltätigkeitsorganisation, für die ich mich engagiere, hat gerade eine Spende erhalten."

„Das ist toll. Du arbeitest schon?"

„Ich dachte, ich hätte genug Zeit verloren." Sie zuckte halbherzig mit den Schultern, dann beugte sie sich vor und griff über den Tisch, nahm meine Hände zwischen ihre. „Apropos, ich wollte wissen, ob es eine Möglichkeit gibt, dass wir diese verlorene Zeit auch nachholen könnten."

Ich zog meine Hände langsam aus ihren und schluckte schwer.

„Oh." Sie senkte ihre Hände unter den Tisch. „Es tut mir leid. Ich hätte merken müssen, dass du weitergezogen bist."

Ich konnte immer noch nicht glauben, dass sie am Leben war und vor mir saß. Als ich heute Morgen aufgewacht war, hatte ich nicht einmal an Simone gedacht; und jetzt nahm sie den größten Teil meiner Gedanken ein. Nicht weil ich sie liebte - zumindest nicht so. Ich sorgte mich um die Frau, von der ich dachte, sie sei gestorben. Meine Trauer war mit der Zeit geheilt, und ich hatte sie bereits losgelassen.

„Sei nicht so traurig, Tristan. Jetzt haben wir die Chance, zusammenzuarbeiten."

Ich ließ meine Gabel fallen und fingerte ungeschickt danach. „Was meinst du damit?"

„Ich habe gehört, dass Silver Securities eine neue Abteilung gegründet hat." Sie lächelte. „Dein Kampf gegen Menschenhandel hat mich dazu inspiriert, mich bei Hope for Hope zu engagieren."

Und da war es. Dieser hinterhältige Funke, an den ich mich erinnerte, loderte in ihren Augen. Silver Securities arbeitete direkt mit Hope for Hope zusammen, und es hätte mich nicht überraschen sollen, dass Simone einen Weg in mein Leben finden würde – einfach so.

„Ich dachte, ich hätte Erfahrung auf dem Gebiet, weißt du. Ich weiß, was diese Frauen durchgemacht haben. Ich kann ihnen helfen."

„Tut mir leid, dir sagen zu müssen, dass ich nicht derjenige bin, mit dem du zusammenarbeiten wirst. Die Abteilung hat neues Personal."

„Toll. Ich kann es kaum erwarten, sie nächste Woche bei der Spendenveranstaltung kennenzulernen."

„Was?"

„Das Dinner, das du nächsten Freitag organisierst, um auf

Frauenbelange aufmerksam zu machen? Ich bin einer der Sponsoren von Hope for Hope."

Ich lehnte mich in meinem Stuhl zurück. „Du warst ziemlich beschäftigt, seit Jeff gestorben ist."

„Ich finde, es ist besser, sich in die Arbeit zu stürzen, als den Kopf hängen zu lassen wegen Dingen, die man eh nicht ändern kann. Ich konzentriere mich lieber auf das Positive, wo ich einen Beitrag leisten und was ich kontrollieren kann. Und das ist unsere Zukunft."

Unsere Zukunft?

Ihr Blick bohrte sich durch mich hindurch und hielt mich an Ort und Stelle fest, bis eine Möwe vorbeiflog.

Gedankenverloren ließ ich die Eiswürfel in meinem Glas kreisen und warf einen Blick auf meine Uhr, obwohl ich für den Abend keine anderen Pläne hatte, als Allie zu finden, mich in ihrer Muschi zu verlieren und diesen Tag zu vergessen.

„Tut mir leid, das hier abzukürzen, Tristan, aber ich muss los. Die Pflicht ruft."

„Du hast gerade deinen Vater beerdigt."

Ich stand mit ihr auf. Sie suchte in ihrer Handtasche nach ihren Autoschlüsseln, und als sie sie gefunden hatte, trat sie näher und schaute hoch.

„Nein, Tristan. Mein Vater starb an dem Tag, als er mich ankettete. Es ist Zeit für mich zu leben, nicht zu trauern. Wir sehen uns bald?"

„Ich freue mich, dass es dir gut geht, Simone."

„Ich mich auch, Tristan. Ich mich auch."

Sie hob sich auf die Zehenspitzen und berührte sanft mit ihren Lippen meine, wo sie einen bitteren Geschmack hinterließ.

Kapitel 3

Allie

„Ich sollte im Bett sein." Ich schrie über die laute Musik hinweg und schaute alle fünf Minuten auf mein Telefon, während meine Schlafstunden vergingen.

Laura schlang ihren Arm um meine Taille. „Das einzige Bett, in dem du liegen solltest, ist das von Tristan, und da er nicht verfügbar ist, bleibst du bei uns."

Die Mädchen aus unserer Truppe veranstalteten für uns eine Viel-Glück-Party – auch bekannt als Vorwand zum Ausgehen – und wir vier landeten im Kissed, Kendras Nachtclub. Sie erholte sich immer noch, aber Julian hatte mich gebeten, sie demnächst auf den Schießstand zu bringen, also wusste ich, dass sie Fortschritte machte. Ich saß an der Bar und trank Limonade, während Laura an einem Bier nippte.

Unsere Freunde tanzten irgendwo in der geschäftigen Menge. Das Tempo der Musik löste eine Abfolge von Wellen aus, gefolgt von vielen Bewegungen, die ich nicht kannte. Meine Güte, wie schnell sich die Zeiten ändern. Über der Tanzfläche schaukelten halbnackte Frauen in Körperbemalung wie Pendel. An den Ecken der Tanzfläche standen hohe Metallkäfige. Drinnen tanzten verdrehte Gliedmaßen, twerkende Ärsche und Körper, die sich auf eine Weise beugten, die ich mir im Schlafzimmer gewünscht hätte, zur Musik. Es war alles sehr erotisch und hat meinen Hormonen definitiv nicht geholfen. Eine tiefe Sehnsucht packte meinen Magen. Ich vermisste Tristan und wünschte, er hätte das Büro nicht vorzeitig verlassen.

Weiter entfernt, im zweiten Käfig, streifte ein wohlgeformter Kerl mit seinen glatten Händen den Körper eines Mädchens. Öl tropfte von ihr, als sie sich seiner Berührung hingab. Das Bikinioberteil bedeckte kaum ihre Brustwarzen und ihr Unterteil hatte in ihrer Arschspalte ein Versteck gefunden.

„Ich glaube nicht, dass dieser Ort gut für mich ist. Die Hormone machen mich verrückt."

„Ich weiß genau, was du meinst."

„Ich fand, dass es mit James großartig läuft."

„Seine kleine Tochter wird krank. Wir hatten in den letzten Wochen nicht viel Zeit miteinander."

„Etwas Ernstes?"

„Ich versuche das herauszufinden. Er ist ihr gegenüber ziemlich verschlossen, was Sinn macht."

„Das wäre ein guter Zeitpunkt, ihm von Foxy zu erzählen."

Sie sackte in ihrem Sitz zurück und ließ die Hände auf die Seite fallen. „Ich möchte ihm helfen und ihm keinen Herzinfarkt bescheren. Ich verstehe vollkommen, warum die meisten alleinerziehenden Väter geschieden sind."

„Warum?"

„Damit sie unseren Kram nicht ertragen müssen."

„Oh, hör auf. Er wird begeistert sein. Er wird dich hassen, aber das könnte das kleine bisschen Glück sein, das er braucht, um durchzustehen, was auch immer er durchmacht."

„Danke, aber es ist nicht der richtige Zeitpunkt – das solltest du verstehen."

„Es wird nie der richtige Zeitpunkt sein. Deshalb erzähle ich es Tristan heute Abend."

„Nein, du musst jetzt warten."

„Was?"

„Na, hast du etwas über die Rothaarige herausgefunden?"

Ich verdrehte die Augen. „Ich brauche wohl wirklich eine neue beste Freundin. Du gibst den schlechtesten Rat."

Sie hob ihre beiden Tequila-Schüsse, einen in jede Hand, und brachte sie zusammen. „Auf deine und meine Gesundheit, wenn die Silvers hinter uns her sind."

Laura schwenkte den ersten Schuss zurück, schüttelte sich durch den Alkohol und dann den, den ich nicht trinken konnte. Ich gähnte und Laura folgte mir. „Hör auf damit."

„Ich kann nicht anders." Ich habe gelacht. „Ich bin müde."

Das Lied veränderte sich und meine Arme prickelten.

„Wenn du müde bist, komm mit mir nach Hause." Die tiefe Stimme erschreckte mich.

Ich fuhr herum und stieß gegen Tristans harte Brust. Er sah mich von oben an. Regentropfen rannen über sein Gesicht. Die offene Lederjacke, die er über seine Schultern gespannt hatte, war durchnässt. Eine Erinnerung schoß mir durch den Kopf, als er mich an der Bar gefunden hatte, versunken in einer Flasche Tequila. Nasses Haar klebte an seinem Gesicht und seine braunen Augen verdunkelten sich zu einem Hauch von Verlangen. Ein verzweifelter Schmerz durchfuhr meinen Körper und meine Brustwarzen zogen sich zusammen.

Ich schluckte schwer. „Jesus, was ist mit dir passiert?"

„Komm mit mir nach Hause."

Ich berührte mit meiner Handfläche seine Brust. Sein Herz schlug heftig und sein Atem vibrierte vor Sorge, die ich vorher nicht gespürt hatte.

„Hilf mir zu vergessen."

„Was vergessen?"

„Alles."

„Ist etwas passiert?" Ich fragte.

„Ja. Aber im Moment muss ich mich in dir verlieren."

Seine Einladung hat ein wenig von meiner Sorge weggespült und all die Hormone geweckt, die ich seit heute Morgen unterdrückt hatte. Ich drehte mich zu Laura um, die mich sofort abwinkte.

„Geh, sei bei deinem Mann. Natürlich kann ich das Trinken für uns beide ertragen. Du warst den ganzen Tag geil."

Tristan blieb an seinem Platz und starrte in die Ferne. Seine hängenden Schultern und seine trüben Augen ließen meine Sorge wieder aufleben.

„Ja, danke. Ich gehe nicht davon aus, dass ich heute Nacht nach Hause komme?"

Tristan schüttelte den Kopf.

Ich umarmte Laura eilig und nahm Tristans Hand. Er packte meine Hand fester als sonst und führte mich durch die Hintertür hinaus. So hatte ich ihn noch nie gesehen. Wir traten in den strömenden Regen hinaus und er zog mich fest an seinen Körper. Er senkte seinen offenen Mund auf meinen und ich verlor mich in seinem Verlangen. Die Welt um uns herum ist verschwunden. Sein harter Schwanz drückte gegen meinen Bauch und erwärmte sich bis zu meiner Leistengegend. Das Geräusch von strömendem Regen, vermischt mit dem ungleichmäßigen Pochen seines Herzens, hallte in meinen Ohren wider. Der innige Kuss warf mich um und ich konnte kaum Luft holen, als er sich zurückzog.

„Was ist passiert?"

„Jetzt nicht", grunzte er, öffnete die Beifahrertür seines geparkten Bentley und führte mich hinein. Tristan eilte zum Fahrersitz und bog mit voller Geschwindigkeit aus der Gasse ab. Ich umklammerte die Sitzseiten.

„Jesus, Tristan!"

Sein Griff um das Lenkrad wurde fester, bis seine Knöchel weiß wurden. Ich hatte ihn noch nie so schnell fahren sehen. Trotz des rasanten Tempos manövrierte er geschickt zwischen den anderen Fahrzeugen hindurch, achtete auf die Straße und überprüfte die Seiten- und Rückspiegel. Wir kamen an jedem Auto vorbei, das uns in den Weg kam, und mir wurde klar, dass er sich wie ein Profi zwischen ihnen hindurchschlängeln konnte. Es war hart und sexy und total erregend.

„Ich bin ein guter Fahrer." Er brach die Stille und ich drehte meinen Kopf in seine Richtung.

„Natürlich bist du das. Warum würdest du das sagen?"

„Es war nicht meine Schuld."

„Was war nicht deine Schuld? Was ist passiert? Tristan, rede mit mir. Bitte? Ich mache mir Sorgen."

Aber er schüttelte den Kopf. „Hilf mir, alles zu vergessen. Bitte."

Wir wurden an einer roten Ampel angehalten und er drehte seinen Kopf zu mir. Die Tränen dort haben mich definitiv überrascht. Ich nickte in Zeitlupe und legte meine Hand auf seinen Griff über dem Schalthebel. „Ja natürlich. Ich bin hier."

Es kam uns wie eine Ewigkeit vor, bis wir sein Gebäude erreichten, parkten und mit dem Aufzug zu seinem Penthouse fuhren. Alles in Stille. Ich zog meine Absätze aus und drehte mich um, um seinen entblößten Mund zu treffen. Er konnte kaum genug von mir bekommen – nicht, dass es mir etwas ausgemacht hätte –, aber dieses rohe Verlangen war neu und sehr unerwartet. Ich zog mich zurück.

„Warte, Baby. Lass uns reingehen."

„Du liest meine Gedanken."

„Nein, nein. Ich habe eine bessere Idee."

„Nichts kann schöner sein, als in dir zu sein."

„Wie wäre es, wenn ich dir das Gegenteil beweise, Mr. Silver?" Ich drückte spielerisch gegen seine Brust und erregte schließlich seine Aufmerksamkeit. Sein schiefes Lächeln beschleunigte meinen Puls. Ich schlenderte an ihm vorbei und packte ihn an der Hose seines Hemdes. Meine Hormone tanzten und kribbelten an den richtigen Stellen. Ich nahm sein Handy aus seiner Gesäßtasche und führte ihn zu dem Plüschsessel, wo er saß. Ich schaltete die Kamin-App ein und der abgedunkelte Raum erhellte sich. Kalte Schatten eines warmen Lichts tanzten über die Wände und Möbel.

Ich packte den Saum meines Tanktops, zog es über meinen Kopf und schlüpfte aus meiner Jeans. Tristan nahm das passende Set aus Höschen und BH in Augenschein.

„Warte, warte." Ich drehte mich um und warf ihm einen schönen Blick auf die Rückseite meines Strings, während ich in den Flur ging, wo ich in meine High Heels schlüpfte. Ich kehrte ins Familienzimmer zurück und schlenderte dann den Rest des Weges in meiner besten sexy Nachahmung dessen, was Portia mir auf der Straße beigebracht hatte.

Er saß mit offenem Mund da. Ich warf ihm einen selbstgefälligen Blick zu, senkte meinen Blick auf seinen harten Schwanz und fiel auf die Knie.

„Bist du bereit für mich, Mr. Silver?" Ich klimperte mit meinen Wimpern und fuhr mit meinen Händen über seine muskulösen Schenkel und über seine angespannte Erektion. Er streckte seine Beine und ich öffnete den prall gefüllten Reißverschluss. Die engere Passform stellte seine Geduld auf die Probe, und er zog die Hose an, da er Schwierigkeiten hatte, sie herunterzuziehen.

Ich kicherte.

Er brach durch das unterdrückte Lachen aus, hörte aber auf, als meine Hand nach seinen Zelt-Boxershorts griff. Ich beobachtete sein Gesicht und ergriff seinen dicken Schwanz mit meiner kalten Hand. Tristans Kopf fiel zurück.

„Scheiße... Allie..."

Er füllte meinen Mund und meine Muschi verkrampfte sich. Ich saugte jeden letzten Tropfen aus seinem Schwanz und ließ ihn schließlich mit einem leisen Plopp los. Ich griff nach einem Taschentuch und wischte mir den Mund ab.

Tristan entspannte sich im Stuhl. Der Kamin warf seinen orangefarbenen Schein auf seine nackte Brust. Ich beobachtete, wie sein schwerer Atem langsamer wurde, zerrte an seiner Jeans und zog sie ihm aus. Sein Mundwinkel verzog sich zu einem trägen Grinsen, als er wie Adonis aufstand. Immer noch auf den Knien blickte ich auf und sah den zufriedenen Glanz in seinem Gesicht und noch mehr. Und das war genug, um mich so geil zu machen, dass ich es kaum erwarten konnte, es noch einmal zu tun.

„So hätte es nicht sein sollen."

Ich runzelte die Stirn. „Du mochtest deine Mund-zu-Schwanz-Pflege nicht? Du kannst dich bei der Abteilung 'Interessiert keinen' beschweren, denn ich weiß, dass du jeden Schlag und jeden Blowjob genossen hast."

„Das war unglaublich." Er hob mich auf meine Füße und legte seine Hand auf meine durchnässte Muschi. Das kaum vorhandene Höschen, das ich trug, war zu diesem Zeitpunkt sinnlos. Tristan muss das Gleiche gedacht haben, denn er zog stärker an einer Ecke und zerriss den Stoff, dann an der anderen. Das Höschen fiel zu Boden und ließ mich nackt vor ihm zurück. Ich senkte meine BH-Körbchen und befreite meine schmerzenden Brüste. Dieser Moment wäre nur noch perfekter, wenn ich ihm schon von dem Baby erzählt hätte. Und ich würde es ihm sagen, gleich nachdem er mir das Gehirn rausgevögelt hat.

„Ich will dich ficken, aber ich kann nicht", sagte er, als könnte er den Hunger in meinem Gesicht nicht lesen.

Meine Brauen hoben sich, als ich meinen Blick auf seinen steifen Schwanz senkte. „Er ist anderer Meinung."

Tristan lachte und berührte sanft die Stelle, an der meine Wunde von der Schießerei heilte.

„Wir müssen vorsichtig sein." Er ließ seinen Finger über die gelbe Haut gleiten. Sein Lächeln verschwand, als seine Hand über meine verfärbten Rippen streifte. Die blauen Flecken von meinem Kampf mit Jeffrey Hartley waren fast verschwunden, aber noch nicht.

„Zwischen der Schießerei, deinem Krankenhausaufenthalt und der neuen Abteilung hatte ich keine Gelegenheit, dir von einer Spendenaktion für wohltätige Zwecke zu erzählen, an der wir teilnehmen. An diesem Abend servieren wir die Hartleys. Hoffentlich kommt es bald zu einer Verhandlung."

„Nein, nein, nein, Mr. Silver." Ich wackelte mit dem Finger. „Heute Abend gehörst du mir und wir reden nicht über die Arbeit oder irgendetwas anderes, außer darüber, wie sehr ich dich bis zum Morgen genießen werde. Und umgekehrt. Ich brauche dich und mein Körper braucht dich und ich weiß, dass du mich auch brauchst."

Er senkte seinen Mund auf meinen Hals. Ich schloss meine Augen und folgte in Gedanken dem Weg, den seine Lippen über meine Haut tanzten. Schauer liefen über meinen Körper. Die drei Wochen ohne seine Berührung hatten sich wie eine Ewigkeit angefühlt.

„Du hast mir so sehr gefehlt", flüsterte ich.

Sein heißer Atem strömte durch das Tal zwischen meinen Brüsten, aber ich glaubte nicht, dass er es bemerkt hatte. Ich erstarrte, als er sich auf meinen Bauch senkte und mich dort küsste, entspannte mich aber, als er tiefer ging.

Oh, Gott.

Aber gerade als ich all seine Mund-zu-Muschi-Verwöhnung erwartete, stand er auf und hob mich in seine Arme. Ich schlang meine Beine um ihn und biss mir auf die Lippe. Tristan ging durch den Raum zu den raumhohen Fenstern mit Blick auf den Central Park. Mein erhitzter Körper drückte gegen das Glas und ich schrie. Er stellte meine Füße auf den Boden. Ich stand mit dem Rücken gegen das Fenster und vor ihm und war mir der Entblößung sehr bewusst. Es fühlte sich an, als wäre eine Ewigkeit vergangen, bis er vortrat und mich erneut küsste. Die langsame Sehnsucht in seinem Mund ließ genau das richtige Maß an Schlaffheit durch meinen Körper strömen. Er drückte mich an sich und fuhr mit seinen Händen über meine Seitenkurven, bevor er sie schließlich auf meine zarten Brüste legte. Sie hatten sich noch nicht gefüllt, aber meine Schwangerschaftshormone machten meine Brustwarzen empfindlicher als sonst.

Ich schloss meine Augen und Tristan küsste sich an meinem Körper entlang und ließ schließlich meine Brust los, als er meine Muschi erreichte. Seine Lippen schwebten einen Atemzug entfernt und strichen über meinen Kitzler.

„Tristan..." Ich hauchte seinen Namen tief und schwer aus und schaute auf die Stelle, an der sich sein Mund verschmitzt verzog.

„Ich bin dran." Er grinste, tauchte nach meiner Muschi und leckte über den Schlitz. Mein Hintern und mein Rücken drückten gegen das kalte Fenster.

„Jemand wird mich sehen."

„Die einzige Person, die dich jemals kommen sehen wird, bin ich, Allie."

Seine Zunge setzte ihr verführerisches Spiel fort und ich verlor den Willen zu streiten und unterwarf mich vollständig den leidenschaftlichen Küssen, die er unter meiner Gürtellinie hinterließ. Das perfekte Lecken und Saugen steigerte sich, bis die Lust siegte und es mir egal war, ob mich jemand sah. Er brauchte Sekunden, um mich loszuwerden. Mein Körper fiel in seinen Griff und er trug mich in sein Schlafzimmer, wo ich von einem Tag geträumt hatte, an dem alle Geheimnisse, die ich in mir trug, offenbart werden könnten.

Ich verschlang drei Tage lang ihre geile Muschi und liebte sie weitere drei Tage. Ihre geschmeidigen Kurven und wollüstigen Seufzer trieben mich in den Wahnsinn und halfen mir, genau das zu vergessen, was ich vergessen musste. Aber das bedeutete auch, dass ich Allie nicht gesagt hatte, dass Simone am Leben war.

Befriedigt schlief Allie seit gestern Abend um sieben in meinem Bett, und es war schon Mittag. Ich saß im Wohnzimmer, mit Blick zum Fenster, wo ihr Arschabdruck mich an unsere erste Nacht hier erinnerte.

Ich stand auf, streckte meine Arme aus und drehte meinen Oberkörper, bis mein Rücken knackte und die Spannung sich löste.

„Okay, guten Abend, meine Damen und Herren." Ich ging am Fenster entlang von einem Ende des Raumes zum anderen. „Ich möchte Ihnen dafür danken, dass Sie heute Abend zu diesem einmaligen Ereignis gekommen sind... nein, das stimmt nicht... Ich danke Ihnen, dass Sie heute Abend hier sind und für Ihre großzügigen Beiträge... das ist auch nicht richtig."

Ich wünschte verdammt noch mal, ich könnte einfach zu dem Teil springen, an dem ich den Hartley-Brüdern die Klage zustelle.

Allie schlich sich von hinten an und klebte sich an meinen Rücken. „Übst du für heute Abend?"

„Du bist wach." Ich drehte mich um. Ihre harten Brustwarzen streiften meine Haut.

„Ich habe geschlafen wie ein Murmeltier."

„Du erholst dich immer noch."

„Wundert dich das etwa? Du hast die ganze Zeit einen gierigen Mund und einen harten Schwanz." Sie kicherte und biss sich auf die Lippe. „Muss ich nicht zur Arbeit?"

„Du fängst am Montag an."

Sie grinste und wackelte mit den Augenbrauen. „Mit dem Chef zu schlafen zahlt sich endlich aus."

„Es ist schön, dich hier zu haben, Allie, und da wir nicht im Büro sind, bevorzuge ich Freund."

„Mit dem eigenen Freund zu schlafen hört sich nicht so spannend an." Ihr Blick senkte sich und sie hüpfte auf die Couch, wo sie sich im Schneidersitz hinsetzte. Ihre festen Brustwarzen zeichneten sich durch das T-Shirt ab, das sie trug, mein T-Shirt, und was wie meine Boxershorts aussah. Allie war ohne Uniform genauso wild wie in einer. Es wäre unmöglich, während der Mittagspause die Finger von ihr zu lassen.

„Trägst du meine Unterwäsche?", fragte ich.

„Ich trage deine Unterwäsche seit sechs Tagen. Aber keine Sorge – ich hab sie täglich gewechselt."

Es ist schon fast eine Woche?

„Wie ist mir das nicht aufgefallen?"

„Weil ich neunundneunzig Prozent der Zeit nackt war. Apropos, ich sollte nach Hause gehen."

„Warum?"

„Weil ich da wohne."

„Nein. Du wirst hier wohnen. Es wäre ein längerer Arbeitsweg von Long Island." Meine Augenbrauen zogen sich zusammen. Leider würde dasselbe gelten, wenn Allie in unser neues Haus ziehen würde, von dem ich ihr noch nichts erzählt hatte. Wenn ich sie nicht dazu bringen konnte, hier zu bleiben, wie würde sie dann zustimmen, in Oyster Bay Cove zu leben? Ich seufzte.

„Ich bin ein echtes Long-Island-Mädchen, weißt du. Ich genieße meine Zugfahrten und den Klang meiner Gedanken. Manhattan ist Arbeit und Vergnügen. Long Island ist Zuhause. Ich möchte Arbeit und Privatleben trennen. Etwas, das du öfter praktizieren könntest, Mr. Silver."

Bedeutete das, dass sie vielleicht doch in das neue Haus ziehen würde, das ich gekauft hatte?

„Würdest du mit mir auf Long Island zusammenleben, wenn mein Penthouse dort wäre?"

„Die Chancen stehen gut für dich, aber bitte kauf keine Eigentumswohnungen auf Long Island."

Ich lachte und beschloss, zu warten, bis ich ihr von dem Haus erzählte. Besser noch, ich würde sie dorthin bringen und ihr die Schlüssel übergeben. Es gab keine Möglichkeit, dass sie Nein zu einem Haus an der Bucht, neben meiner Familie, sagen würde. Die Renovierungen waren im Gange und würden in ein paar Wochen abgeschlossen sein. „Okay, keine Eigentumswohnungen."

„Mach weiter mit deiner Rede. Ich will sie hören."

„In Ordnung." Ich räusperte mich und stellte mich vor sie, so als wäre sie das Publikum. „Guten Abend, meine Damen und Herren. Vielen Dank, dass Sie heute Abend zu unserer Spendenveranstaltung gekommen sind. Ihre Anwesenheit und Ihre Unterstützung werden sehr geschätzt und nie vergessen werden."

Sie kicherte.

„Was ist so lustig?"

Sie bedeckte ihren Mund mit einer Hand und zeigte mit der anderen auf mich.

„Du siehst aus, als würdest du gleich einen Deepthroat machen."

„Was?"

„Die Art, wie du deine Hand vor deinem Mund hältst."

„Das ist ein Mikrofon."

„Ich sehe kein Mikrofon. Alles, was ich sehe, ist ein Schwanz in deiner Faust."

„Komm her." Ich stürzte mich auf sie und drückte sie auf die Couch, bevor sie entkommen konnte. Sie quietschte in meinem Griff, und ich brachte sie mit meinem Mund zum Schweigen. Ein verzweifeltes Wimmern entwich zwischen ihren Lippen und ich brach den Kuss ab, strich mit meinem Finger über ihre Augenbraue.

„Ich bin so wahnsinnig in dich verliebt, Allie Green."

Sie hob ihren Kopf und küsste mich. „Ich liebe dich auch, Tristan."

Sie wand sich aus meiner Boxershorts und ich zog meine Jogginghose herunter. Ihre Beine öffneten sich und entblößten ihre glatte und bereite Muschi. Ich schwebte über ihr, zentrierte mich und ließ die Spitze meines Schwanzes einen Zentimeter in sie gleiten.

„Wie willst du es, Frau Green?"

Die Sommersprossen in ihrem Gesicht drängten sich durch die noch stärkere Röte ihrer Wangen.

„Ich will es schön langsam, Herr Silver. Ich will etwas MzM-Verwöhnung."

Ich runzelte die Stirn.

„Pussy zu Schwanz, Pimmel zu Spalte. Es ist egal, wie du es nennen willst. Ich brauche dich einfach."

Sie schlang sich um mich, drückte ihre Fersen in meinen Hintern, bis ich tief in sie einsank.

„Ahh...", stöhnte sie. „Genau so."

Ich küsste sie hart und rollte meine Hüften bei jeder Vorwärtsbewegung. Ihre Atmung wurde kürzer, aber ich konnte nicht aufhören, sie zu küssen. Sie drehte ihren Kopf zur Seite und wich dem leidenschaftlichen Verlangen auf meinen Lippen aus.

„Geht es dir gut?", fragte sie.

„Perfekt."

Sie sah unter mir wie eine verdammte Göttin aus. Angeschlagen, aber unverletzt und stark. Ihre vertrauenswürdigen Augen und ihr Herz hatten mich nie im Stich gelassen.

„Ich liebe dich." Ich stöhnte und stieß tiefer und schneller, streifte ihre Klitoris und beobachtete, wie ihre Augen die meinen voller Staunen ansahen.

Wo war sie mein ganzes Leben lang gewesen?

Mein nächster Stoß ließ sie auf dem Sofa nach oben fliegen, und sie keuchte auf. Ihr Mund öffnete sich und hob sich an den Mundwinkeln, während ihre vollen Brüste unter meinem T-Shirt wippten. Ich stieß beim nächsten Mal härter zu, und sie wimmerte. Ich fand endlich einen stetigen Rhythmus, aber genau dieser drohte, mich zu verraten. Ich zog mich zurück, und Allies Augen flogen weit auf.

„Was ist los?"

„Geduld, Baby. Geduld." Ich umfasste meinen Schwanz mit der Hand und schlug mit der Spitze über ihre Klitoris.

„Ahh!" Ihre Lippen öffneten sich. Sie strahlte regelrecht.

Ich schlug wiederholt auf ihre Klitoris und beobachtete, wie ihre Augen zurückrollten. Ihre Muschi schwoll unter dem Ansturm an, und ich rieb meinen Daumen über ihre geschwollenen Lippen, bis sie sich unter meinem Finger positionierte und mich anflehte, sie zum Höhepunkt zu bringen. Also tat ich es.

Ich hakte einen Finger in sie ein und rieb an der oberen Wand. Ihr Hintern spannte sich an und ihr Mund öffnete sich. Sie wand sich unter meiner Berührung, die Haare wild und die Haut gerötet. Schön, loyal und klug. Ich senkte meine andere Hand zu dem geschwollenen Bedürfnis zwischen ihren Schenkeln und massierte ihre Schamlippen, strich vor und zurück über ihre Klitoris. Der erste Schauer der Lust durchzuckte ihren Körper, und mein Mund ging zum Angriff über. Ich senkte meinen Kopf zwischen ihre Beine, drückte mit meinem Finger in ihr auf diesen Punkt und strich mit meiner Zunge über die hervorstehende Knospe, bis sie spritzte.

„Jesus!" Sie schrie auf und öffnete schockiert ihre Augen. „Was war das?"

„Entspann dich, Allie, du wirst gleich kommen."

Ich drückte sie mit einer Hand nach unten, aber sie bestand darauf. „Ich will es sehen."

„Du willst zusehen, wie ich dich auslecke?"

Sie biss sich auf die Lippe, und ich kehrte zu ihrer Muschi zurück. Drei Zungenschläge später überwältigte sie der Orgasmus. Sie zitterte unter mir, ihr Körper zuckte und ihre Muschi pulsierte in meinem Mund wie eine reife Frucht. Sie fiel schlaff auf das Sofa zurück, und wir blieben so, bis ich meine Nase in ihre Halsbeuge schmiegte und sie sich zu mir umdrehte.

„Wirst du die Hartleys wirklich so bei der Spendenveranstaltung bloßstellen?"

Ich nickte. „Wir warten schon lange darauf, das zu tun."

„Du siehst nicht bereit aus."

Ich fuhr mir mit der Hand durchs Haar. „Warum sagst du das?"

„Ich weiß nicht. Es ist nur so ein Gefühl. Irgendetwas hält dich zurück."

Meine Stirn runzelte sich. „Es gibt tatsächlich etwas, worüber ich mit dir reden muss."

Mein Handy klingelte mit Simones alter Nummer, und mein Blick flog vom Bildschirm zu Allie und wieder zurück zum Bildschirm.

„Tut mir leid. Ich muss da rangehen."

„Natürlich. Ich gehe duschen." Allie eilte ins Badezimmer, und ich wartete, bis die Dusche anging. Ich rief die verpasste Nummer zurück.

„Tristan, guten Morgen", zwitscherte Simone.

„Du hast dein altes Handy?"

„Neues Handy, alte Nummer. Ich hatte gehofft, wir könnten uns in meinem Haus treffen und reden."

„Was kann ich für dich tun, Simone?"

„Triff mich im Hartley-Haus an der Bucht."

„Das Haus deines Vaters?"

Sie hatte das Haus auf der anderen Seite der Bucht, gegenüber von dem meiner Eltern, geliebt und gehofft, ihr Vater würde es ihr eines Tages schenken. Das war vor der Tragödie. Frank Wagner, der Patriarch der Anwaltskanzlei, half den Hartleys ein letztes Mal aus der Klemme – es ging um einen Gefallen, den er ihnen schuldete. Die Hartleys wendeten sich danach gegen sie: Schmutzige Details kamen in den Medien ans Licht, die Hartleys beschuldigten ihre Anwälte, persönliche Informationen durchgesickert zu haben, und der Krieg begann. Die Medien stellten den Kampf aus einem komischen Blickwinkel dar. In Wahrheit hatten die Wagner-Brüder viel mehr auf ihren Schultern zu tragen. Aber keine Familie war perfekt. Jeder hatte Probleme; nur auf unterschiedlichen Ebenen.

„Tristan, hörst du mir überhaupt zu? Vater hat mir das Haus an der Bucht in seinem Testament vermacht."

Mir drehte sich jedes Mal der Magen um, wenn Simone ihren Vater erwähnte.

„Heute Abend ist die Spendenveranstaltung, erinnerst du dich?"

„Ach ja, richtig. Wie konnte ich das vergessen?"

Ich war mir sicher, dass sie es nicht vergessen hatte.

„Vielleicht könnten wir uns am Montag treffen? Heute ist ein geschäftiger Tag."

„Montag klingt gut. Wir sehen uns heute Abend."

„Bis dann."

Als ich fertig war, hörte die Dusche auf zu laufen. Ich ging ins Badezimmer, wo ich Allie in Jeans und einem kurzen Pullover vorfand. „Ich habe einen Termin in Graces Salon. Sie macht meine Haare und alles andere. Ich bin mir nicht sicher, was das bedeutet, aber es klang, als würde es eine Weile dauern."

Grace Wagner besaß einen preisgekrönten Schönheitssalon, und das zeigte sich an ihrer knappen Zeit und langen Warteliste. Aber Familienmitglieder hatten ihre Vorteile. Allie und Grace waren beste Freundinnen geworden, seit Emma sie einander vorgestellt hatte.

Ich lehnte mich gegen den Türrahmen. „Ich habe das Gefühl, da kommt noch mehr."

„Mein Kleid ist in der Wohnung."

„Ich lasse es für dich abholen."

„Wie wäre es, wenn wir ein kleines Spiel spielen, Mr. Silver? Ich weiß, du hast einen geschäftigen Tag vor dir. Wie wäre es, wenn ich dich dort treffe? Ich kann mit Laura kommen."

„Ich lasse vorher eine Limousine zu dir schicken."

„Wir können fahren."

„Ich würde es vorziehen, wenn du eine Limousine nimmst statt Lauras Wrangler. Die Veranstaltung ist wichtig."

„Klingt gut. Wir sehen uns heute Abend." Sie stellte sich auf die Zehenspitzen, küsste mich auf die Wange und verschwand durch die Tür.

❦

MEINE FAMILIE BEGRÜßTE die Gäste in der Nähe des Eingangs. Fast alle Silvers standen in der Eingangshalle. Die Wagner-Brüder, unsere Firmenanwälte und Partner, standen in der Nähe. Kameras blitzten, und die hellen Scheinwerfer blendeten mich. Ich konnte kaum erkennen, wer angekommen war. Chad und Craig Hartley, Jeffreys Brüder, waren vor einer halben Stunde mit ihren Neffen eingetroffen. Silver Securities hatte die gesponserte Veranstaltung in den Medien angekündigt, und das Ganze fühlte sich an wie eine königliche Hochzeit.

Jeder, der Rang und Namen hatte, hatte ein Ticket zur Unterstützung von Hope for Hope gekauft, einschließlich Simone: New Yorks neu auferstandene Bürgerin. Sie schlenderte in ihrem funkelnden Abendkleid auf mich zu. Diamanten bedeckten die dünnen Stoffstreifen, die über ihren Körper hingen und nicht viel der Fantasie überließen. Strategisch platzierte Edelsteine verdeckten ihre Brustwarzen, ihren Hintern und ihren Schritt. Sie sah aus wie eine verdammte Jessica Rabbit in Diamanten und stahl allen die Show.

„Hallo, Tristan."

„Simone. Du siehst umwerfend aus." Ich küsste ihre Hand. „Danke für deine Unterstützung."

„Danke mir später, wenn du hörst, was ich für dich habe."

Ich rieb mir den Nacken. Innerhalb von Sekunden wurden wir zum Mittelpunkt des Raumes. Schweiß rann mir den Rücken hinunter. Ich hatte gehofft, Allie schon von Simone erzählt zu haben, aber das Thema meiner totgeglaubten Verlobten, die wieder zum Leben erwacht war, kam irgendwie nie zur Sprache.

„Natürlich. Lass mich dich hineinführen."

Sie hakte sich bei mir ein und wir durchquerten die Eingangshalle, wobei wir kurz vor dem Eingang zum Ballsaal in einen Seitenflur abbogen.

Ich blieb stehen. „Geht es dir gut, Simone?"

„Ja, aber ich muss dich dringend um etwas bitten."

„Was meinst du?"

„Du darfst meinen Onkeln heute Abend keine Vorladung zustellen."

„Was?"

„Es ist nicht der richtige Zeitpunkt, Tristan. Ich habe Informationen. Über alles und jeden. Und ich bin bereit, sie zu teilen." Sie atmete schwer.

Ich packte sie an den Armen, ohne es grob zu meinen. „Was tust du da, Simone?"

Sie trat näher, die nackten Zehen in ihren High-Heel-

Sandalen berührten meine, und ihr ganzer Körper forderte mich heraus. Was zum Teufel ging hier vor?

„Stell den Hartleys heute Abend keine Vorladung zu. Sie sind auf dich vorbereitet, aber ich glaube nicht, dass du auf sie vorbereitet bist."

„Woher weißt du überhaupt, dass wir ihnen eine Vorladung zustellen wollen?"

„Ich hatte eine Ahnung, aber du hast es gerade bestätigt."

Verdammt.

„Ich spiele hier keine Spielchen, Simone. Du weißt genau, wer deine Onkel sind, und jemand muss dafür bezahlen. Dein Vater hat dich gefangen gehalten."

„Nun, ich würde es nicht gerade gefangen nennen."

„Was?"

Ich hatte weder Zeit noch Geduld für dieses Gespräch, aber ich war sicher nicht bereit, einfach wegzugehen. „Ich verstehe nicht."

„Wright hat beim FBI gepetzt, und sie werden ihn umbringen, bevor du deinen Platz vor Gericht einnimmst. Meine Onkel haben keine Ahnung, dass ich das weiß."

„Bist du in Gefahr?"

„Ich glaube nicht."

Ich seufzte und entfernte ihre Hand von meinem Arm, aber sie griff zurück und drückte meine Handfläche.

„Danke, Tristan." Ihr verführerisches Flüstern trug einen Hauch von Zufriedenheit.

Das war Wahnsinn. Der Abend fing nicht gerade gut an.

Verdammt nochmal, Simone mit ihren verschlüsselten Andeutungen!

Simone stellte sich auf die Zehenspitzen, küsste meinen Mundwinkel und ließ langsam meine Hand los.

„Wir sehen uns drinnen. Ich finde meinen Platz", flüsterte sie gegen meine Lippen. Dann drehte sie sich um und ließ mich fassungslos zurück.

„Ahem."

Jemand räusperte sich, und ich wirbelte herum. Allie stand neben Laura mit verschränkten Armen. Ihr atemberaubendes silbernes Kleid, das jede ihrer Kurven betonte, passte nicht zu der Enttäuschung in ihren Augen.

„Allie? Was machst du hier?"

„Offenbar bin ich hier, um zuzusehen, wie eine andere Frau mit meinem Freund flirtet."

„Es tut mir leid. Das war eine der Sponsorinnen für Hope for Hope." Ich sagte ihr die halbe Wahrheit. Oder eher ein Viertel davon.

„Küssen dich alle deine Sponsoren so?"

„Nein, natürlich nicht. Sie ... Ähm ..."

„Ich lass euch zwei allein." Laura warf mir einen bösen Blick zu und ging.

„Allie, ich wollte dir das schon früher sagen, aber ehrlich gesagt konnte ich die Neuigkeiten selbst noch nicht verarbeiten."

Ihre Haltung straffte sich.

„Das war Simone."

Ihre Augenbrauen zogen sich zusammen, und ich wartete, bis sie die Verbindung herstellte.

„Du meinst Simone Hartley? Deine tote Verlobte?"

„Nicht mehr so tot. Es ist eine lange Geschichte."

„Offensichtlich zu lang, um sie früher zu erwähnen."

„Es tut mir leid."

Mein Kopf schnellte zum Ballsaal, als die Zehn-Minuten-Warnglocke läutete. Meine Rede war vor dem Dinner geplant.

„Du musst gehen." Sie richtete meine Fliege, und ich atmete eine Welle von Nervosität aus. „Du hast einen vollen Abend, Tristan. Wir können später reden."

„Bist du sicher?"

„Ja, natürlich. Heute Abend ist wichtig. Wir können Hope for Hope nicht im Stich lassen. Viel Glück bei deiner Rede."

Allie hob sich für einen schnellen Kuss auf meine Wange,

schlang ihre Arme um mich und drückte sich an meine Brust. Ich küsste ihren Kopf und atmete ihren Duft ein. Meine Nerven beruhigten sich. Ihr Ohr ruhte über meinem Herzen.

„Danke, dass du es verstehst. Sie hat mich überrascht."

„Weiß sie, dass du vergeben bist?" Sie sah auf, schloss dann die Augen. „Weißt du was, es spielt keine Rolle. Beeil dich, sonst kommst du zu spät. Wir sehen uns am Tisch."

Die Wahrheit war, Simone hatte mich überrumpelt.

Allie löste sich, drehte sich auf dem Absatz um und ging. Die Drei-Minuten-Warnglocke läutete, und ich eilte zur Seitenbühne, wo Greg mit Karteikarten in den Händen auf mich wartete.

„Was ist das?"

„Eine Last-Minute-Ergänzung. Ich hab's vom Bühnenmanager bekommen. Er sagte, es sei ein Dankeschön an unseren Eine-Million-Dollar-Sponsor."

„Eine Million?"

Er nickte.

„Und das?" Ich zeigte auf den Kompaktpuder in seiner Hand.

„Du glänzt. Schließ die Augen." Er puderte meine Nase und Stirn.

„Danke."

„Dreißig Sekunden, Mr. Silver." Der Bühnenmanager gab ein Zeichen, und ich bestätigte.

Die Anspannung in meinen Schultern verdichtete sich zu festen Knoten, als ich vorwärts ging. Einige Köpfe drehten sich zur Bühne. Die hellen Lichter strahlten von oben Hitze aus, und ich hoffte, Gregs Puder würde nicht zu einer Paste auf meinem Gesicht werden.

Ich tippte ans Mikrofon. „Guten Abend, meine Damen und Herren."

Der Raum wurde still.

„Es bereitet mir große Freude, Sie zum heutigen Spendenabend willkommen zu heißen. Silver Securities ist seit zehn Jahren stolzer Sponsor von Hope for Hope. Wir haben die Stiftung wachsen, kämpfen und sich in schwierigen Zeiten behaupten sehen, und vor allem konnten wir direkte Unterstützung für die Sache leisten. Vielen Dank für Ihre großzügigen Spenden und dass Sie heute Abend dabei sind. Ihre Unterstützung befreit viele aus Gewalt und Unterdrückung." Ich drehte die Karteikarte um, die Greg mir gegeben hatte, und las weiter: „Ein besonderer Dank geht an Simone Hartley von der Hartley Stiftung für ihre Spende von einer Million Dollar an Hope for Hope."

Scheiße.

Kapitel 5

Allie

„Wir kommen zu spät." Ich eilte den Bürgersteig entlang. Als Laura endlich fertig war, hatten wir bereits fünfzehn Minuten Verspätung, und der Berufsverkehr hatte begonnen. Der Limousinenfahrer setzte uns an der Seite des Gebäudes ab und umging so die lange Schlange anderer Limousinen. Ich konnte immer noch nicht verstehen, wie es besser sein sollte, Geld für teure Veranstaltungsorte und Essen auszugeben, anstatt es direkt für den guten Zweck zu spenden. Andererseits war ich auch kein Milliardär.

„Das ist nicht meine Schuld."

„Das sage ich auch nicht. Ich mag es einfach nicht, zu spät zu kommen."

Laura mochte das auch nicht, aber wir hatten keine Zeit, ihren früheren Zusammenbruch zu Hause zu analysieren. Wir erreichten den Seiteneingang des Gebäudes, aber er war verschlossen.

„Was jetzt?" Ich sah mich um. Der Vordereingang würde zu lange dauern. „Küchentür. Es muss mindestens eine hinten offen sein."

Wir hoben unsere Kleider knielang hoch und gingen auf einen Typen mit Kochmütze zu, der draußen dampfte.

„Allie? Bist du das?" Ich erstarrte bei der vertrauten Stimme, die ich seit Jahren nicht mehr gehört hatte. Er war älter geworden, trug aber immer noch das gleiche freundliche Lächeln, an das ich mich erinnerte.

„Cameron?"

„Wer ist Cameron?", flüsterte Laura.

„Camelot Cameron", flüsterte ich durch zusammengebissene Zähne. „Du weißt schon, wie der legendäre König Arthur." Ich hatte den Mann, der meine Jungfräulichkeit genommen hatte, seit der Nacht nicht mehr gesehen, in der wir uns darauf geeinigt hatten, weil keiner von uns die Highschool als Jungfrau beenden wollte. Also hatten wir uns bei unserer Abschlussfahrt nach England zusammengetan.

„Oh, hi." Lauras unbeholfenes Winken ließ mich mit den Augen rollen.

„Was machst du denn hier?", fragten wir gleichzeitig und auf diese nerdige Art.

„Ich bin der Souschef. Sieht so aus, als würdest du heute Abend mein Essen genießen. Du siehst toll aus."

„Danke. Ich arbeite für die gesponserte Wohltätigkeitsorganisation. Hope for Hope."

„Das ist eine tolle Sache."

„Ja, das stimmt. Wir sind eigentlich ein bisschen spät dran. Macht es dir was aus, wenn wir durch den Hintereingang schleichen?"

Cameron öffnete die Hintertür und hielt sie für uns auf. „Ich mache es noch besser und zeige euch eine Abkürzung."

Ein köstlicher Duft wehte durch die Küche und mein Magen knurrte. „Also hast du die Kochschule doch abgeschlossen?"

„Und die Konditorei. Lass mich raten. Du bist Polizistin?"

„Ja, so in der Art. Bitte sag mir, dass du nicht Single bist."

Er hob seine linke Hand und wackelte mit dem Ringfinger. „Seit zwei Jahren verheiratet und glücklich mit einjährigen Zwillingen."

„Aww, herzlichen Glückwunsch."

„Danke. Bist du schwanger?"

„Was?"

„Bist du nicht? Tut mir leid, ich hätte nichts sagen sollen. Es ist nur die Art, wie du deinen Bauch hältst-"

„Ich bin schwanger. Du musst dich nicht entschuldigen", sagte ich.

„Nehmt die zweite Rechts, dann links. Der Gang führt euch zum Haupteingang."

„Danke, Cameron."

„Und ich empfehle wärmstens das Lamm zum Abendessen. Es war schön, dich wiederzusehen, Allie. Habt einen schönen Abend."

„Du auch. Danke."

Er zwinkerte, bevor er ging.

Laura stieß mich mit dem Ellbogen in die Seite. „Was war das denn?"

„Was?"

„Das Geflirte."

„Da wurde nicht geflirtet. Wir waren gute Freunde."

„Freunde mit Vorzügen."

„Nein. Freunde mit einem Vorzug. Es ist einmal passiert, und wir haben beide versprochen, nie wieder über diese peinliche Nacht zu reden, also wäre ich dir dankbar, wenn ich auch mit dir nicht darüber reden müsste. Lass uns jetzt die Silvers finden."

Wir hielten vor der Biegung an. Leiser Jazz spielte im Hintergrund.

„Wir schaffen es." Laura tippelte auf der Stelle, während ich ihre Haare richtete. Sie sah in dem Couture-Anzug absolut umwerfend aus. Die Vorderseite war in einem V-Ausschnitt bis zum Bauchnabel auf ihre Haut geklebt.

„Okay. Alles gut. Du siehst umwerfend aus."

„Ich glaube, heute Abend werde ich James von Foxy erzählen."

„Wirklich?"

„Ja. Du hattest recht. Er verdient es zu wissen."

„Das solltest du. Ihr beide seid füreinander bestimmt, seit Colorado."

„Fünfzig Prozent der Paare, die auseinandergehen, bekommen eine zweite Chance. Hoffentlich sind wir auf der richtigen Seite."

Eine Warnglocke läutete über uns. Wir hatten nur noch wenige Minuten. Plötzlich blieben wir stehen. Ein eisiger Schauer lief mir über den Rücken, als ich die Szene vor mir erfasste. Ich stand wie angewurzelt da, aus Angst, mich zu bewegen und Tristan und die Rothaarige zu erschrecken. Laura blieb schweigend neben mir stehen. Sie standen sich Angesicht zu Angesicht gegenüber, ihre Beine, Oberkörper und Hände berührten sich. Tristan stand steif da, während sie sich an seinen Körper klammerte.

„Das ist die Rothaarige", flüsterte Laura.

Ach ne.

Ihre schlangenartigen Finger strichen über seine Hände, und das aufreizende Kleid fesselte meine Aufmerksamkeit. Sie zog ihre Hände seine Arme hoch und stellte sich auf die Zehenspitzen, um ihn zu küssen.

„Igitt, wie eklig", plapperte Laura. „Stell sicher, dass du seinen Mund mit Bleichmittel auswäschst."

Ich fand ihren Witz nicht lustig, und mein Herz rutschte mir in den Magen, direkt über die Stelle, wo mein Baby Puss in meinem Uterus nistete. Meine Knie wurden weich, als die Frau sich zum Haupteingang wandte und ging. Ich marschierte entschlossen über den dicken Teppich, meine Absätze gruben sich bei jedem Schritt tief ein, als wollte ich eine Spur der Entschlossenheit hinterlassen.

„Ahem." Ich räusperte mich, und Tristan drehte sich um. Zum ersten Mal, seit ich ihn kannte, starrte er mich an wie ein Reh im Scheinwerferlicht. Schlimmer noch, seine Augen waren nicht nur voller Angst, sondern auch voller Sorge.

„Allie? Was machst du hier?"

„Offenbar sehe ich zu, wie eine andere Frau mit meinem Freund flirtet."

„Es tut mir leid. Das war einer der Sponsoren für Hope for Hope." Er zeigte in die Richtung, in die die Frau verschwunden war.

„Küssen dich alle deine Sponsoren so?", runzelte Laura die Stirn.

Ich drehte meinen Kopf ruckartig zu Laura.

„Nein, natürlich nicht. Sie... Ähm..."

„Ich lass euch zwei allein." Meine beste Freundin musterte ihn von oben bis unten und wieder zurück, bevor sie ging.

„Allie, ich wollte dir das schon früher sagen, aber ehrlich gesagt konnte ich die Nachricht selbst noch nicht verarbeiten."

Meine Nase kräuselte sich, und ich richtete mich auf.

„Das war Simone." Seine Schultern sackten herab.

Mein Gehirn ratterte, suchte nach dem Namen, bis es mich traf, frontal. „Du meinst Simone Hartley? Deine tote Verlobte?"

„Nicht mehr so tot. Es ist eine lange Geschichte." Seine verstohlenen Blicke zum Ballsaal ließen mich erschaudern.

„Offensichtlich zu lang, um sie früher zu erwähnen." Ich verschränkte die Arme vor der Brust.

„Es tut mir leid."

Die Warnglocke läutete erneut, und Tristan richtete seinen Smoking.

„Du musst gehen." Ich streckte mich und richtete seine Fliege. „Du hast einen anstrengenden Abend vor dir, Tristan. Ich will dich nicht hier aufhalten. Wir können später reden."

Schweiß glänzte auf seiner Stirn. Ich nahm ein Taschentuch aus meiner Handtasche und wischte ihn ab.

„Bist du sicher?"

„Ja, natürlich. Der heutige Abend ist wichtig. Wir können Hope for Hope nicht im Stich lassen. Viel Glück bei deiner Rede."

Ich küsste ihn leicht auf die Wange zur Beruhigung. Ich

umarmte ihn direkt unter seinen Armen und drückte fester. Als er den leidenschaftlichen Kuss beendete, kuschelte er seine Nase in mein Haar und atmete ein. Ich presste meine Wange an seine Brust und lauschte dem nun ruhigeren Herzschlag.

„Danke, dass du es verstehst. Sie hat mich überrascht."

„Weiß sie, dass du vergeben bist?" Ich schaute auf, dann schloss ich die Augen. „Weißt du was, es spielt keine Rolle. Beeil dich, sonst kommst du zu spät. Wir sehen uns am Tisch."

Ich drehte mich um und sah nicht zurück. Ich konnte es nicht, denn wenn ich es getan hätte, wäre ich zusammengebrochen. Stattdessen hielt ich den Kopf hoch und die Brüste noch höher und konzentrierte mich auf den Glamour um mich herum. Kleider glitzerten, Juwelen funkelten, und die Männer sahen aus wie eine Familie verlorener Pinguine. Ich brauchte Tequila, aber ich konnte keinen haben. Als ich Laura an der Bar einholte, reichte sie mir ein Glas Sprudelwasser.

„Danke. Du hattest recht mit der Rothaarigen. Das war seine tote Verlobte."

„Wie bitte?"

„Du hast richtig gehört. Simone Hartley."

„Was zum Teufel."

„Ich weiß. Er sagte, sie hätte ihn überrascht."

„Das glaube ich gern."

Ich beobachtete den Tisch, an dem Simone einige Leute begrüßte, von denen ich dachte, sie seien ihre Familie. Tristan plante, sie heute Abend zu bedienen. Die Hartleys hatten bei der Auktion im letzten Monat eine wichtige Rolle gespielt.

„Ich wollte ihm heute Abend von meiner Schwangerschaft erzählen."

„Wollte?", fragte Laura.

„Ich denke, ich sollte warten, bis das erste Trimester vorbei ist. Du weißt schon, für die Gesundheit des Babys. Er hat ohnehin schon genug im Kopf."

„Verdammt, Allie. Bist du sicher, dass du das tun willst?"

„Das erste Trimester ist nur noch einen Monat entfernt. Es ist ja nicht so, als würde ich ihm seinen zweijährigen Sohn vorenthalten."

„Touché."

„Tut mir leid. Weißt du was? Es tut mir nicht leid. Ich hab dir Urinbecher und Klopapier gereicht, und am Tag, als Foxy geboren wurde, hab ich Dinge gesehen, die kein bester Freund sehen sollte. Jetzt bist du dran, für mich da zu sein. Ich sag's Tristan, wenn ich bereit bin. Zu meinen Bedingungen. Es wird das perfekte Weihnachtsgeschenk sein."

„Na gut. Ich steh hinter dir, Süße."

„Wie läuft's am anderen Silver-Tisch?"

„Genauso bestürzt über den Abend wie an eurem Tisch. Teresa ist bei ihrem dritten Glas Wein, Jacob hat wieder angefangen zu rauchen und James denkt, Silver Securities sei in Gefahr. Wusstest du, dass das Dreiergespann einen Pakt mit den Hartleys hatte?"

„Nein. Woher hast du das gehört?"

„Von meinem Bond." Sie kicherte. „Der, der noch nicht kapiert hat, dass ich seinen Sohn verstecke. Ich werd ihm heute Abend von Foxy erzählen. Ich meine, das muss ich doch, oder?"

Ich lächelte. „Das solltest du. Er wird überglücklich sein."

„Oder er bringt mich um."

„Nun, dann muss er sich mit einer rachsüchtigen besten Freundin auseinandersetzen. Teresa Silver winkt mir zu. Zumindest vergöttert sie Foxy. Ich glaube, sie könnte es wissen."

„Sie ist ziemlich schlau. Wahrscheinlich weiß sie es."

„Witzig."

Ich umarmte Laura kurz und ging quer durch den Raum zum Tisch vorne.

„Hey, wie geht's euch?"

Ich küsste Wilma auf die Wange.

„Mir ginge es besser, wenn sie tot geblieben wäre", murmelte

Tristans Mutter, lehnte sich in ihrem Stuhl zurück und starrte zu den Hartleys hinüber.

Was?

Tristans Vater stand vom Tisch auf, umarmte mich und küsste mich auf den Kopf. Mein Herz wurde warm und meine Nerven beruhigten sich.

„Dein Platz ist neben mir." Emma schob den Stuhl vom Tisch weg und machte Platz.

„Danke."

Julian saß mir gegenüber, neben einem Mann ungefähr in meinem Alter, den ich nicht kannte.

Emma lehnte sich zu mir. „Allie Green, das ist Eric Waters. Er ist ein Familienfreund." Sie grinste.

Ich streckte die Hand über den Tisch und schüttelte seine. „Schön, Sie kennenzulernen."

„Ganz meinerseits."

„Eric hat gerade einen Einsatz in Afghanistan beendet." Wilma strahlte über das ganze Gesicht, als wäre er einer der Silvers.

„Danke für Ihren Dienst", sagte ich.

Eine weitere Warnglocke ertönte und der Raum wurde still.

„Sie sind beste Freunde", flüsterte Emma.

„Wer?"

„Meine Brüder und Eric."

„Ach so, okay."

„Und er ist ein Cowboy." Ihr verträumter Tonfall passte zu dem schmachtenden Blick in ihren Augen. Sie stützte ihr Kinn in die Hand und lehnte sich auf den Tisch.

„Setz dich gerade hin, Ems, sonst merkt er's noch", flüsterte ich.

Sie richtete ihren Rücken auf und straffte die Schultern.

„Du nimmst nicht den freien Platz neben ihm?"

„Nö, hier hab ich 'ne bessere Aussicht. Wer weiß, wann ich den Hottie wiedersehe?"

„Ist er nicht ein bisschen alt für dich?"

„Zehn Jahre sind nicht viel. Tristan ist viel älter als du."

Stimmt.

„Ich sag ja nicht, dass er jetzt schon bereit für mich ist, aber eines Tages wird er's sein."

„Kommt mir vor, als hätte ich in letzter Zeit viele von den Freunden deines Bruders kennengelernt."

„Wen hast du denn noch getroffen?"

„Inoffiziell Simone Hartley." Ich zeigte auf die Frau an einem Tisch auf der anderen Seite des Raums.

Alle Köpfe drehten sich wie eine Welle. Zu diesem Zeitpunkt war Tristan auf die Bühne getreten, und ihre Aufmerksamkeit schwankte zwischen Simones Tisch und ihm.

Tristan tippte ans Mikrofon.

„Guten Abend, meine Damen und Herren. Es ist mir eine große Freude, Sie zum heutigen Spendenabend begrüßen zu dürfen. Silver Securities ist seit zehn Jahren der stolze Sponsor von Hope for Hope. Wir haben die Stiftung wachsen, kämpfen und in schwierigen Zeiten triumphieren sehen, und vor allem konnten wir der Sache direkte Unterstützung bieten. Danke für Ihre großzügigen Spenden und für Ihr Kommen. Ihre Unterstützung befreit viele aus Gewalt und Unterdrückung."

Wilma strahlte vor Stolz, als sie ihren Sohn vorne auf der Bühne ansah. Ich bezweifelte, dass sie auch nur ein Wort von dem, was er sagte, gehört hatte. Freds Aufmerksamkeit blieb auf den Tisch der Hartleys gerichtet, sein Blick hart und kalt.

Tristan drehte eine Karteikarte um, die er in den Händen hielt, und fuhr fort. „Ein besonderer Dank geht an Simone Hartley von der Hartley Foundation für ihre Spende von einer Million Dollar an Hope for Hope."

Am Hartley-Tisch brach Applaus aus, aber diese Stimmung teilte man nicht dort, wo ich saß.

Mein Blick huschte zu Simone Hartley. Wie konnte jemand nach fünfzehn Jahren wieder zum Leben erwachen? Und das mit so viel Triumph?

Warum jetzt?

Tristan erwähnte ihre Vergangenheit selten, obwohl Wilma mich über die Details des Unfalls aufgeklärt hatte. Hartley hatte ihn nicht Abschied nehmen lassen, und Tristan arbeitete danach ein Jahr lang nicht. Er fuhr nach Österreich, wo sie ein Ferienhaus in den Alpen hatten, und trauerte.

„Bitte genießen Sie die heutige Unterhaltung, das Essen und die Getränke. Guten Appetit." Er beendete seine Begrüßung, tosender Applaus brach aus, und ich beobachtete, wie Simone ihn mit einer Intensität anstarrte, die mir unangenehm war.

Oh mein Gott!

Ich bedeckte meinen Mund mit der Hand. Sie wollte ihn, und sie würde vor nichts Halt machen, um ihn zu bekommen.

Tristan verließ die Bühne und gesellte sich kurz darauf zu uns an den Tisch. Die Kellner waren damit beschäftigt, Wein und Champagner einzuschenken.

„Tristan, was ist los?", fragte sein Vater.

„Der Abend ist zum Teufel gegangen, das ist los." Er lockerte die Fliege um seinen Hals. „Die Hartleys haben herausgefunden, dass Wright gepetzt hat, und sie werden ihn umbringen, wenn wir weitermachen. Wir müssen den Bastard finden, bevor wir sie drankriegen."

„Mir ist es egal, wenn Wright stirbt." Ich lehnte mich in meinem Stuhl zurück.

„Wenn er stirbt, haben wir keine Verteidigung für Kendra."

„Dann sollten wir mehr Verteidigung finden", knurrte Julian.

„Will niemand die Tatsache erwähnen, dass die Schlampe am Leben ist?"

Alle am Tisch wandten sich Julian zu. Kendra war noch in der Reha und hielt sich von Familienveranstaltungen fern. Seine Augenbrauen zogen sich zusammen und seine Nasenflügel bebten. Heute Abend hatte ich zum ersten Mal den Eindruck, dass Tristans geliebte und verstorbene Verlobte nicht der Engel war, für den ich sie in meinem Kopf gehalten hatte. Und auch nicht so ätherisch.

Emma stieß mich sanft mit dem Ellbogen an, und ich flüsterte: „Vorsichtig. Baby an Bord." Ich bezweifelte, dass Tristan irgendetwas hören würde, was jemand sagte, weil er ebenfalls die Hartleys anstarrte.

„Na, das hat ja eine interessante Wendung genommen." Emma kicherte. „Ich wette, so was Aufregendes passiert in deiner Gegend nicht, oder, Eric?"

Der Mann rutschte unbehaglich hin und her angesichts Emmas verliebtem Welpenblick.

„Könnt ihr euch bitte alle beruhigen?", klopfte Wilma mit einer Gabel an ihr Weinglas. „Ihr sitzt alle steif da, glotzt wie Amateure und macht eine Szene. Jetzt lasst uns den Erfolg dieser Spendenveranstaltung feiern und den Rest privat besprechen."

„Tristan?", fragte sein Vater. „Was weißt du?"

„Hartley hat sie gefangen gehalten, und sie ist dankbar, dass er ermordet wurde. Wright hat beim FBI gepetzt. Jeffs Brüder haben ihn und werden ihn töten, wenn wir sie drankriegen. Das ist so ziemlich alles, was ich aus ihr herausbekommen konnte. Sie ist jetzt Sponsor von Hope for Hope." Er verdrehte die Augen. „Und ich habe verdammt noch mal das Gefühl, da kommt noch mehr."

„Ich schätze, wir wissen jetzt, wer die Frau aus dem Magnet war. Großer Hut, große Sonnenbrille, noch größere Brüste und Botox-Gesicht, wie Walter sagte. Kommt dir das bekannt vor?" Julian leerte seinen Champagner und wandte sich an Eric. „Tut mir leid, dass du Teil dieses Dramas sein musst, Kumpel."

Diese plötzliche Spannung in der Familie Silver war greifbar und beunruhigend neu. Simone Hartley hatte im Alleingang jede einzelne Person am Tisch verunsichert, mich eingeschlossen. Na ja, vielleicht nicht Eric.

„Es gibt kein Drama wie Familiendrama. Du solltest mal unsere Sonntagsessen auf der Ranch sehen."

Ich zwang mich zu einem Lachen. Emma begann, Eric alle möglichen pferdbezogenen Fragen zu stellen, während ich unter dem Tisch meine Hand auf Tristans Bein legte und über seinen angespannten Oberschenkel strich.

„Das war geplant. Ihre Rückkehr, die neu entdeckte Liebe zur Wohltätigkeit und die Eine-Million-Dollar-Spende waren alle geplant."

„Die Hartleys fressen das zum Frühstück, aber es ist verdammt zwielichtig." Julian knackte mit den Knöcheln.

„Voll krass! Da braucht's doch 'nen Privatdetektiv, oder?" Emma wurde munter.

„Herrgott, Emma. Du bist vierzehn. Das ist eine ernste Angelegenheit."

„Boah, warum labern alle immer davon? Ich werd an Silvester schon fünfzehn, okay?"

„Emma hat recht." Alle Aufmerksamkeit richtete sich auf Eric. „Ihr solltet es untersuchen. Aber heute Abend solltet ihr den Erfolg feiern, den ihr alle erreicht habt. Es kommt nicht ohne Preis." Sein Blick wanderte zu den Hartleys. „Aber stellt euch die Welt ohne eure Arbeit vor."

Die Stille breitete sich über den Tisch aus. Fred hob sein Glas zum Toast, und ich hatte keine andere Wahl, als meins zusammen mit allen anderen zu heben.

„Möge Silver Securities heller strahlen und mehr Mistkerle hinter Gitter bringen als je zuvor."

Mein Mund klappte auf, Emma lachte, Wilma verdrehte die Augen, und die Brüder antworteten gleichzeitig: „Amen!"

Alle nippten an ihrem Champagner, während ich mein Glas auf den Tisch stellte.

„Du kannst das trinken", flüsterte Emma kichernd. „Es ist alkoholfrei."

„Ernsthaft?"

„Ich hab dein Glas mit dem gefüllt, das ich unter dem Tisch versteckt hatte. Bin ich nicht mega schlau?"

„Emma-"

„Gern geschehen."

Ich spürte, wie sich Tristans Aufmerksamkeit mir zuwandte, und strich mit meiner Hand über seine Handfläche. „Alles okay bei dir?"

„Ich fühl mich, als hätte mich jemand verarscht."

„Ist dieses Jemand Simone?"

„Sie hat mich in diesem Flur überrumpelt."

„Heute sollte ein guter Tag sein, Tristan. Hope for Hope hat genug Geld, um jahrelang zu arbeiten. Die Hartleys können deine harte Arbeit nicht rückgängig machen."

„Danke. Tut mir leid. Du hast recht. Heute ist ein guter Tag."

Er füllte die Champagnergläser aller anderen nach, außer meins, das noch voll war. „Trinkst du nichts?"

„Nichts Starkes heute Abend. Auf Hope for Hope."

Ich hob das Glas und nippte daran. Der Apfelwein, in der Farbe identisch mit Champagner, prickelte auf meiner Zunge. „Aber ich muss mal auf die Toilette. Entschuldigt ihr mich?"

Ich schob meinen Stuhl zurück und küsste Tristan auf die Wange, in der Hoffnung, er würde nicht bemerken, dass ich direkt nach Simone zur Toilette ging. Ich bemerkte auch nicht, als Emma unseren Tisch verließ, denn sie war zwanzig Fuß vor mir an der Badezimmertür. Sie hielt eine Leinenserviette in der Hand und verbarg ihr Gesicht, bevor sie eintrat.

„Was machst du da, Ems?" Ich schlängelte mich zwischen den letzten drei Tischen hindurch und steuerte direkt auf die Badezimmertür zu.

Simone stand vor dem Spiegel und trug gerade ihren Lippenstift nach. Sie hörte auf und drehte sich zu mir, sobald ich eintrat.

„Ich hab mich schon gefragt, wann wir uns begegnen würden."

Der Kommentar überraschte mich, und ich erstarrte. Mein Herz raste. War ich bereit für diese Konfrontation? Ruhig bleiben, Allie, ermahnte ich mich selbst. Ihre Wangenknochen hoben sich.

„Allie Green. Tristans Freundin."

Sie neigte den Kopf, während ich darauf wartete, dass der peinliche Moment vorüberging. Die fünf Kabinen im Bad hatten offene Türen, und Emma war nirgends zu sehen.

„Dann weißt du sicher, dass ich Simone bin, seine Verlobte."

Sie war ungefähr in Tristans Alter, strahlte aber eine zeitlose Schönheit aus, die mich für einen Moment sprachlos machte. Ein Anflug von Eifersucht durchzuckte mich. Wie konnte ich mit dieser Frau konkurrieren, die aus Tristans Vergangenheit aufgetaucht war? Mein Herz schlug etwas schneller. Sie sah nicht nur wunderschön aus, meine Sommersprossen konnten mit ihren nicht mithalten.

„Ich hatte dich mir ein bisschen mehr-"

„Tot vorgestellt?" Ihre Schulter hob sich keck. „Das steht auf meinem Grab, aber man sollte nicht alles glauben, was man sieht."

Ihr Blick wanderte zurück zu ihrem Spiegelbild. Sie umrandete ihre Lippen mit einem knalligen, verführerischen Rot. Es passte zu ihren Haaren.

„Ich kann nicht leugnen, dass ich schockiert bin, dass du am Leben bist", stotterte ich.

In meinem Kopf überschlugen sich die Gedanken. Was bedeutete das für Tristan und mich? Für unser Baby?

Sie senkte den Liner in ihre Tasche und holte einen Lippenstift heraus. „Danke. Mein Vater war ein Bastard und kannte keine Gnade."

„Das tut mir leid. Danke für deine großzügige Spende an Hope for Hope."

„Es war mir ein Vergnügen. Tristan hatte schon immer ein Herz für die Unterprivilegierten." Sie musterte mich von oben bis unten, und mein Magen verkrampfte sich.

„Ich-"

„Die Gefangenschaft durch meinen Vater hat mich gelehrt, wie wichtig es ist zu helfen. Sein Zorn ist vorbei."

So sehr ich mich auch dafür entschuldigen wollte, den Bastard getötet zu haben, die Stimme in mir sagte, ich solle meine dumme Klappe halten. Genau so. Also tat ich es.

Die Ironie der Situation traf mich wie ein Schlag. Hier stand ich, schwanger von dem Mann, dessen tot geglaubte Verlobte vor mir stand - eine Verlobte, deren Vater ich getötet hatte. Das Leben konnte wirklich seltsame Wendungen nehmen.

Sie beendete das Auftragen des Lippenstifts und wandte sich vom Spiegel ab, mir zugewandt. „Also, was machen wir mit unserer Tristan-Situation?"

„Was meinst du?"

„Er kann nicht gleichzeitig eine Verlobte und eine Freundin haben." Das überhebliche, machtvolle Grinsen triefte vor territorialer Aggression. Ich sammelte meine Gedanken, aber Simone war schneller.

„Ich mache nur Spaß." Sie winkte ab. Das machte sie oft. „Offensichtlich ist unsere Verlobung abgelaufen, als mein Vater mich entführt hat."

Ach was?

„Aber ich würde dich gerne kennenlernen. Ich glaube, wir haben eine gemeinsame Freundin, Marissa."

Woher wusste sie von Marissa? Tristan hätte solche Informationen sicher nicht preisgegeben; aber Wright schon.

Mein Herz setzte für einen Moment aus, nur um dann wild zu rasen. „Marissa?" Das vermisste Mädchen von der Auktion. „Weißt du, wo sie ist?"

Sie lachte. „Na klar weiß ich das. Ich hab sie gesehen, als ich Hope for Hope besucht habe."

„Oh."

„Unsere Wohltätigkeitsorganisation hat viel mit Hope for Hope gemeinsam. Ich wollte eigentlich mit Tristan darüber sprechen, zusammenzuarbeiten, aber vielleicht bist du die bessere Ansprechpartnerin?"

Vielleicht lag ich falsch mit Wright; und oh, so falsch mit Simone. Ich konnte verstehen, warum sie eine Handvoll war.

„Das ist wunderbar. Also ist sie in Sicherheit? Sie ist nicht bei diesem Mann mittleren Alters?"

„Sie sah für mich gesund aus."

„Gut. Das ist toll."

Wir standen in einer peinlichen Pause, die sich wie eine Ewigkeit anfühlte. Wenn ich etwas im Leben und in meinem Beruf gelernt hatte, dann war es, seine Feinde näher bei sich zu haben als seine Freunde. Obwohl ich mir noch nicht sicher war, in welche Kategorie Simone gehörte, beschloss ich, dass es klug wäre, sie kennenzulernen.

„Schießt du mit Waffen?", fragte ich.

„Nein", lachte sie.

„Ich gehe mit einer Freundin auf einen Schießstand. Du solltest mal mitkommen. Es macht Spaß."

„Meine Definition von Spaß beinhaltet normalerweise Einkaufszentren, aber ich bin immer bereit, etwas Neues auszuprobieren."

Ich kratzte mich an der Wange. Simone nahm eine Karte aus ihrer Clutch und reichte sie mir. Ich drehte die Karte von ihrem Namen und ihrer Telefonnummer zu einem schwarzen Unendlichkeitssymbol auf weißem Hintergrund.

„Du hattest Zeit, eine Firma zu gründen?"

„Es ist eine gemeinnützige Organisation. Infinity hilft Frauen, gefährliche Umgebungen und Beziehungen zu verlassen. Unser Programm stellt sicher, dass sie für immer in Sicherheit sind. Wir haben viel gemeinsam mit Hope for Hope. Ich wollte eigentlich mit Tristan über eine Zusammenarbeit sprechen, aber vielleicht bist du die bessere Ansprechpartnerin?"

Ich beruhigte meine zitternde Hand und nahm meine Karte aus meiner Clutch. Die Pränatalvitamine und mein Erdbeer-

Lipgloss rollten auf die Theke. Ich stopfte sie schnell wieder hinein und hoffte, dass Simone es nicht bemerkt hatte.

„Ja, es sieht so aus, als hätten wir viel gemeinsam", sagte ich.

„Wunderbar. Ich sollte gehen. Meine Brüder sind nicht glücklich über diese philanthropische Reise von mir, aber ich dachte, der Tod meines Vaters und dieses neue Leben sind meine neue Chance, alles zurückzubekommen, was ich verloren habe. Also warum sollte ich auf sie hören?"

Kalte Schauer liefen mir den Rücken hinunter. Warum fühlte es sich an, als würde sie Tristan in dieses ‚alles' einschließen? Panik stieg in mir auf. Meine Hand wanderte unwillkürlich zu meinem Bauch. Unser Baby. Tristans und meins. War ich bereit, um Tristan zu kämpfen? Konnte ich das in meinem Zustand überhaupt? Ich atmete tief durch und versuchte, meine Fassung zu bewahren.

„Richtig. Nun, ruf mich an. Wir werden die Details für das Treffen festlegen."

Sobald Simone ging, öffnete sich eine Kabinentür.

„Emma?" Ich dachte nicht, dass jemand hier war.

„Ich stand auf der Toilette."

„Warum hast du gelauscht, Ems?"

„Weil mein Bauchgefühl mir sagte, ich solle dieser Frau ins Bad folgen, sobald der Tumult begann. Ich habe sie nie getroffen, aber ich habe gehört, dass sie viel Drama in meiner Familie verursacht hat. Ihr Vater mochte Tristan nicht, aber meine Eltern mochten sie auch nie."

„Oh, Ems, ich möchte nicht, dass du darin verwickelt wirst. Es sieht-"

„Gefährlich aus? Sollte eine schwangere Frau alleine arbeiten?"

„Ich brauche dich, um dieses Babygeheimnis noch ein bisschen länger für mich zu bewahren. Zumindest, bis ich Simones Absichten herausgefunden habe."

„Ich kann Sachen herausfinden. Was brauchst du?"

Meine Augenbrauen hoben sich. „Vielleicht solltest du dich von dieser Sache fernhalten?"

Simone war Hartleys Tochter, und ich konnte den Namen, den sie trug, nicht unterschätzen.

„Niemand wird es erfahren. Ich verspreche es. Ich kann mit medizinischen Unterlagen anfangen. Wir wissen ja schon, dass die einfach zu bekommen sind. Und dann können wir von da aus weitermachen."

Ich biss mir auf die Lippe. „In Ordnung. Mach es. Aber das ist streng geheim."

Sie grinste. „Ich bin voll die Geheimnis-Ninja, echt jetzt!"

Wir verließen das Bad getrennt, und als ich zu meinem Tisch zurückkehrte, saß Simone auf meinem Stuhl und plauderte mit Tristan. Mein Magen verkrampfte sich, und ich spürte, wie sich meine Fingernägel in meine Handflächen gruben. Wilma hatte die Arme vor der Brust verschränkt, Fred runzelte die Stirn, als ob er ein Markenzeichen für diesen Blick besäße, Julian war irgendwohin mit Eric verschwunden, und ich hatte den Drang, jemanden zu erwürgen.

Kapitel 6

Tristan

Simone floh vom Tisch, bevor Allie zurückkehrte. Das Essen war mir kaum den Hals hinuntergegangen. Die Lichter waren gedimmt, und wir wiegten uns zu sanftem Jazz auf der Tanzfläche. Ich hielt Allie eng an meine Brust gedrückt. Die Spendengala war ein Erfolg gewesen. Trotzdem würde die Zusammenarbeit mit Simone Hartley alles andere als einfach werden. Ich hatte sie seit dem Überfall im Flur nicht mehr gesehen, und sie hatte den Bühnenmanager dazu gebracht, mir die Karte zu geben.

Allies Finger strichen über meine Brust. „Geht's dir gut?"

Ich blickte auf ihre weichen Wangen und das sommersprossige Gesicht hinab. „Ehrlich? Nein."

Sie schmollte. „Ich wünschte, ich könnte was tun, um zu helfen."

„Kannst du. Bleib einfach bei mir."

„Wie wär's mit etwas frischer Luft?"

Ich hielt inne und nahm ihre Hand von meiner Brust, um sie in meine zu legen. „Die beste Idee, die ich heute gehört habe. Komm."

Ich durchquerte den Saal zum angrenzenden leeren Ballsaal, der auf der anderen Seite des Gebäudes einen Balkon hatte.

„Dürfen wir hier sein?", fragte sie.

„Wo ist die mutige Polizistin, die ich bei einer Feuer in einem Stripclub während einer Orgie kennengelernt habe?"

„Ich hoffe, das ist nicht die Geschichte, die du unseren Kindern erzählen willst." Ihre Stimme brach vor Nervosität.

„Wie wäre es, wenn ich ihnen erzähle, dass ich ihre Mutter kennengelernt habe, als sie Menschen aus einem brennenden Gebäude rettete?"

„Das ist eine halbe Wahrheit."

Ich öffnete die Balkontür. „Wie wäre es, wenn wir es gar nicht erwähnen, es sei denn, sie fragen? Oder wir könnten uns eine Geschichte ausdenken, wie ich dich auf einem Ball kennengelernt habe. Ich sah deine grünen Augen quer durch den Raum, und du drehtest dich in einem wunderschönen Kleid, wie eine Prinzessin."

Wir traten auf den Balkon mit Blick auf den Central Park. Ein kalter Windstoß wehte vorbei, und Allie zitterte.

„Das ist jetzt aber wirklich ein Märchen."

Ich zog meine Jacke aus und legte sie ihr über die Schultern. „An Märchen ist nichts auszusetzen."

Sie lehnte sich lächelnd ans Geländer. „Es ist wunderschön hier draußen. Schön ruhig." Sie gähnte.

„Schon müde?"

„Ich hatte einen frühen Tag mit Laura. Wir haben einen Fall durchgesprochen, und ... na ja ... ich glaube, sie hat Probleme mit James."

„Davon hatte ich keine Ahnung. Hat sie ihm von Fox erzählt?"

„Noch nicht, aber sie plant es."

„Gut. Das ist wirklich gut. Geheimnisse kommen immer irgendwie ans Licht."

Ihr Rücken versteifte sich, bevor er sich an meinem Körper entspannte, als ich hinter ihr stand. Das Leben in Manhattan pulsierte auf den Straßen unter uns. „Was ist los mit Simone?", fragte sie.

„Ich weiß es nicht. Ich bekomme nur ... Schwingungen."

„Schwingungen?"

„Und einen bitteren Geschmack im Mund. Diese Spende für Hope for Hope war genau getimed."

Ihre grünen Augen verdunkelten sich. „Ich weiß, das willst du nicht hören, aber Wright sollte schon vor Jahren unter der Erde sein. Wer auch immer den Bastard zur Strecke bringt, wird meine Sorgen lindern. Meine Mutter sagt, Leute wie Wright bekommen irgendwann ihr Karma, also zähle ich in diesem Fall wirklich auf Karma."

Ich seufzte frustriert, und Allie drehte sich in meiner Umarmung.

„Wir brauchen Wright für Kendras Fall, aber wir suchen auch nach neuen Beweisen. Ich weiß, dass es sie gibt."

„Was droht ihr?"

„Allie ... ich kann die Worte nicht einmal aussprechen."

„Was wirst du wegen Simone unternehmen?"

„Simone hat gerade eine Flut von Fragen aufgeworfen, die ich beantworten muss. Ich habe um sie und um uns getrauert, bis sich die Trauer in jahrelange Arbeit verwandelte und ich weiter-machte. Alles, was übrig ist, ist Schock und, ich schätze, ein biss-chen Misstrauen."

„Simone will da weitermachen, wo sie aufgehört hat", sagte sie. „Ich bin ihr auf der Toilette begegnet. Sie hat Marissa bei Hope for Hope gesehen."

„Das klingt-"

„Verdächtig? Das dachte ich auch. Glaubst du, Simone weiß über das Familiengeschäft Bescheid?"

„Ich würde beide meiner Nieren darauf verwetten. Sie ist ziemlich gut angepasst für jemanden, der gerade der Gefangen-schaft entkommen ist und ein schweres Trauma erlebt hat. Ich meine, schau dir Kendra an. Sie ist unter ständiger Betreuung und spricht immer noch nicht."

Allie zitterte, und ich zog meine Jacke fester um sie.

„Ich habe Simone vielleicht zum Schießstand eingeladen."

„Was?"

Sie blickte auf. „Ich versuche, meine Freunde nah und meine Feinde noch näher zu halten."

War das, was Simone war? Eine Feindin? Die unbeschwerte Frau, die gegen ihren Vater rebelliert hatte, hatte schon immer jeden Zug genau berechnet. Und sie machte nie einen Zug ohne Grund. Ich zog Allie noch enger in meine Umarmung.

„Hartley hatte einen beunruhigenden Blick in den Augen. Sie hat denselben Blick – als wäre nichts eine Herausforderung."

Allie befreite sich aus meiner Umarmung. „Ich wollte nichts sagen und nicht unangemessen klingen, aber ich hatte denselben Eindruck. Außerdem ist sie hinter dir her."

„Es sind fünfzehn Jahre vergangen. Sie weiß, dass ich weiter-gezogen bin."

„Sie hat dich ihren Verlobten genannt." Das leichte Zittern in ihrer Stimme jagte mir einen Schauer über den Rücken.

„Was? Das ist lächerlich."

„Sie hat sich korrigiert, aber es war offensichtlich, dass sie es absichtlich gesagt hat. Zweimal. Mein Gott, sieh mich an. Ich petze."

„Vertrauen wird im Leben unterschätzt, genau wie Instinkt, und ich vertraue dir vollkommen."

„Einfach so?"

„Einfach so."

Ich hob ihr Kinn mit meinen Fingern, damit sie meine Lippen treffen konnte. Der Erdbeergeschmack auf ihrem Mund ließ für einen Moment alle Sorgen verschwinden.

„Komm heute Nacht mit zu mir. Ich habe davon geträumt, dich in meinem Bett zu haben. Auf meinem Schwanz."

Sie biss sich auf die Lippe und machte Hundeaugen. „Ich habe morgen früh einen Arzttermin. Routineuntersuchung."

Verdammt!

„Ich bin sicher, ich kann deine körperliche Untersuchung

übernehmen." Ich stöhnte und rieb mich an ihr. „Man sagt, MzM-Verwöhnung ist essenziell."

„Wer sagt das?", lachte sie.

„Ich weiß nicht, aber ich werde es essenziell machen, wenn du mit mir nach Hause kommst."

„Es ist ein früher Termin und es macht mehr Sinn, auf Long Island zu bleiben." Sie stellte sich auf die Zehenspitzen und küsste mich. „Ich nehme den Zug um neun und komme direkt danach zur Arbeit."

Ich hätte Allie früher von unserem neuen Haus erzählen sollen, denn wenn ich es getan hätte, würden wir heute Nacht dort ficken.

„Arbeit." Ich fuhr mir mit den Fingern durch mein überlang gewordenes Haar. „Ich brauche verdammt nochmal Urlaub."

„Was wirst du wegen der Klage unternehmen?"

Ich ballte meine Fäuste. Mein Blut kochte, meine Muskeln spannten sich an, und eine Hitzewelle durchflutete meinen Körper. Es wäre so viel besser gewesen, jetzt zu ficken.

„Ich will keine negative Publicity für die Wohltätigkeitsorganisation, weil die Arschlöcher, die gespendet haben, die Missbraucher sind, gegen die wir kämpfen. Wenn Simones Vater sie gefangen gehalten hat, sollte sie sich von ihren Onkeln und Brüdern fernhalten wollen – und trotzdem ist sie hier und macht eine Spende in ihrem Namen." Die Nasenflügel bebten mir. „Der Moment ist heute Abend verstrichen, und wir müssen die Lage neu bewerten. Wir treffen uns morgen früh als Erstes mit den Anwälten."

„Du hast Recht. Nichts an ihrer Auferstehung ergibt einen Sinn."

Ich rieb ihre Hände über meine Arme, was mir eine Idee gab. „Willst du einen neuen Fall mit mir übernehmen?"

„Welchen Fall?"

„Einen, bei dem wir zusammenarbeiten, um herauszufinden, was sie vorhat."

Allie packte meinen Arm und hielt sich fest. Aufregung funkelte in ihren Augen, und sie biss sich auf die Lippe. „Natürlich will ich das!" Sie sprang in meine Arme und küsste mich hart, bevor sie an meinem Körper herunterglitt.

„Ich weiß, du erholst dich noch, also wird es nichts Körperliches sein."

Sie grinste von einem Ohr zum anderen, als hätte ich ihr gerade das beste Weihnachtsgeschenk ihres Lebens gemacht. „Umso besser. Was genau hast du vor?"

„Ich weiß es noch nicht, aber sei auf der Hut. Ich werde das auch zu den vielen Gründen hinzufügen, warum du bei mir einziehen solltest."

Allie schlang ihre Arme um mich und drückte fest zu. „Bald. Ich verspreche es." Sie gähnte wieder.

„Du bist müde."

„Ein bisschen. Foxy hat mich wach gehalten."

Ich warf ihr einen wissenden Blick zu.

„Ich sagte bald. Sie wird es ihm bald sagen."

„Schon gut, schon gut. Ich hab's verstanden. Bald. Ich glaube, Laura ist mit James gegangen."

Sie runzelte die Stirn. „Mist. Ich fahre gerne mit ihr Zug."

„Du fährst nicht in einem Abendkleid mit dem Zug." Ich schüttelte den Kopf. „Komm schon."

Ich begleitete Allie nach unten zum Eingang und verabschiedete mich mit einem Kuss an der Limousine.

„Wie lange musst du noch bleiben?", fragte sie.

„Bis der letzte Gast geht. Das gehört zur Aufgabe als Gastgeber."

„Also sehe ich dich morgen bei der Arbeit?"

„Ich werde kurz vor Mittag da sein."

Ich küsste sie noch einmal und hielt die Tür auf. Allie wegfahren zu sehen, in die entgegengesetzte Richtung, in der ich sie brauchte, schmerzte auf eine Weise, die ich noch nie zuvor gespürt hatte. Ich kniff die Augen zu. Die Nacht der Verpflichtungen endete erst weit nach ein Uhr morgens, und ich ging die vier Blocks nach Hause. Die frische Winterluft schnitt meinen Atem zur Hälfte ab.

„Guten Abend, George." Ich nickte dem Concierge am Empfang zu.

Er hielt die Tür auf. „Guten Morgen, Herr Silver."

Ich fuhr mir mit der Hand durchs Haar. „Ist es wirklich schon so spät?"

„Es könnte auch früh sein, wenn Sie ein Morgenmensch sind."

Ich lachte. George war der Typ, der das Glas immer halb voll sah, und was noch wichtiger war, jemand, dem ich vertrauen konnte. „Du hast recht. Hab einen schönen Morgen, George."

„Sie ebenfalls, Herr Silver."

Die einsame Fahrt im Aufzug dauerte viel länger als sonst, wenn Allie dabei war. Ich warf die Autoschlüssel in die Schale im Flur, wo sie klirrend landeten.

„Rona. Bitte leisen Jazz."

Eine sanfte Saxophonmelodie erklang, und ich zog meine Schuhe aus.

Es dauerte nicht lange, nachdem ich angekommen war und es mir mit einem Glas Whiskey in der Hand gemütlich gemacht hatte, bis George von unten anrief.

„Ja, George?"

„Normalerweise würde ich Sie nicht stören, aber da Sie wach sind, dachte ich, ich rufe an, um Ihnen zu sagen, dass ich entweder einen Geist sehe oder verrückt geworden bin. Frau Simone Hartley ist hier."

„Gut. Du bist nicht verrückt, und sie ist kein Geist, George. Schick sie rauf." Ich leerte das Glas in einem Zug, und eine Welle von Tapferkeit durchströmte meine Brust.

„Sofort, Sir."

Ich setzte mich ans Kaminfeuer. Die Eiswürfel in meinem leeren Whiskyglas schmolzen. Zwei Minuten später öffnete sich die Aufzugtür, und ich hörte das Geräusch ihrer sich nähernden

Absätze auf dem Marmorboden. Sie betrat das Wohnzimmer in demselben enthüllenden Ballkleid, das sie auf der Spendengala getragen hatte, zog ihre Absätze aus und schlenderte barfuß über den Teppich. Sie blieb vor meinem Sessel stehen.

„Konntest du nicht schlafen?", fragte ich.

„Weißt du, wie schwer es war, zuzusehen, wie du mit einer anderen Frau tanzt?" Sie legte eine Hüfte zur Seite.

„Allie ist nicht einfach irgendeine Frau." Ich hob mein Glas und wirbelte die Eiswürfel herum.

„Ich habe keinen Ring an ihrem Finger gesehen, und ich bin diejenige, die jetzt in deinem Penthouse ist, nicht sie."

Sie nahm mir das leere Glas aus der Hand und schlenderte zurück zum Barwagen, wo sie den Whiskey nachfüllte und sich selbst auch einen Drink einschenkte.

„Was du bei der Spendengala getan hast, war hinterhältig, Simone. Es wird mich nicht davon abhalten, deinen Onkeln die Papiere zuzustellen."

„Ich habe dich davor bewahrt, Silver Securities vor Hunderten von Leuten zu blamieren. Du solltest dankbar sein."

„Wo ist Wright?"

„Wahrscheinlich versteckt er sich. Deine Freundin könnte ihn herauslocken. Er steht auf sie, weißt du."

„Er ist ein kranker Perversling. Meine Beweise zeigen, dass deine Onkel ihn nicht haben."

„Das weiß ich."

„Warum zum Teufel hast du mir dann gesagt, ich solle ihnen keine Papiere zustellen?"

„Weil es in meinem Elternhaus Beweise gibt, dass Wright dort gelebt hat."

„In der Bucht?"

Sie nickte. Sie schlenderte auf mich zu, als gehöre ihr der Ort, reichte mir den Drink und setzte sich auf den Sessel mir gegenüber, wobei sie meinen Blick festhielt.

„Das hättest du mir bei der Spendengala sagen können."

„Wenn ich das getan hätte, hättest du es vermasselt, Tristan, und ich hätte keinen Grund gehabt, heute Nacht herzukommen."

Warum genau war sie gekommen?

„Es ist zwei Uhr morgens. Was kann ich für dich tun, Simone?"

„Ich denke, die bessere Frage ist, was ich für dich tun kann."

„Unsere Wege sind nicht die gleichen. Ein Prozess ist unvermeidlich. Du solltest deine Verbindungen kappen, solange du noch kannst."

„Du hörst mir nicht zu, Tristan. Ich habe Zugang zu Donaldson. Ich kann dir denselben Zugang verschaffen."

Ich konnte nicht leugnen, dass ihr Angebot verlockend war. Die Informationen könnten viele Probleme von Silver Securities lösen. Aber es musste einen Haken geben.

„Du sagst mir, du würdest deine Familie verraten?"

„Meine Familie hat mich verraten. Sie haben geschwiegen, während mein Vater mich nach seinen Vorstellungen konditionierte. Zumindest dachte er das. Du erinnerst dich an die ständige Überwachung, die Lügen und die Manipulation, nicht wahr? Ich hatte keinen Ausweg, bis mein Vater zwei Meter unter der Erde lag. Das erinnert mich daran, dass ich mich bei der tapferen Person bedanken muss, die ihn getötet hat."

Allie.

Ich räusperte mich. „Was ist mit deinen Onkeln?"

„Sie sind nicht diejenigen, die die Fäden ziehen."

„Wer dann?"

„Ein neuer Nachfolger. Etwas darüber, im Darknet zu operieren, ohne je gesehen zu werden."

Ich setzte mich aufrecht hin. „Aber du weißt, wer es ist."

Sie grinste und kostete den Moment voll aus. „Ich würde geschäftliche Angelegenheiten lieber für die Woche aufheben."

„Dann sollten wir uns in meinem Büro treffen. Nenn einfach Tag und Uhrzeit."

Ich saugte einen Eiswürfel aus dem Getränk und biss hindurch.

Ihr Gesicht rötete sich. Sie war verärgert.

„Oder du könntest zu mir nach Hause kommen. Wir müssen nicht so förmlich sein, Tristan", bot sie an.

Vielleicht hatte Allie recht. Möglicherweise ging ich die Situation aus dem falschen Blickwinkel an.

„Zu dir nach Hause? Wo wohnst du denn?" Ich lehnte mich in meinem Stuhl zurück. Der Raum wurde wärmer und meine Beine entspannten sich.

Sie grinste. „Long Island. Auf der anderen Seite der Bucht."

Meine Augenbrauen hoben sich. „Nicht das alte Haus an der Bucht?"

Die Hartleys hatten das Haus an der Bucht als Ferienhaus genutzt. Simone war schon immer ein Papakind gewesen, und Hartley hatte ihr das Anwesen versprochen, als sie mit zehn Jahren danach gefragt hatte. Das hatte mir ihre Mutter erzählt. Candice Hartley – jetzt Watson – war alles, was ich mir für Simone erhofft hatte: das komplette Gegenteil von Jeff Hartley. Aber die Geschichte hatte gezeigt, dass Simones wildere Seite mit jeder Bestechung, die Jeff Hartley meisterte, aufblühte.

Wir verbrachten die Sommer damit, vom Steg zu springen, Jetski-Rennen zu fahren und die größten Partys im ganzen Bundesstaat zu schmeißen. Seitdem hatte sich so viel verändert.

„Tristan?", fragte sie. „Hast du ein Wort von dem gehört, was ich gesagt habe?"

Ich konnte mich nicht erinnern, dass sie gesprochen hatte. Ihr Mund bog sich leicht nach links, und meine Atmung verlangsamte sich. Mein Verstand gab den Erinnerungen nach. Ich sah uns wieder am Strand Volleyball spielen. Das war alles, bevor Hartley zum Schurken wurde.

Als ich meine Augen wieder öffnete, kniete Simone auf dem Teppich vor mir. Sie hob ihre Hand und fuhr mir mit den Fingern durchs Haar, sanft über meine Kopfhaut streichend.

Unfähig, meine Hand zu heben, sah ich zur Seite und zog mich von ihr zurück.

„Erinnerst du dich an die langen Sommernächte und kühlen Herbstabende am Lagerfeuer?", ihr Atem streifte meine Wange, dann meinen Mund. Meine Arme und Beine hielten mich im Stuhl fest. „Das waren die besten Nächte meines Lebens."

Ich öffnete meinen Mund, konnte aber nicht sprechen. Ihr Geruch überwältigte den Raum, und als ich meine Augen wieder schloss, war ich dort, am Strand, und knutschte mit Simone. Nur dass sie wie Allie aussah und nach Erdbeeren schmeckte.

Meine Augen flogen auf.

Wo ist Allie?

Ich blinzelte und Simone kam wieder in Sicht. Sie stand auf, senkte ihren Mund zu meinem Mundwinkel und flüsterte: „Ich finde selbst hinaus, Tristan. Wir sehen uns diese Woche im Büro."

Sie schlenderte aus dem Raum, ihre Hüften wiegten sich verführerisch hin und her. Ich sank tief in den Stuhl und lehnte meinen Kopf zurück, zuckte zusammen bei einem Geräusch aus meinem Schlafzimmer. Als ich meine Augen wieder öffnete, dachte ich, Allie an der Tür vorbeigehen zu sehen.

„Allie?" Mein Mund bewegte sich, aber ich konnte meine Stimme nicht hören.

„Allie?", rief ich erneut.

Sie erschien aus dem Augenwinkel. Ihr Erdbeerduft umhüllte mich. Ich suchte nach ihren Augen, aber ihr Gesicht war von ihren Haaren verdeckt. Stattdessen konzentrierte sie sich auf meinen Schwanz, kniete sich hin und öffnete meinen Reißverschluss. Ihre Hand rieb über meinen offenbar steifen Schwanz, glitt an meiner Boxershorts auf und ab. Ich rieb mir die Stirn und schüttelte den Kopf. Der Raum drehte sich mit jedem Streicheln schneller.

Sie nahm mein Whiskyglas mit ihrer freien Hand und hielt es an meine Lippen. Ich legte meinen Kopf zurück und trank den bitteren Alkohol in einem Zug aus. Mein Schwanz sprang hart und steif heraus, was seltsam war, denn ich hatte bis zu diesem Moment nicht an einen Handjob gedacht, bis ihre warme Hand sich um mich schloss.

Ich schloss meine Augen und gab mich ihrem Rhythmus hin. Sie umfasste meinen Schwanz mit makellosen Bewegungen. Mein Hintern spannte sich an und ich drückte mich höher in den Sitz, jeder schmerzhafte Stoß bettelte um Erlösung.

„Bleib still, bleib still, bleib still ...", ihre Stimme schallte in meinem Kopf.

Die unerbittlichen Züge versetzten mich in einen Rausch. Ihre Stimme klang von irgendwo weit weg, bis ich mich dem Vergnügen hingab. Ich kam hart und schnell und stand erst wieder auf, als die Sonne hell durchs Fenster schien.

„Was zum Teufel?"

Ich zog meine Hand über meine Augen und setzte mich in meinem Bett auf, nackt und allein. Verdrehte Laken waren um mein Bein und die Hälfte meines Körpers gewickelt. Mein Schwanz war immer noch verdammt hart wie ein Stein, aber es gab keine Spur von Allie.

Ich legte mich zurück aufs Bett.

Scheiß feuchte Träume.

Die Uhr zeigte sieben Uhr morgens, und meine Erinnerung an letzte Nacht war verschwunden. Mein Schädel brummte wie verrückt. Ich fuhr mit meinen Fingern über meine schmerzende Kopfhaut, massierte den Schmerz weg und nahm dann zwei Ibuprofen. Eine Dusche linderte die Schmerzen, aber der Nebel von letzter Nacht hing immer noch. Ich zog mir bequeme Hosen und einen Pullover an und schrieb Allie eine SMS, um mich vor der Arbeit mit ihr zum Kaffee zu treffen. Wenn ich sie heute nicht davon überzeugen könnte, mit mir in das neue Haus zu ziehen, würde ich vor Frust explodieren.

Kapitel 7

Allie

„Danke, dass du mitgekommen bist." Ich parkte vor der Praxis meines Arztes.

„Foxy kann es kaum erwarten, seinen kleinen Cousin zu sehen." Laura schnallte ihn ab und setzte ihn in den Kinderwagen.

„Zweitcousin. Und ich bin mir nicht sicher, ob wir viel sehen werden. Es ist so groß wie eine Kirsche."

„Kirschen", kreischte Foxy.

„Die haben gerade keine Saison, Schatz. Hier." Sie gab ihm einen der Haferkekse, die Mrs. Brewer am Wochenende gebacken hatte.

„Allie? Na, was für ein Zufall, dich hier zu treffen?"

Ich drehte mich bei der vertrauten Stimme um und wäre fast in Cameron hineingelaufen. „Oh, Entschuldigung. Hi."

„Winzig, geradezu mikroskopisch, Mr. Camelot." Laura neigte den Kopf und sein Gesicht wurde knallrot.

„Hi. Was machst du hier?", fragte er.

„Eine ärztliche Untersuchung. Das erste Ultraschallbild des Babys." Ich rieb meinen Bauch. „Das ist meine Partnerin, Laura. Also, nicht Lebenspartnerin, Arbeitspartnerin, aber ihr habt euch ja schon kennengelernt ... und ich plappere."

„Schön, Sie wiederzusehen." Laura winkte.

„Das erste Ultraschallbild? Das ist aufregend. Kann ich Sie hineinbegleiten? Betty ist schon drinnen. Ich habe ihr Wasser vergessen."

Betty. Ich müsste Emma sagen, dass sie diesen Namen von der Liste streichen soll, denn das Letzte, woran ich denken wollte, wenn ich mein Baby ansah, war die Frau meines Ex.

„Ich dachte, du hättest einjährige Zwillinge?", fragte ich.

„Hab ich. Und ein weiteres Paar ist unterwegs."

Wow! Cameron aus Camelot hatte wohl keine Zeit verloren.

Camerons Frau strahlte vor Stolz, als er durch die Tür kam. Er küsste sie und dann ihren dicken Bauch. Sie trug hoch, und Cameron konnte nicht aufhören, über die bevorstehende Ankunft der Zwillinge zu reden. Sie sahen aus, als würden sie eine perfekte Familie abgeben.

Ich holte tief und schmerzlich Luft und schloss die Augen, während ich mir versprach, Tristan so bald wie möglich von dem Baby zu erzählen. Das Gefühl hielt während des Ultraschalls an, als ich den galoppierenden Herzschlag hörte. Meine Augen füllten sich mit Tränen, und Laura hielt die ganze Zeit meine Hand, während Foxy auf meinen Bauch zeigte und „Kirschen" wiederholte.

Ich stopfte die Schwarz-Weiß-Fotos der Frucht in meinem Bauch in meine Handtasche. Heute war mein erster offizieller Arbeitstag, und ich hatte geplant, alle Fälle durchzulesen, gleich nachdem Tristan mir alles gezeigt hatte. Wir brachten Foxy zu Mrs. Brewer und nahmen den Zug nach Manhattan.

„Glaubst du, er erinnert sich an die Schachtel mit den Baby-schuhen?", fragte ich Laura, als wir in der Schlange für Kaffee standen. „Er ist so mit Simone beschäftigt."

„Umso mehr Grund, ihm die Schuhe zu geben – aber die sind zu Hause."

Meine Brust sackte zusammen.

„Du weißt, dass du keine Babyschuhe brauchst, um es ihm zu

sagen. Was auch immer du tust, bau keinen Laura-Mist. Es ist schwieriger, aus diesem Schlamassel rauszukommen als aus dem Schlamassel selbst."

Ich kicherte, und Laura sah auf ihre Uhr.

„Tristan verspätet sich."

„Er verspätet sich nie. Es ist fast zehn Uhr. Vielleicht ist er früher reingegangen?"

Draußen hatte der erste Schnee den Bürgersteig bedeckt. Die frische Schicht Pulverschnee erhellte die Stadt und kündigte einen langen Winter an.

„Was darf ich Ihnen bringen?", fragte die Barista. Ich zuckte bei der vertrauten Stimme zurück. Nach einem zweiten Blick fragte ich: „Portia?"

„Hi, Katie. Ich heiße eigentlich Michelle. Was möchten Sie?"

„Und ich heiße eigentlich Allie. Nicht Katie. Einen Pumpkin Spice Chai Tee und einen Cappuccino. Es ist so schön, dich hier zu sehen. Wie geht es dir?"

„Besser als je zuvor. Wenn du nicht gewesen wärst, hätte ich in dieser Gasse festgesessen, bis meine Wurzeln grau geworden wären."

Michelle klang und sah ganz anders aus als die rothaarige Portia, an die ich mich von der Straße erinnerte. Ihr brauner Pferdeschwanz wippte bei jedem Schritt, als sie die Getränke zubereitete.

„Ich bin mir nicht sicher, was ich getan habe, aber du siehst toll aus."

„Danke. Ich habe die Nummer auf der Karte angerufen, die du mir gegeben hast. Hope for Hope hat mich in ein Reha-Programm eingeschrieben, mir einen Job hier besorgt, und alles andere ist Geschichte." Sie kam um die Theke herum und umarmte mich, bevor sie mir die Becher reichte.

„Danke. Ich schulde dir viel mehr als einen Tee und einen Kaffee, also gehen die aufs Haus."

„Danke." Mein Handy klingelte mit Tristans Nummer. „Ich muss rangehen. Es ist schön, dich hier zu sehen, Michelle."

„Lass dich mal wieder blicken." Sie lächelte.

Ich wischte über den Bildschirm und ging zu einer freien Sitzecke. „Hallo?"

„Hey, ich bin's. Ich hoffe, du wartest nicht. Ich bin schon im Büro."

„Ist alles in Ordnung?"

Das kurze Zögern in seiner Stimme ließ mich erschaudern. „Ja, komm rauf. Ich kann es kaum erwarten, dir alles zu zeigen."

„Bis gleich."

Laura machte sich auf den Weg in unser Büro, während Tristan mir eine Tour durch die drei obersten Stockwerke gab.

„Weißt du, ich hatte letzte Nacht einen unanständigen Traum von dir."

„Ist das etwas, worüber wir während der Arbeitszeit reden sollten?"

„Es wird ein langer Tag. Ich kann's kaum erwarten, dir zu sagen, dass ich mir wünsche, du könntest morgens in meinem Bett sein."

„Bald, Tristan. Bald. Wir treffen uns noch zum Mittagessen, oder?"

Aber als ich zu meinem Schreibtisch zurückkehrte, war es bereits Zeit fürs Mittagessen, und ich konnte die Chance nicht verpassen, Tristan das Ultraschallbild zu zeigen. Ich machte auf dem Absatz kehrt. „Sieh mal an. Die Zeit vergeht wie im Flug, wenn man Spaß hat. Wo möchtest du zum Mittagessen hin?" Ich wippte von links nach rechts. Natürlich klingelte genau in diesem Moment sein Handy, und sein Gesichtsausdruck wurde ernst.

„Ich muss das Mittagessen ausfallen lassen."

„Ist alles in Ordnung?"

„Ja, ich mache nur etwas altmodische Detektivarbeit mit

James. Laura sollte dich über alles auf dem Laufenden halten können."

Er gab mir einen schnellen Kuss und verschwand hinter der Aufzugtür.

„Das macht er oft", sagte Greg hinter der Theke. „Das gehört zum Job. Die Silvers sind immer beschäftigt. Immer in der Stadt unterwegs."

Vielleicht passte ein Baby nicht in diesen Lebensstil. Mein Magen knurrte. Ich bestellte Essen zum Mitnehmen und blieb mit Laura im Büro, während wir die Akten von Hope for Hope durchblätterten. Nichts sagte „Willkommen" besser als Arbeit.

„Ich habe nichts über Marissa gefunden."

„Das Mädchen von der Auktion? Hat Simone nicht gesagt, sie hätten sie gerettet?"

„Ja, aber vertrauen wir Simone wirklich?"

Laura lachte gerade, als mein Handy mit Emmas Nummer klingelte. „Perfekt. Ich bekomme gleich ein paar Antworten."

„Antworten worauf?"

„Hey, Ems. Was hast du für mich?"

„Ich habe die Krankenakten überprüft. Simone Hartley war zum Zeitpunkt des Unfalls schwanger. Zwei Wochen später wurde ein Arzt ins Haus gerufen."

„Sie hat ein Baby bekommen? Tristans Baby?"

„Was?" Laura horchte auf, aber ich drückte das Telefon fester an mein Ohr.

„Ich glaube nicht." Emma atmete schwer. „Tut mir leid, ich verlasse gerade das Krankenhaus, und es ist Mittagszeit, und ich muss zurück zum Unterricht."

„Warum glaubst du das nicht, Ems?"

„Die Unterlagen sagen, sie hatte eine Fehlgeburt."

„Oh, okay."

„Aber Simone war kürzlich bei einem Gynäkologen."

„Wie kürzlich?"

„Ähm, heute Morgen. Ich habe sie im Krankenhaus gesehen.

Totaler Zufall. Allie, ich glaube, sie verheimlicht noch mehr, und du solltest Tristan definitiv von dem Baby erzählen, weil ich zu viele Geheimnisse für mich behalte. Zu viele, hörst du?"

Sie war wie ein Ballon kurz vorm Platzen.

„Also gut. Bald, Ems. Ich mache es bald, und du wirst die Erste sein, die es erfährt. Ich verspreche es. Danke für deine Hilfe."

„Kein Problem. Wir sehen uns an Thanksgiving."

Sie legte auf, bevor ich sie nach dem bevorstehenden Feiertag fragen konnte. Nach dem, was meine Mutter mir erzählt hatte, bereiteten sich die Flintstones seit Wochen auf das Ereignis vor.

„Wir vertrauen Simone definitiv nicht. Emma sagt, sie hatte nach dem Autounfall eine Fehlgeburt, aber sie geht jetzt zu einem Gynäkologen."

„Wow."

„Ich weiß. Ich glaube, ich brauche einen Moment an der frischen Luft."

„Soll ich mitkommen?"

Ich schüttelte den Kopf. „Ich bin nicht lange weg."

Weiße Flocken fielen träge zu Boden und blieben auf dem Bürgersteig und den Straßen liegen. Eine kalte Windböe zerzauste meine Haare. Ich nippte an meinem Tee im Café, als mich eine vertraute Stimme aus meinen Gedanken riss.

„Einen großen Schwarzen", bellte ein Kunde Portia an, und ich erstarrte.

Diese Stimme.

Ich schloss die Augen und mein Kopf versank wie bei einer Schildkröte in meinem Körper. Ich drehte mich gerade so weit zur Seite, dass ich Wrights Spiegelbild im Glaskühlschrank sehen konnte.

Scheiße.

Ich klebte mit dem Rücken an dem gepolsterten Sitz in der Ecke, genauso wie ich es als kleines Mädchen getan hatte, wenn ich ihm zuhörte, wie er meine Mutter vergewaltigte. Ich legte

meine Hand über meinen Bauch und bedeckte meinen Baby-
bauch. Was zum Teufel machte er hier? Ich dachte, die Hartleys
hätten ihn in der Hand!

David Wright nahm seinen Kaffee und ging. Er lief zum
vorderen Fenster in der Nähe meines Sitzplatzes, und ich beobachtete, wie er durch sein Handy scrollte. Ich zog die Kapuze
meiner Jacke tiefer über die Stirn, gerade so weit, dass ich seinen
eiligen Gang über die Straße sehen konnte.

Rachegefühle kehrten mit Macht in meine Adern zurück, und
ich tippte schnell eine Nachricht an Tristan.

Allie: Wright im Café gesichtet. Verfolge ihn.

Dieses Arschloch mochte zwar ein wichtiger Zeuge sein, aber
er hatte noch nicht für den Tod meines Vaters und meiner
Schwester bezahlt. Ich rutschte aus der Sitzbox, zog meine Jacke
zu und verließ das Café. Von der anderen Straßenseite aus beobachtete ich, wie der alte Mann einen Kiosk betrat. Er bezahlte
seinen Einkauf, kam heraus und zündete sich eine Zigarette an.
Ich drehte mich auf dem Absatz um, um dem Bastard den Rücken
zuzukehren, und erblickte ihn in der Spiegelung eines Schau-
fensters. Der Schnee fiel stärker, und die dichter werdenden
Flocken behinderten meine Sicht. Ich überprüfte mein Handy,
aber Tristan hatte noch nicht geantwortet. Ein Zigarettengestank
lähmte mich, und ich sah erneut in die Fensterspiegelung, wo
sein faltiges Gesicht neben meinem erschien. Ich zog die Kapuze
tiefer ins Gesicht und schob meinen Schal nach oben, um mein
Gesicht zu verdecken. Er wandte sich nach rechts und ging den
Bürgersteig weiter entlang.

Kalter und heißer Schweiß rann meinen Rücken hinunter. Ich
umklammerte das Geländer und folgte ihm die Treppe hinunter
in eine U-Bahn Richtung Norden. Wright bog um die Ecke, und
ein Fetzen Papier fiel ihm dabei aus der Tasche. Meine Knie
zitterten und mein Herz hämmerte in meiner Brust, als ich den
Gang hinuntereilte. Ich hob das Papier auf und konzentrierte
mich auf Wright am Ende des Tunnels.

Die herannahende U-Bahn dröhnte auf den Gleisen, und zehn Sekunden später wehte der Wind durch mein Haar, als der Zug zum Stehen kam. Ich rannte quer über den Bahnsteig und drängte mich durch die Menge. Die Zugtüren öffneten sich. Drei Wagen weiter stieg Wright ein. Ich drängte mich nach vorn und blieb ein Dutzend Fuß von der Tür entfernt stehen und beobachtete ihn. Der gebeugte Mann stand mit dem Rücken zu mir. Atem stockte. Handflächen schweißnass. Körper zitterte. Der morgendliche Tumult legte sich, als die Menschen in die Wagen einstiegen. Ich fuhr mir mit der Hand über die Augen, und die Kapuze der Jacke fiel mir vom Kopf. Ich konnte offensichtlich nicht in denselben Wagen wie Wright einsteigen, weil ich keinen Plan hatte. Was würde ich tun, wenn ich einstiege? Ihn ermorden? Ins Gefängnis gehen und ein Kind zur Welt bringen, nur um es dann wegzugeben?

Nein. Ich kann mein kleiner Spatz nicht in Gefahr bringen.

Ich trat einen Schritt zurück und legte meine Hand auf meinen Bauch. So vieles hatte sich verändert, seit ich Tristan kennengelernt hatte. Er hatte mir etwas gegeben, worauf ich hoffen konnte. Obwohl ich Wright leidenschaftlich hasste, war ich bereit, ihn in meiner Vergangenheit zu lassen. Tristan Silver hatte die Wut und den Zorn durch neue Hoffnung und ein Baby ersetzt. Ich konnte es mir nicht leisten, Wright festzunehmen. Ich hatte zu viel zu verlieren, und ich würde dem Bastard niemals erlauben, mir das wegzunehmen. Die Tür schloss sich, und ich ließ einen lang angehaltenen Atem entweichen.

Eine weitere U-Bahn näherte sich auf den Gleisen hinter mir. Das nasse Stück Papier, das ich aufgehoben hatte, klatschte gegen meine Handfläche, und ich drehte es um. Die Luft stand still, und die heulenden Winde ließen die Zeit stillstehen. Mir wich das Blut aus dem Gesicht, als ich auf ein Foto meiner jungen Mutter starrte. Ich sah genauso aus wie sie.

„Was zum Teufel?"

Mehr als eineinhalb Millionen Menschen lebten in Manhattan, und er hatte mich gefunden. Mein Hals schnürte sich zu.

Wright drehte sich wie in Zeitlupe um und sah mich direkt an, während ich wie festgefroren dastand. Als die U-Bahn losfuhr, trat er nach vorne, presste seine Handflächen und seine Nase gegen die Tür und grinste hämisch.

Der kalte Schweiß verwandelte sich in Schauer, die mir über den Rücken liefen. Der Zug fuhr ab, aber ich blieb noch lange stehen. Zumindest fühlten sich achthundertsiebenundfünfzig Herzschläge so an. Der Tag, an dem Tristan mich diesen Herbst in die Berge gefahren hatte, blitzte in meinem Kopf auf, und zum ersten Mal seit damals bereute ich es, nicht geschossen zu haben. Ich hätte Wright töten sollen, als ich die Chance dazu hatte. Stattdessen war ich zurückgeschreckt. Aber wenn Wright von den Hartleys gefangen gehalten werden sollte, was machte er dann hier?

Mein Handy klingelte mit Tristans Nummer, und ich wischte mit zitterndem Finger über den Bildschirm, kaum in der Lage, das Beben zu kontrollieren.

„Allie?", fragte Tristan. „Ist alles in Ordnung?"

„Er ist hier", wimmerte ich.

„Mein Ortungssignal zeigt Eighth und Broadway. Ich bin fast da. Bleib, wo du bist."

Ich schlurfte an der Wand entlang, ohne den Kontakt meines Rückens zu den Fliesen zu unterbrechen, bis ich eine Bank fand. Ein Obdachloser zog seine Füße ein, damit ich mich setzen konnte. Einen Wimpernschlag später stürmte Tristan die U-Bahn-Treppe hinunter und rutschte fast auf der nassen Keramik aus. Außer Atem nahm er meine Hand in seine und hockte sich vor mich hin.

„Allie, sieh mich an."

Ich blinzelte durch die Tränen und wischte sie weg.

„Er hat mich absichtlich aufgesucht. Die Hartleys haben ihn nicht. Wright ist frei."

Tristan knackte mit den Knöcheln und seine Nasenflügel blähten sich. Er nahm meine Hand in seine und half mir von der Bank auf. „Ich weiß, Baby. Ich weiß. Simone sagte, er sei nach der Spendenveranstaltung entkommen, aber sie hat gelogen." Eine Ader zuckte an seinem Hals. Er legte einen Arm um meine Schulter, während seine andere Hand zu meinem Bauch ging. Zumindest dachte ich das, aber er griff stattdessen nach meinem Mantel und zog ihn über uns. Er beschützte uns.

„Ist das nicht praktisch?", zitterte meine Stimme.

„Sie spielt ein verdammt gefährliches Spiel."

„Sie ist gerissen und manipulativ. Das ist sie, Tristan, und wenn du das nicht siehst-"

„Schh." Er legte seinen Finger auf meine Lippen. „Natürlich sehe ich das, Baby. Sie ist berechnend und durchtrieben wie-"

„Eine besessene Schlampe?", ergänzte ich.

Sein Mundwinkel hob sich. „Ich wollte sagen, wie ihr Vater, aber das passt auch. Komm, lass uns von hier verschwinden. Ich werde ein Team die Überwachungskameras überprüfen lassen." Er verstärkte seinen Griff um meinen Körper, und wir eilten zu den Büros von Silver Securities.

Ich saß betäubt und zitternd im Konferenzraum, während sich Kendras Team um den Tisch versammelte. Gabriel Silver nahm per Anruf aus Österreich teil.

„Oberste Priorität während der Operation haben Allies Sicherheit und die des Teams. Wenn wir etwas aus dem heutigen Tag gelernt haben, dann, dass Wright gefährlich ist und wir ihn nicht länger brauchen."

Was?

„Wir haben eine Festplatte von Simone mit neuen Beweisen sichergestellt. Wright ist jetzt eine Gefahr. Zweitens haben wir nur ein kleines Zeitfenster vor Kendras Prozess im Januar, aber mach dir keine zu großen Hoffnungen. Es besteht die Möglichkeit, dass der Richter den Prozess verschiebt, wenn wir das einbringen." Tristan wedelte mit einer schwarzen Festplatte in seiner Hand.

Julian murmelte etwas vor sich hin und schüttelte den Kopf.

„Ich glaube nicht, dass ich jemanden daran erinnern muss, dass Simone Hartley und ihrer Familie nicht zu trauen ist. Der Richter hat einige ihrer Vermögenswerte eingefroren, aber nicht alle. Donaldson arbeitet hart daran, das Urteil aufzuheben."

„Wenn Silver Securities nach Wright sucht, wette ich, dass die Hartleys das auch tun. Er hat gepetzt, und Miss Wiederauferstanden stellt eine Falle. Ihr macht die Drecksarbeit, um ihn zu finden, sie tötet Wright, eure Beweise sind unzulässig, und ihr habt keinen Fall. Schon wieder."

Die Köpfe drehten sich zu Laura.

Sie wirbelte einen Stift zwischen ihren Fingern und verdrehte die Augen. „Wissen sie, dass ihr eine Festplatte mitgenommen habt?"

„Natürlich nicht."

„Ist euch klar, dass sie ohne Durchsuchungsbefehl vor Gericht unzulässig sein wird?"

Ich sah Laura an, als hätte sie gerade ihr Staatsexamen bestanden, während Tristan zu Axel Wagner blickte, der mit einem Nicken zustimmte.

„Ich empfehle, eure Anwälte zu fragen, bevor ihr Pläne festlegt. Sie sind ziemlich gute Anwälte. Manche sagen, die besten." Sie zwinkerte. „Ich empfehle auch, Wright in der Hinterhand zu behalten. Weißt du, nur für den Fall, dass die Festplattenbeweise nicht durchkommen. Also müssen wir nur herausfinden, wo die Hartleys nach ihm suchen, und voilà."

„Unsere eigene Falle stellen." Die Aufmerksamkeit verlagerte sich auf mich. „Wir wissen alle, wen Wright will. Ich bin der perfekte Köder."

„Ich werde dich nicht wieder als Bauern benutzen. Das kommt nicht in Frage." Tristans Brust bebte. „Der Kreis der Hartleys hat sich verengt, und wir haben nicht genug Informationen für eine endgültige Entscheidung. James und Gabe werden die Sicherheit auf Lecks, Schwachstellen und Brüche in allen Systemen überprüfen, Hunter ist mit Scar Wagner bei den Rebels und hält Ausschau nach erhöhter Aktivität, und ich werde mit George bei Magnet sprechen. Wenn die Hartleys einen Zug machen, wird es im Club sein."

„Was ist mit Simone?", fragte ich. „Sie kommt diese Woche mit mir und Laura zum Schießstand."

Tristan runzelte die Stirn. „Ich verlasse mich gerade auf mein Bauchgefühl. Sag das Treffen ab."

„Aber-"

„Erfinde eine Ausrede, um von ihr fernzubleiben, Allie."

Die Bitte kam nicht von Tristan Silver; sie kam von meinem Chef, und Verhandlungen wären sinnlos. Tristan hatte Recht: Mich selbst aufs Spiel zu setzen war eine Sache, aber mein Baby zu gefährden eine andere.

„Es gab seit Monaten keine Aktivität in der Bucht. Zumindest keine, die sie uns sehen lassen wollten." James räusperte sich. „Ich habe Scar Wagner den Ort seit Kendras Entführung überwachen lassen."

„Jemand betritt das Grundstück, um den Vogel zu füttern. Findet heraus, wer das ist."

James tippte schnell in sein Handy.

„Welcher Vogel?", flüsterte Laura, und ich zuckte mit den Schultern.

„Danke, alle zusammen. Wir treffen uns am Nachmittag wieder." Tristan wandte sich mir zu. „Allie? Kannst du noch bleiben?"

Wunderbar. Meine Wangen glühten vor Hitze. Tag eins und ich blieb im Büro des Chefs zurück.

Ich nickte und wartete, bis alle den Konferenzraum verlassen hatten. Die Tür schloss sich, und Tristan lehnte sich in seinem Stuhl zurück.

„Ich weiß, du willst dabei sein, aber ich bin kein Fan davon, dass du und Simone Zeit miteinander verbringt."

„Was meinst du nur? Sie ist ein Schatz." Ich verdrehte die Augen.

„Sie verfolgt dich."

„Was?"

„Sie hat die Sicherheitskameras im Hotel überprüft, als du durch die Hinterküche geschlichen bist, und sie ist dir zum Arzt gefolgt."

„Ich schätze, ich hatte keine Gelegenheit, meine Feindin so nah zu halten, wie ich sollte."

„Es geht darum, dass ich will, dass du höchst wachsam bist - was zu der Überraschung passt, die ich für dich habe." Er sah auf die Uhr. „Heute, nach der Arbeit."

Ich beugte mich vor und stöhnte. „Oh, du musst gehen?"

„Vorfreude ist der beste Teil der Überraschung. Sei geduldig."

Ich stellte mich auf die Zehenspitzen, lehnte mich vor und flüsterte: „Ich werde dich an dieselbe Geduld erinnern, wenn du tief in mir bist, fast bereit, und ich dir von Emmas Schwärmerei für Eric erzähle."

Seine Augenbrauen zogen sich zusammen. „Das ist grausam. Sie schwärmt für Eric?"

„Bitte erwähne es nicht, aber das ist nicht mein Punkt." Seine kleine Schwester wäre so enttäuscht von meinem Ausrutscher.

„Ich verspreche, meine Überraschung wird es wert sein. Ich hoffe, sie wird dir gefallen." Er rieb sich den Nacken. War er nervös?

Er beugte sich vor und küsste mich. Vielleicht war heute Abend der richtige Zeitpunkt, ihm von dem Baby zu erzählen? Ich brauchte die Babyschuhe in einer Box von Laura.

„Gibt es noch etwas, das ich wissen sollte?", fragte er. „Du wirkst abwesend."

„Ich habe vielleicht auch eine Überraschung für dich.

Außerdem bin ich dem Mann begegnet, der meinen Vater und meine ungeborene Schwester ermordet hat."

„SCHON GUT. Es tut mir leid. Du hast jedes Recht, sauer zu sein. So wollte ich deinen ersten Tag nicht beginnen lassen. Geht es dir gut?" Er musterte mich, als wolle er mir eine Frage stellen, hielt sich aber zurück.

„Mir geht's gut."

Seine Stirn runzelte sich. „Wenn Frauen das normalerweise sagen, meinen sie das Gegenteil."

„Nein, wirklich. Du musst gehen. Wir können heute Abend beim Essen reden."

„Klingt super."

„Warum siehst du mich so an?" Die Sorge in seinen Augen verwirrte mich.

„Was ist los, Tristan?"

„Mach dir keine Gedanken. Soll ich dich nach der Arbeit abholen?"

Ich neigte meinen Kopf zur Seite. „In Ordnung. Wir sehen uns nach der Arbeit."

Er beugte sich für einen zarten Kuss herunter und ließ mich noch verwirrter zurück als zuvor. Ich wandte mich wieder den gestapelten Akten auf dem Schreibtisch zwischen Laura und mir zu, bemerkte Portias geschlossene Akte und lächelte.

„Danke, dass du Michelle geholfen hast." Ich zeigte auf das Bild, und Laura sah auf.

„Du bist diejenige, die ihr die Karte gegeben hat. Niemand kommt weit ohne diesen ersten Schritt."

„Kam dir Tristan irgendwie komisch vor?"

„Was meinst du?"

„Er wirkte ... seltsam. Als ob er mich etwas fragen wollte." Ich biss mir auf die Lippe. „Ich glaube, ich kann nicht bis Weihnachten warten. Ich denke, es ist Zeit, dass ich ihm jetzt sage, dass ich schwanger bin."

„Das solltest du."

„Wirst du es tun?", fragte ich. „Du weißt schon, James endlich von Foxy erzählen?"

Sie nahm den Stift hinter ihrem Ohr weg und senkte den Kopf. „Ich möchte, aber jetzt ist kein guter Zeitpunkt. Er fühlt sich nicht wohl, und es ist nicht wie eine Grippe. Ich arbeite viel, aber er arbeitet die ganze Zeit. Ich weiß nicht, wie er die Zeit findet, mit Laila zusammen zu sein, und die ständige Müdigkeit macht mir Sorgen."

„Er ist alleinerziehender Vater. Du weißt, wie das ist."

„Ich glaube, es ist mehr. Ich muss wohl ein bisschen nachforschen."

„Sag ihm stattdessen die Wahrheit. Er wird überglücklich sein."

„Oder er wird mich umbringen wollen."

„Laura-"

„Ich weiß, ich weiß. Je früher, desto besser; aber was, wenn früher schon zu spät ist?"

„Es gibt nur einen Weg aus dieser Situation, und du weißt genau, wo er beginnt."

„Ich will nicht erwachsen sein", jammerte sie.

„Das will niemand."

Wir verbrachten den Rest des Tages damit, Fälle nach Priorität zu ordnen. Morgen würden wir zu Hope for Hope gehen, um Arbeitsplätze zu bestätigen und die Mädchen zu interviewen, um nach neuen Menschenhändlerringen zu suchen.

James und Tristan verließen das Büro direkt nach dem Meeting und kamen nicht zurück. Ich starrte zum ersten Mal über den Hudson River und wünschte mir, die Entfernung zwischen Zuhause und Arbeit wäre nicht so groß. Tristan liebte Manhattan, und dies war sein Revier. Die ohnehin kurzen Tage wurden kürzer und dunkler. Es hatte etwas Schönes und Friedliches, all die Gebäude und Häuser zu betrachten und zu wissen, dass sich die Menschen zum Abendessen versammelten. Doch es gab auch jene auf den Straßen ohne Zuhause, wie Marissa. Niemand hatte sie nach der Auktion gesehen oder von ihr gehört, außer Simone.

„Bist du wieder im Traumland?", fragte Laura.

„Was bedeutet das?", ich wandte mich vom Fenster ab.

„Du träumst vor dich hin."

„Tue ich nicht. Ich wünschte nur, ich könnte mehr tun. Wir müssen morgen zu Hope for Hope gehen."

„Tristan hat gesagt, wir sollen uns von Simone fernhalten."

„Er hat nicht gesagt, wir sollen uns von Hope for Hope fernhalten." Ich wackelte mit den Augenbrauen. „Außerdem bezweifle ich, dass die Schönheitskönigin sich tatsächlich die Hände schmutzig macht. Zumindest nicht so wie wir. Glaubst du wirklich, sie hat die Wohltätigkeitsorganisation überhaupt betreten?"

„Ich weiß es nicht, aber die Chancen stehen gut, dass die Antwort nein lautet."

Ich rieb meinen knurrenden Bauch. Baby Maus hatte Hunger.

„Ich fühle mich durch das Baby eingeschränkt. Bei allem, was ich tue, denke ich an meine kleine Kirsche, die da drin nistet, ganz sicher und geborgen."

Meine beste Freundin lächelte. „Das ist dein mütterlicher Instinkt. Er sagt dir, dass du dich einschränken sollst. Willkommen im Erwachsenenleben."

„Aber ich will nicht", jammerte ich. „Ich will da raus und-"

„Du willst nicht da draußen sein, Allie. Du hast schon gesehen, was da draußen ist. Deine Arbeit hier bewirkt viel mehr als Strafzettel für zu schnelles Fahren zu verteilen."

„Willst du mit mir spazieren gehen?", fragte ich sie. „Ich muss meine Beine strecken."

„Beim letzten Mal, als du spazieren gegangen bist, bist du auf Wright gestoßen. Du bist wie ein Magnet für all die falschen Dinge, also ja, ich komme mit dir."

Wir fuhren mit dem Aufzug nach unten, holten uns einen Tee und liefen um den Block. Auf dem Rückweg zum Gebäude blitzte ein bekanntes Gesicht von der anderen Straßenseite auf. Sie senkte den Kopf, als sie uns sah, und beschleunigte ihren Gang.

„Das kann nicht sein", sagte ich zu Laura und erhob dann meine Stimme über die Straße hinweg. „Marissa?"

Ihr Kopf zuckte kurz hoch, aber sie ging in ihrem schnellen Tempo weiter.

„Lass uns gehen." Laura nahm meine Hand, als wäre ich Foxy, und führte mich über die Straße.

„Was machst du da?"

„Ich bin mütterlich."

„Hör auf damit. Ich bin kein Baby." Ich eilte zur Straßenmitte und stieß gegen ein Taxi.

„Du wolltest etwas sagen?"

Ich warf ihr einen bösen Blick zu, als der Taxifahrer sein Fenster herunterkurbelte: „Du bringst dich noch um, Traumfrau!"

„Tut mir leid!", winkte ich entschuldigend.

„Komm schon. Sie entkommt uns."

Laura griff wieder nach meiner Hand. Wir beschleunigten unsere Schritte und begannen zu joggen.

Die frische Luft füllte meine Lungen. Marissas dunkle Silhouette, in einem langen Mantel und mit Kapuze über dem Kopf, schien sich weiter zu entfernen. Wir schlängelten uns zwischen den wenigen Leuten auf der Straße hindurch, als sie um die Ecke bog. In der Ferne heulte eine Sirene.

„Marissa, warte!", rief ich ihr hinterher.

Sie hielt an, aber nicht wegen mir. Sie winkte jemandem zu, und die Scheinwerfer eines geparkten Autos blitzten auf. Das Fahrzeug fuhr los und hielt neben ihr. War das ihr Zuhälter? Marissa stieg auf den Rücksitz eines schwarzen SUV ohne Kennzeichen. Ein Mann mit Sonnenbrille und Kapuze fuhr an uns vorbei.

„Wer zum Teufel war das?", fragte ich.

„Marissa in einem Luxusauto. Könnte ihr Zuhälter sein."

„Wright war derjenige, der sie gekauft hat."

„Könnte wieder Wright sein."

Ich schüttelte den Kopf. „Ich glaube nicht. Der Bastard hat schon erreicht, was er wollte."

„Du meinst, dir eine Heidenangst einjagen?"

„So in der Art. Wir müssen Marissa finden, bevor er sie in die Finger bekommt."

„Das müssen wir, aber nicht hier draußen. Komm schon. Es wird kalt."

Die Rücklichter des SUV verschwanden, zusammen mit meiner Hoffnung für Marissa.

„Mach dir keine Sorgen, Schatz. Es wird sich alles zum Guten wenden."

„Es dauert im Schnitt fast ein verdammtes Jahr, eine Frau aus den Klauen eines Menschenhändlers zu reißen.", sagte ich.

„Hoffentlich können wir diese Statistik verbessern", flüsterte Laura.

Hoffentlich.

Manchmal war Hoffnung alles, was man hatte, und wenn man sich nicht daran festhielt, woran konnte man sich dann festhalten?

Wir parkten bei Scar Wagners Haus und durchquerten den Wald, der zum Hartley-Anwesen an der Bucht führte. Das Haus war von Sträuchern und Ranken überwuchert und glich nicht mehr der Küstenvilla mit weißer Verkleidung, an die ich mich erinnerte. Überwucherte Bäume und Büsche bedeckten das Gelände und raubten dem Anwesen seine frühere Würde. Sterbende Ranken hingen über die Außenwände. Die Fenster im zweiten und dritten Stock waren zerschlagen, aber die vor Jahren angebrachten Schlösser waren noch vorhanden.

„Ich glaub's nicht, dass die alles einfach verrotten lassen."

„Ich dachte, Simone hätte gesagt, sie würde hier wohnen."

„Sie hat offensichtlich gelogen. Ich glaube, sie ist in einer Tarnwohnung. Wer hat sie jetzt im Auge?"

James überprüfte sein Handy. „Sie ist im Magnet."

„Gut."

Wir überquerten den Rasen, und die Erinnerungen überfluteten mich wie eine Flutwelle. Ich erinnerte mich an meine letzte Nacht hier, als wäre es gestern gewesen. Simone hatte die größte Party des Jahrzehnts geschmissen, um es ihrem Vater heimzuzahlen. Der Organisator hatte ein Karussell, einen Streichelzoo und

Kamelreiten organisiert. Künstler, Caterer und Gäste füllten das Gelände. Alkohol floss in Strömen, und ein unverkennbarer Kokaingeruch lag in der Luft. Die Situation eskalierte so blitzschnell, dass ich es gerade noch schaffte, mit ihr auf einem Boot zu entkommen.

Jeffrey Hartley war nach dem Vorfall eine Weile lang nachsichtiger mir gegenüber, weil ich seine Tochter rausgeholt hatte. Mit Hilfe eines Teams angesehener Anwälte und geschickter Manipulation von Dokumenten hielt Simones Alibi auf den Bahamas sie aus dem Gefängnis. Acht Menschen starben in dieser Nacht an einer Überdosis. Das Feuerwerk ging schief und tötete drei weitere. Und als es Zeit wurde zu zahlen, war die Scheinfirma, die als Eigentümer eingetragen war, ein Geisterunternehmen. Jeff Hartley schwor, nie wieder einen Fuß auf diesen Boden zu setzen und dass es auch sonst niemand tun würde.

„Brechen wir ein?", fragte James, während er durch jedes Fenster spähte, als wir das Haus von hinten umrundeten. Die Wellen schlugen ans Ufer, und das Bootshaus quietschte, als es sich bewegte.

„Nicht nötig. Ich kenne einen Weg hinein."

Simone und ich pflegten nach der Sperrstunde von hinten hineinzuschleichen. Der Riegel an einem Fenster funktionierte nie, und ich erwartete nicht, dass er repariert worden war. Der Rahmen quietschte, als ich das Fenster anhob. Der muffige Geruch von Feuchtigkeit und Verfall schlug uns entgegen

„Pass auf, wo du hintrittst. Überall liegt Glas." Das Knirschen unter unseren Füßen hallte durch das Haus.

„Was ist mit dem ganzen Sand?"

Ich fuhr mit dem Fuß über das Pulver und warf einen Blick aus dem Fenster zu den Docks.

„Simone hatte eine Indoor-Beachparty." Ich öffnete die Tür zur riesigen Haupthalle, wo sie einen Aufstellpool installiert hatten. Überreste seines zerbrochenen Rahmens waren im ganzen Haus verstreut.

„Warum wurde ich nicht zu dieser Party eingeladen?"

Ich erinnerte mich an die Nacht, als ein Affe ausbrach und der schwarze Puma wegen des Lärms durchdrehte und seinen Trainer verletzte.

„Ich würd' dir gern sagen, du hast nichts verpasst, aber das wär' gelogen."

„Und du hattest keine Ahnung, dass sie diese Party schmeißen würde?"

„Natürlich hatte ich keine Ahnung. Sie hat das Ganze in acht Stunden organisiert."

Simone war die Woche zuvor nach Costa Rica gereist. Sie wollte ihren Kopf freibekommen und sagte, sie hätte die einzigartigste Euphorie ihres Lebens erlebt, nachdem sie Ayahuasca getrunken hatte. Kurz darauf fing sie an, mit Pilzen zu experimentieren, und Hartley gab mir die Schuld für ihr Verhalten. Ich war der Freund, der sie nicht davon abhalten konnte, dumm zu sein. Sie willigte jedoch ein, in eine Reha zu gehen, und sechs Monate später waren wir wieder dämlich glücklich und auf dem Weg zum Altar. Wir hatten die Reise nach Österreich geplant, um unsere Verlobung zu feiern. Stattdessen durchlebte ich einen Albtraum. Der Unfall zerbrach mich. Ich dachte, ich hätte sie verloren und versagt. Ich dachte, sie wäre meinetwegen gestorben.

„Wonach suchen wir?", holte mich James aus meiner Benommenheit. Staubpartikel schwebten wie träge Tänzer in den Lichtstrahlen, die durch die zerbrochenen Fenster fielen.

„Ich werde es wissen, wenn ich es sehe. Halt Ausschau nach allem Ungewöhnlichen. Das Übliche."

Ein hohes Quietschen ertönte aus der Küche.

„Das ist unmöglich."

„Was?" James eilte hinter mir her in den Wintergarten. Der Vogelkäfig ragte einen Fuß über meinen Kopf hinaus, genau wie vor Jahren.

„Was zum Teufel ist das, Tristan?"

„Fick dich, Tristan", krächzte der Vogel, und James lachte.

„Das ist nicht lustig."

„Doch, wenn mein Name nicht Tristan ist."

„Fick dich, Tristan."

James beugte sich vor Lachen. „Wie heißt er?"

„Freddie. Ich kann nicht glauben, dass er noch am Leben ist."

Der alte Papagei hatte ein paar kahle Stellen, hatte eine Handvoll Flügelfedern verloren und hatte eine Wucherung am Fuß.

„Papageien leben lange."

„Er sieht krank aus. Aber jemand muss ihn füttern."

„Ich habe das Gefühl, dass dieser Jemand Simone ist."

„Fick dich, Simone."

Ich sah James an, und er sah mich an.

„Vielleicht doch nicht." Seine Nase kräuselte sich. Er hatte Recht; der Ort stank.

„Also gut, lass uns aufteilen."

Wir durchsuchten jeden Raum, bis ich einen fand, der ordentlicher war als der Rest des Hauses. Jemand hatte das Bett gemacht, die Fenster geputzt und den Boden gefegt. Eine akustische Gitarre hing an der Wand, und Angelausrüstung war auf dem Bett ausgebreitet. Obwohl ich glauben wollte, dass dies Wrights Zimmer war, sah es eher wie das eines Teenagers aus. Polaroids von Naturaufnahmen waren an einer alten Weihnachtslichtkette aufgehängt. Ich öffnete eine Schublade gefüllt mit Stiften, leeren Blättern und einer Festplatte.

„Na, was haben wir denn da?"

„Hey, Tristan", rief James von unten nach mir.

„Scheiße, Tristan", schrie Freddie.

„Ich glaube, ich habe gefunden, wonach du suchst", rief James.

Ich steckte die Festplatte in meine Jackentasche und eilte nach unten, wo er die Garagentür offen hielt.

„Hoffentlich kein weiteres Tier, oder?", fragte ich.

„Nein. Das hier ist viel besser."

Ich blieb an der Schwelle stehen, und James zog an der Plane und faltete sie über die Motorhaube des Miata.

Mir fiel die Kinnlade runter. „Das gibt's doch nicht."

Wir zogen den Rest der Abdeckung weg, und ich ging um das Wrack herum zu den Beifahrersitzen.

„Ich weiß nicht, wie du das überlebt hast."

Ich hob ein Gewirr von Spanngurten auf, die aus Simones altem Rucksack quollen. „Ich glaube, ich weiß, wie Simone den Unfall überlebt hat."

„Warum sollte Hartley das Auto in die USA bringen?"

Ich schüttelte den Kopf, und mein Magen zog sich zu einem Knoten zusammen. Ich ließ mich auf den Boden fallen und rutschte unter das Auto. „Die Bremsen wurden manipuliert."

„Die Forensik fand keine Anzeichen für Manipulation."

„Die Forensik sagte auch, Simone sei tot." Ich rutschte wieder heraus. „Sie wurden definitiv manipuliert. Mit einem Zeitzünder. Kurz bevor wir den Berggipfel erreichten."

„Glaubst du, sie war darin verwickelt?"

„Ich weiß beim besten Willen nicht mehr, was ich glauben soll."

„Warum hat Hartley das Wrack aus Österreich einfliegen lassen?"

„Ich glaube nicht, dass es Hartley war."

Die Türklingel läutete, und wir sprangen beide auf.

„Was zum Teufel?", flüsterte James. „Mach nicht auf."

„Wer auch immer an der Tür ist, weiß bereits, dass wir hier sind. Deck das Auto ab."

James zog die Plane über das Wrack, und wir gingen zur Haustür, wo Simones übergroßer Hut den Rahmen ausfüllte.

„Ich dachte, sie wäre bei Magnet?"

„Sie stellt wahrscheinlich Ablenkungsmanöver auf."

Ich öffnete die Tür, und Simone drehte sich auf dem Absatz um, um uns anzusehen.

„Wenn der Herr eine Führung wünschte, hätte er auch

anrufen können." Der verschmitzte Blick auf ihrem Gesicht brachte mein Morgenomelett fast wieder hoch. „Was machst du in meinem Haus, Tristan?"

„Scheiße, Tristan!", schrie Freddie aus der Küche.

„Das ist das Werk meines Vaters", erklärte sie.

„Hat der Vogel hier allein gelebt?"

„So grausam bin ich nicht. Er wird gefüttert." Die Gleichgültigkeit in ihrer Stimme war neu. Früher liebte sie Tiere, einschließlich Freddie. Sie verschränkte die Arme vor der Brust. „Was machst du hier?"

„Sorgfaltspflicht."

„Ich habe kein Auto vorne parken sehen."

Ich sah ihr direkt in die Augen. „Mein Miata steht in der Garage."

James' Handy piepste. Er überprüfte die Nachricht und schnaubte Simone an. „Ich hatte Recht. Die Frau bei Magnet war ein Lockvogel."

Sie verdrehte die Augen. „Amateure."

„Ich muss zurück ins Büro. Bis bald."

James warf mir einen wissenden Blick zu und ging.

„Lass uns einen Spaziergang machen." Sie drehte sich um, und ich folgte ihr von der Haustür zum Hinterausgang. Wir überquerten das Grundstück in Richtung Ufer, bis ich das Schweigen brach.

„Was macht der Miata hier?", fragte ich sie.

„Er ruht in Frieden", erwiderte sie spöttisch.

„Ich will jetzt Antworten, Simone. Schluss mit den verdammten Spielchen. Du sagtest, dein Vater hätte dich gefangen gehalten, aber nicht wirklich gefangen. Was zum Teufel ist passiert? Wo warst du die letzten fünfzehn Jahre?"

Sie senkte den Kopf, in Gedanken versunken, während ich neben ihr herging. Es war fast zehn Uhr morgens, und ich wurde in einer Stunde zu einem Meeting erwartet. Ein stärkerer Wind blies die vergilbten Blätter über das Grundstück. Die Wellen krachten gegen die Uferlinie, und Möwen kreisten in der Nähe des Stegs.

„Erinnerst du dich an diese letzte Party?", fragte sie. „Es war eine großartige Party."

Natürlich erinnerte ich mich. Unser Leben hatte sich an diesem Tag verändert, und nicht zum Besseren.

„Es war eine außer Kontrolle geratene Party."

Wir hielten bei den Schaukeln an, und sie wandte sich mir zu. „Das war mein erster Fehler. Wenn es diese Party nicht gegeben hätte, hätte mein Vater dich nie so sehr gehasst, wie er es tat."

„Ich glaube nicht, dass die Party der Grund für die Abneigung deines Vaters gegen die Silvers war. Aber der Menschenhandel, Simone, wie kannst du darüber hinwegsehen? Er hat einen Pakt gebrochen und viele Menschen verletzt."

„Und jetzt hat er dafür bezahlt."

„Der Betrieb existiert noch."

„Woher weißt du das?"

„In der Nacht, als er starb, organisierte Jeff Hartley eine Auktion junger Frauen, einige minderjährig. Er verkaufte sie, Simone. Er rekrutierte, benutzte und verkaufte sie dann. Es war weder das erste noch das zehnte Mal. Die Auktionen werden jetzt online organisiert."

„Angeblich." Sie wandte sich vom Bootshaus ab, als wir uns der Gegend näherten, und führte parallel zur Küstenlinie.

„Nicht angeblich. Ich war dabei. Ich habe ihn gesehen."

„Tatsächlich? Wer hat ihn dann getötet?" Sie drehte sich um, und ich wäre fast in sie hineingelaufen. „Die Beweise sind unter Verschluss."

So sollte es auch sein. Laura hatte bei der Polizei einige Fäden gezogen, um den Fall unter Verschluss zu halten.

„Ich dachte, du wärst glücklich über seinen Tod?"

„Natürlich bin ich das. Es zu wissen, würde mir einfach Abschluss geben."

Und es würde Allie zur Zielscheibe machen.

„Es tut mir leid, Simone, aber ich kann dir dabei nicht helfen."

„Mir tut es auch leid." Sie seufzte. „Es tut mir leid, dass du genauso blind bist wie damals, als wir zusammen waren."

„Wovon redest du?"

„Deine Freundin, Tristan. Sie betrügt dich."

Ich bewegte meine Finger und knackte mit den Knöcheln. „Hör auf, grundlose Anschuldigungen zu machen."

„Aber es stimmt. Der Typ ist Koch, und er hat Allie und ihre neugierige Freundin vor der Spendenveranstaltung durch die Hinterküche geschleust. Er hat ihre Hand gehalten, Tristan."

„Und woher weißt du das?"

„Ich habe die Sicherheitskameras überprüft. Es ist erstaunlich, was ein bisschen Haut bewirken kann, um einen Wachmann zu überreden."

Ich schnaubte. „Natürlich hast du das. Aber weißt du, was der Unterschied zwischen dir und Allie ist? Ich vertraue ihr wirklich."

„Es gibt noch mehr. Heute Morgen habe ich sie vor dem Langs-Medizingebäude gesehen. Sie hat dich angelogen."

Ich wusste von Allies Arzttermin, aber die Tatsache, dass Simone davon wusste, machte mich nervös. „Verfolgst du sie?"

„Du solltest dankbar sein. Wenn ich ihr nicht gefolgt wäre, hätte ich nicht gewusst, dass ihr Ex sie geschwängert hat."

„Was?"

Simone strich mit der Hand über ihren Bauch, als wäre sie diejenige, die schwanger war. Die Geste verursachte mir Übelkeit.

„Sie nennt ihn Cameron aus Camelot, was auch immer das bedeutet, und sie ist schwanger."

Simone musste sich irren, denn ich vertraute Allie mit meinem Leben, und eher würde die Hölle zufrieren, als dass ich Simones Wort über Allies stellen würde.

„Was auch immer du versuchst, Simone, es wird nicht funktionieren. Ich liebe Allie."

„Du kennst sie erst seit Wochen, und mich kennst du seit Jahren."

„Simone-"

„Ich liebe dich, Tristan, aber ich konnte nicht von meinem Vater wegkommen. Ich konnte einfach nicht."

„Simone, es sind fünfzehn Jahre vergangen-"

„Und ich habe nie aufgehört, dich zu lieben. Die ganze Zeit habe ich gebetet, dass der kranke Bastard an seinen Zigarren ersticken würde, aber alles, was ihn interessierte, waren seine Huren und dich leiden zu lassen."

„Er hat mich leiden lassen. Ich dachte, du wärst tot. Ich habe an deinem Grab geweint, dich jahrelang betrauert und ihn fast zwei Jahrzehnte lang gejagt."

„Ich sollte nicht im Auto sein. Mein Vater gab mir den Rucksack, bevor ich ging. Er sagte, er enthielte das Nötigste, aber ich glaube, er wusste, dass ich mich hinausschleichen würde."

„Also gab er dir Bungee-Seile?" Ich stand auf und warf die Hände in die Luft.

„Mein Vater war ein vernünftiger Mann."

Mein Lachen hallte über das Grundstück. „Es ist vernünftig, das Leben deiner Tochter aufs Spiel zu setzen? Was ist mit all den Mädchen, die er verletzt, missbraucht und verkauft hat?"

„Hör zu, Tristan. Ich weiß, er war nicht perfekt, und ich kann nicht ändern, was er getan hat, aber ich kann dem allem ein Ende setzen. Allem. Ich kann den Betrieb, die Insel stilllegen, dir Namen geben, von deren Existenz du nicht einmal weißt. Ich kann dir meine Onkel auf einem goldenen Tablett servieren. Ich werde als Bonus alle Beweise hinzufügen, die du brauchst."

In ihren Augen loderte Rache, gepaart mit eiserner Entschlossenheit. Ich hätte gerne geglaubt, dass ihr Bedürfnis, sich an den Hartleys zu rächen, gerechtfertigt war. Laut Simone hielten sie sie gefangen. Andererseits behauptete Simone auch das Gegenteil. Die Wahrheit lag wahrscheinlich irgendwo dazwischen.

„Was ist der Haken? Was willst du, Simone?"

Ihre Augenbraue hob sich.

„Das hängt davon ab, was du in Bezug auf Allie unternehmen wirst."

Ich trat näher und flüsterte: „Du willst wissen, was ich in Bezug auf Allie unternehmen werde? Lass es mich klar sagen, Simone. Wenn Allie schwanger ist, dann mit meinem Baby. Nur mit meinem Baby. So sehr vertraue ich ihr. Und ich wäre dir dankbar, wenn du dich verdammt nochmal von meiner Familie fernhältst."

Ich trat zurück. Ihre unerschütterlichen Augen blieben auf meinen, als hätte sie immer noch die Oberhand.

„Also lautet die Antwort nein? Das ist schade. Ich wollte dich zu Thanksgiving einladen, da wir ja Familie sind, aber irgendetwas sagt mir, dass mein Friedensangebot abgelehnt werden würde."

„Das einzige Familien-Thanksgiving, an dem ich teilnehmen werde, ist das, das ich für unsere Familie mit Allie in unserem neuen Haus ausrichte. Und damit das klar ist, du und ich sind keine Familie, Simone. Wir waren es nie und werden es nie sein. Aber wenn noch ein Funken Menschlichkeit in dir steckt, dann liegt das Leben dieser Mädchen in deinen Händen. Hilf ihnen, den Hartleys zu entkommen. Hilf uns, deine Onkel zu Fall zu bringen."

„Ich mag für eine arbeiten, aber ich bin keine Wohltätigkeitsorganisation, Tristan. Alles hat seinen Preis, und ich habe meinen schon genannt. Die Frage ist, bist du bereit, ihn zu zahlen? Und wenn wir ehrlich sind, mein Vater hat mich nicht gefangen gehalten. Er hat mich erpresst." Ihre Nasenflügel bebten, und sie stieß frustriert die Luft aus. „Er hat mich erpresst, Tristan. Verdammt nochmal, ich hatte keine andere Wahl, als zu gehorchen."

„Was?"

„Er hat mich erpresst. So einfach ist das. Er hat mir ein Ultimatum gestellt: ich sollte mich zwischen dir und unserem Baby entscheiden."

matum gestellt: ich sollte mich zwischen dir und unserem Baby

ristan holte mich mit fünfzehn Minuten Verspätung vom Büro ab, und ich erlebte die wohl unangenehmste Fahrstuhlfahrt meines gesamten Lebens. Ich wusste, dass er zum Grundstück an der Bucht gefahren war, und allem Anschein nach war der Tag nicht gut verlaufen. Seine Augenbrauen waren zusammengezogen, und er räusperte sich immer wieder, als würde ihm etwas im Hals stecken.

Ich stieg in den Ledersitz, und er umklammerte das Lenkrad noch fester. „Alles in Ordnung?", fragte ich.

„Ja. Hast du Hunger?"

Der Duft von chinesischem Essen zum Mitnehmen stieg mir in die Nase. „Jetzt schon."

„Gut. Wir sollten bald zu Hause sein."

Tristan schaltete seine Lieblingsmusik aus den Achtzigern ein und konzentrierte sich auf den Verkehr.

Ich gähnte.

„Müde?"

„Ja, es war ein interessanter Tag. Erst Wright, dann Marissa. Hast du etwas an der Bucht gefunden?"

Er drehte die Heizung auf. „Mehr als ich dachte. Ich hoffe, du bist am Verhungern, denn ich bin's auch."

Mit jeder verstreichenden Minute drohte mich der Schlaf zu übermannen. Ich schloss die Augen und verlor mich in Enyas sanften Rhythmen. Ich muss eingenickt sein, denn als ich die Augen wieder öffnete, standen wir auf einem Parkplatz.

Tristans Kopf lehnte an der Seitenlehne. Er sah mich an, als würde er mich zum allererstem Mal sehen. Der Motor schnurrte, und warme Luft zerzauste sein Haar wie flauschige Federn. Sein frisch getrimmter Kiefer verzog sich zu einem langsamen Lächeln, das seine vernarbte Oberlippe leicht aus der Mitte zog. Dieser sexy, schiefe Mund ließ mein Herz schneller schlagen.

„Du bist schon müde?", fragte er.

„Es sind die Hormone." Meine Hand flog zu meinem Mund. „Du weißt schon, die Tage des Monats kommen bald."

„Klingt, als sollten wir diesen Hormonen etwas nachhelfen." Die Lust in seiner Stimme erhitzte meinen Unterleib, und ich presste meine Knie zusammen.

„Na ja, eine helfende Hand, ein harter Schwanz ... du weißt schon." Ich wackelte mit den Augenbrauen und schaute aus dem beschlagenen Fenster, konnte aber nicht erkennen, wo wir geparkt hatten. „Wo sind wir?"

Er wischte mit der Hand über die Frontscheibe. Er hatte auf einer gepflasterten Auffahrt vor einer Villa geparkt, die einem viktorianischen Landhaus ähnelte.

„Ich dachte, du holst Essen zum Mitnehmen. Haben wir Pläne, von denen ich nichts wusste?", fragte ich.

„Ich schon. Komm. Ich kann es kaum erwarten, dir das zu zeigen." Er sprang aus dem Auto, ging um die Front herum, öffnete meine Tür und nahm mich am Arm. Ich schaute auf mein Handy. Es war schon nach acht. Die Frontlichter leuchteten unter der Veranda, aber drinnen sah es dunkel aus.

„Es ist ein bisschen spät, um jemanden zu besuchen."

„Wir besuchen niemanden."

Er führte mich zur Veranda. Die frische Luft schmeckte

salzig, und ich hielt inne, als ich in der Ferne Meereswellen plätschern hörte.

„Sind wir in der Nähe deiner Eltern? Es fühlt sich so an, als wären wir ganz in der Nähe."

Bäume und Sträucher säumten das Grundstück, ohne ein anderes Haus in Sicht.

„Geduld, Allie. Geduld."

Tristan holte tief Luft, und anstatt wie erwartet die Türklingel zu betätigen, hob er meine Hand und drückte meinen Daumen auf ein Tastenfeld.

„Willkommen zu Hause, Ms. Green", sagte der Lautsprecher der Gegensprechanlage mit sanfter Stimme.

„Tristan, was ist das?" Meine Augen weiteten sich, und mir klappte die Kinnlade herunter.

„Unser Zuhause." Er hob mich unter den Knien hoch und stieß die Tür mit seinem Bein auf.

Ich quietschte.

„Ich hoffe, es gefällt dir."

„Was machst du da?" Ich schmiegte mich in seine Arme, als er mich über die Schwelle trug, dann presste er seinen Mund auf meinen und stahl einen leidenschaftlichen Kuss.

„Das wollte ich schon immer mal machen", flüsterte er in meinen Mund.

Ich schlang meine Arme um seinen Nacken und zog seine Lippen wieder zu meinen. „Du hast uns ein Haus gekauft?"

Hatte er wirklich gerade ein Haus für uns gekauft?

Er setzte mich in der Eingangshalle ab und schaltete das Licht ein. „Du hast Recht. Wir sind gleich nebenan bei meinen Eltern, und ich habe darauf gewartet, dass dieses Haus auf den Markt kommt. Als sich also die Gelegenheit bot –"

„Du hast tatsächlich ein Haus für uns gekauft?" Ich drehte mich staunend im Kreis und nahm die zweigeschossige Decke und eine Eingangshalle in der Größe meines alten Zuhauses wahr.

„Bitte sag mir, dass du damit einverstanden bist." Er stand an derselben Stelle und beobachtete mich.

Ich drehte mich um, prallte etwas zu hart gegen seinen Körper und nahm seinen Mund in einem sehnsüchtigen Kuss. Ich hielt sein Gesicht fest und verlor mich in seinen warmen Lippen, bis meine Blase merkte, dass wir in einem wärmeren Raum standen. Langsam löste ich mich aus seinen Armen und glitt auf den Holzboden. Das leise Geräusch von tropfendem Wasser quälte mich, aber ich hatte keine Zeit, dessen Quelle zu finden.

„Badezimmer?" Ich tippelte von einem Fuß auf den anderen. Er zeigte nach rechts, und ich eilte in das makellose Gästebad.

Hat er renoviert?

Nach einer kurzen Erleichterung trat ich voller Ehrfurcht wieder in die wunderschöne Eingangshalle. Ein Kronleuchter aus kunstvoll verstrickten Hirschgeweihen hing über uns von freiliegenden Balken herab. Im Obergeschoss, hinter einem Geländer, sah ich einen Sitzbereich mit gemütlichen Sofas und Regalen voller Bücher.

„Du hast ein Haus gekauft", sagte ich zu mir selbst.

Ein Wasserfall-Element plätscherte stetig an einer Seitenwand herab. Der Duft frischer Blumen lag in der Luft. Blühende Arrangements in übervollen Vasen füllten jede Ecke und jeden Winkel. Der Blumenduft vermischte sich mit Holz und einer Meeresbrise, die durch das Haus wehte. Ich bemerkte ein herbstliches Blumenarrangement auf einem Ständer unter einem Spiegel. Braun- und Orangetöne stachen überall um uns herum hervor.

„Also, wenn du sagst, es ist unser Zuhause, was bedeutet das?"

Ich ging vorwärts und versuchte zu begreifen, was gerade passiert war, als Tristan seine Arme von hinten um mich schlang und mir mit verführerischem Flüstern ins Ohr raunte: „Es bedeutet, dass wir ein Zuhause haben. Du, ich und ... unser Baby."

Was?

Ich wirbelte herum. Meine Augen weiteten sich, als sein Blick zu meinem Bauch wanderte.

„Du weißt es?", flüsterte ich.

„Ich möchte einfach nur die Wahrheit, Allie. Bitte sag mir, dass Simones Anschuldigungen nicht wahr sind."

Simone?

Ich schluckte schwer.

„Ich weiß nicht, was ihre Anschuldigung ist, aber ich bin schwanger. Wir sind schwanger."

Ich holte das Ultraschallbild aus meiner Handtasche und zeigte es ihm. Seine Hand zitterte, und ich wartete, bis meine Worte eingesunken waren.

„Ich wollte es dir auf der Firmenfeier sagen, aber dann hast du mich gefeuert, und seitdem versuche ich, einen Weg zu finden."

„Und Cameron... Camelot Cameron-"

„Was? Oh nein, was hat diese Schlampe gesagt?" Ich verschränkte die Arme vor der Brust.

„Sie sagte, du bekommst sein Baby."

„Camerons Baby?" Ich hielt meinen Bauch und lachte so heftig, dass ich dachte, ich müsste wieder pinkeln. „Ich kann nicht glauben, dass sie so tief sinken würde."

„Ich schon."

„Cameron ist ein alter Freund, und er und seine Frau bekommen bald ihr zweites Zwillingspaar. Wir sind uns zufällig in der Arztpraxis begegnet, und ich nehme an, das meintest du, als du sagtest, sie würde mir folgen."

Ich holte tief Luft. Das war viel, selbst für Simone, aber nach meinem früheren Gespräch mit Emma zu urteilen, war Simone noch nicht fertig.

„Du bist der Einzige, mit dem ich zusammen war, Tristan, aber wenn du einen Vaterschafts-"

„Das ist nicht nötig. Ich vertraue dir. Ich liebe dich."

Er hob mich in seine Arme und drehte sich im Kreis, während er schrie: „Wir bekommen ein Baby!"

Ich hielt mich fest, und als er anhielt, glitt ich an seinem muskulösen Körper herunter. All die Hormone, die ich seit der Schießerei unterdrückt hatte, strömten nach unten. Ich stellte mich wieder auf die Zehenspitzen und küsste ihn hart, wobei ich meine Zunge einladend in seinen Mund gleiten ließ.

„Ich habe dich vermisst. Ich habe dich wirklich, wirklich vermisst."

Ein urwüchsiges Grollen vibrierte durch seine Brust und verstärkte den Knoten zwischen meinen Beinen. Seine Hände streiften über meine Hüften, seine Daumen strichen über die Haut. Er strich meinen Zopf nach hinten und entblößte meinen Hals, wo er eine Spur heißer Küsse hinterließ.

„Du solltest dich nicht mit ihr treffen, Allie. Sie ist eine Hartley und nicht mehr dieselbe Simone, die ich einmal kannte."

Ich zuckte zusammen. Die Hungerkrämpfe in meinem Magen verschlimmerten sich.

„Ich weiß. Sie ist schlimmer. Ich denke, du wirst an dem interessiert sein, was ich herausgefunden habe, aber ich muss mich zuerst hinsetzen."

Tristan nahm mich unter den Arm und führte mich an den Thanksgiving-Dekorationen im Esszimmer vorbei.

„Hat deine Mutter dekoriert?"

Er lächelte. „Ja, hat sie. Wir sind dieses Jahr Gastgeber für Thanksgiving."

„Wir sind es?"

„Wenn du dich dazu in der Lage fühlst."

Er zog einen Hocker unter der Kücheninsel hervor, und ich setzte mich. Ich drehte mich auf dem Sitz und nahm das wunderschön renovierte Haus in Augenschein.

„Machst du Witze? Thanksgiving ausrichten? Davon habe ich den größten Teil meines Lebens geträumt."

„Also, wie schwanger sind wir?"

Er legte seine Hand auf meinen Bauch und strich über meinen Pullover.

„Es muss bei einem unserer ersten Male gewesen sein. Die Ärztin sagte, meine Spirale sei abgegangen."

„Acht bis zehn Wochen?"

„Neun." Ich grinste so breit, dass meine Wangen schmerzten. „Es ist so groß wie eine Kirsche, und ich fühle mich sehr geil und hungrig."

„Halt diese Gedanken fest."

Tristan ging zurück zum Auto und kam mit Tüten voller Essenskartons zurück. Er stellte Schüsseln mit Nudeln, Reis, Frühlingsrollen und Garnelen-Dumplings aus, während mein Bauch ein hungriges Knurren von sich gab.

Ich grinste. „Das riecht köstlich."

„Olivier ist im Restaurant geblieben, also ist alles frisch."

„Und Glückskekse? Ich liebe Glückskekse." Ich setzte mich mit überkreuzten Beinen auf den Boden des Wohnzimmers.

„Die lassen wir bis zum Schluss. Ich habe gehört, Geduld bringt Glück." Tristan setzte sich neben mich. Mein Blick folgte seinem langen Körper, und mir wurde ganz heiß. Sein Baumwollshirt klebte an seiner Haut, und die Jogginghose, die er angezogen hatte, hing locker um seine Hüften. Mein Hunger verlagerte sich vom chinesischen Essen auf Tristan, bis er eine Gabel voll Nudeln vor meiner Nase schwenkte. „Stäbchen oder Gabel?"

„Gabel." Ich nahm den Bissen. Der wachsende Hunger in meinem Bauch kannte keine Geduld. Meine Libido auch nicht, als ich den Hauptgang neben mir musterte.

„Ich kann's kaum glauben – wir bekommen wirklich ein Baby!"

„Also bist du glücklich?"

„Überglücklich. Meine Mutter wird sich betrinken, und mein Vater wird Brownies backen. Warte mal – hat Emma es gewusst?"

Ich senkte meine Gabel. „Was denkst du?"

„Natürlich wusste meine Schwester es. Sie weiß immer alles."

„Apropos Emma, ich habe sie um einen Gefallen gebeten, und sie hat einiges herausgefunden, was du wissen solltest."

„Dieser Blick macht mir Angst. Was ist los, Allie?"

Die Gabel glitt mir aus der Hand und fiel klirrend zu Boden. Tristan hob sie auf und gab mir eine saubere.

„Du wirst es nicht glauben, aber Simone war tatsächlich vor fünfzehn Jahren schwanger. Die Unterlagen sagen, sie hatte nach dem Unfall in Österreich eine Fehlgeburt. Es tut mir leid."

Sein Blick fiel auf den Teller vor ihm. „Sie hat mir erzählt, ihr Vater hätte sie gezwungen, zwischen mir und dem Baby zu wählen. Aber sie hat es verloren?"

Ich nickte. „Aber-"

„Ich wusste, da kommt noch ein ‚Aber'. Bei Simone gibt's immer ein ‚Aber'."

„Sie geht jetzt zu einem Frauenarzt."

„Einem Frauenarzt?"

„Das hat Emma gesagt."

„Sieht aus, als sollte ich Emma um Hilfe bitten."

„Sie ist fantastisch. Sie will genau wie ihre Brüder sein."

Tristan goss sich ein Glas Wein ein und mir eine Ginger Ale. „Ihre Brüder verlieren ihren Biss. Wir werden nachlässig. Ich kann Wright nicht finden, und ich glaube, Simone hat den Bastard irgendwo versteckt. Ich kann nur nicht herausfinden, wo oder warum."

„Weil sie mich loswerden will. Wright kann den Abzug betätigen."

Er schauderte. „Nicht, wenn wir ihn zuerst erwischen. Wenn unsere Anwälte ein paar Fäden ziehen können, wird der Beweis von der Festplatte zulässig sein. Wrights Wert wird sinken, und er wird zur freien Jagd. Mein Team wird diesmal auf ihn vorbereitet sein."

Ich konnte den Tag kaum erwarten, an dem ich die wunderbare Nachricht hören würde, dass Dave Wright tot ist. „Wer hat die Festplatte?"

„Gabe arbeitet gerade an den Dateien. Es sollte nicht mehr lange dauern."

Ich leerte den zweiten Teller meines gebratenen Reises und packte seinen Arm. „Also, zeigst du mir unser Zuhause?"

„Lass uns mit dem Schlafzimmer anfangen." Verlangen blitzte in seinen Augen auf.

Tristans Hände umfassten meine Hüften, bevor sie zu meinem unteren Rücken glitten. „Ich liebe es, wenn du Kleider trägst." Sein lüsternes Flüstern bestätigte meinen Verdacht. Wir würden definitiv heute Nacht ein Zimmer einweihen.

Er zerknüllte mein Kleid in seinen Fäusten und zog es über meine Schenkel hoch. Meine Haut spannte sich bei der kühlen Brise, und ich presste mich in seine warme Berührung und eifrigen Finger. Die Liebkosung wanderte zwischen meinen erhitzten Schenkeln nach hinten, wo er meine Pobacken knetete. Ich öffnete hastig den Reißverschluss des Kleides und beobachtete, wie sich sein zufriedener Gesichtsausdruck in einen verzweifelten verwandelte. Mein Kopf neigte sich zurück, und seine Lippen streiften über meinen entblößten Hals, bevor sie zu meinem Spitzen-BH und den empfindlichen Brustwarzen darunter wanderten. Ich zuckte bei der Berührung zusammen. Mein BH lockerte sich beim schnellen Schnappen seiner Finger. Er senkte seinen Mund zu meiner Brust, leckte um den Rand und ließ seine andere Hand in meinen Slip gleiten.

Seine glitschigen Finger rieben an meinem wachsenden Verlangen. Ich drückte meine Stirn gegen seine Brust und umklammerte seine Arme. Meine Knie verriegelten sich und mein Hintern spannte sich an. Die Reibung unter seinen Fingern nahm zu, und seine Kreise wurden enger um meine Klitoris. Ich wollte ihn in mir haben, aber ich konnte ihn auch nicht davon abhalten, mich zum Orgasmus zu bringen. Also kam ich hart und schnell, nach Luft schnappend und in seinem Griff zitternd. Als der Orgasmus abgeklungen war, zog Tristan mich aus und trug mich nach oben – in unser Schlafzimmer und unser Bett.

Er entledigte sich seiner Kleidung in gefühlter Zeitlupe. Ich wartete nackt auf den frischen Laken. Aus dem angrenzenden Badezimmer rief er, nachdem er die Dusche angestellt hatte: „Das Wasser ist fertig, Allie."

Wir tauchten unter den heißen Strahl. Ich neigte meinen Kopf zur Decke. Das Wasser traf mein Gesicht wie Regen und glättete mein Haar nach hinten.

„Ich kann auch Weihnachten ausrichten", flüsterte ich durch den Wasserstrahl.

Er schäumte einen Schwamm ein und begann, mich zu waschen, indem er den Schaum in kreisenden Bewegungen über meine Haut zog.

„Wir reden an Thanksgiving über Weihnachten. Wir verreisen, wenn du gesund und fit genug dafür bist."

Ich öffnete meine Augen trotz der glänzenden Seife. „Wohin?"

„Weg von Simone, Wright und allem anderen. Wir verbringen Weihnachten in Österreich."

„Österreich?" Ich wischte mir mit der Hand über die Augen.

„Gabe ist mit Sam dort geblieben. Die ganze Familie kommt."

„Alle?"

„Deine Mutter, und ich glaube auch Laura. Das Wichtigste ist, dass du von Wright und Simone wegbleibst."

„Das klingt tatsächlich sehr schön, aber weißt du, was sich noch besser anfühlt?" Ich fuhr mit meinen Fingern durch die Spur dunkler Brusthaare und zurück um seinen Nacken, um ihn zu meinem Mund zu ziehen.

„Was?" Seine Lippen vibrierten gegen meine.

„Du, in mir."

Tristan nahm meinen Mund in Besitz. Sein besitzergreifendes Knurren vibrierte über meine Haut und erhitzte meinen Körper im Innersten. Ich hieß seine gierige Zunge und seinen harten Körper willkommen. Es dauerte nicht lange, bis er mein Bein am Knie hochhielt und seinen Schwanz über meine geschwollenen Falten gleiten ließ.

„Ist das sicher für das Baby?" Er wartete mit der Spitze seines Penis halb in mir.

Ich beugte meine Knie und ließ mich auf ihn sinken, in der Hoffnung, dass er sich entspannen würde, sobald er in mir war. Er lehnte seine Stirn an meine und schloss die Augen. Als er sie wieder öffnete, überraschte sein Mund meinen mit einem verzweifelten Kuss. Er küsste mich hart, hielt mich fest und stieß seinen Schwanz tiefer und schneller hinein. Der Duft seines Verlangens stieg mit dem umgebenden Dampf auf. Meine Atmung beschleunigte sich und ich umklammerte Tristans Arme, klebte mich an seinen Körper. Ich stellte mich auf die Zehenspitzen und umschloss seinen dicken Schwanz, um seine drängenden Stöße anzuregen. Sein Hintern spannte sich an und sein Rhythmus wurde schneller, bis Tristan innehielt, seine Knie durchdrückte und mit einem lauten „Fuck!" kam.

Ich wartete, bis er sich zurückzog. „Du weißt schon, dass ich nicht zweimal schwanger werden kann, oder?"

Er schaute auf und lachte. „Oh, darum geht's nicht."

„Worum dann?"

„Ich sollte dir eigentlich Liebe machen, und das ... na ja, das war erbärmlich, wenn du mich fragst."

„Dann bin ich froh, dass ich nicht gefragt habe. Du hast es nicht genossen?"

„Ich bin wie eine verdammte Rakete gekommen, das ist das Problem."

„Tut mir leid, was ist das Problem?"

Wir standen unter dem Wasserstrahl der Dusche, verloren in den Augen des anderen. Seine Wangen und Stirn waren leicht gerötet, seine Lippen geöffnet, und die Narbe verzog seinen Mund nach oben.

„Warum fühlt sich das so richtig an?", fragte er plötzlich. „Nichts hat sich je so richtig angefühlt in meinem Leben, außer dir."

„Ich weiß es nicht, aber ich fühle genauso."

„Ich meine, sollten wir das alles überhaupt infrage stellen? Was ist der nächste Schritt?"

Ich legte meinen Finger auf seine Lippen. „Dein Ermittlergehirn denkt zu viel nach. Warum hältst du nicht den Mund und bringst mich in unser Bett?"

Er hob mich mit einer schnellen Bewegung in seine Arme. Die Narbe hob sich an seinem Mund. Er war atemberaubend, als er mich zu unserem neuen Bett trug, als wäre ich für den Rest unseres Lebens die Seine. Wir liebten uns in dieser Nacht, bis keiner von uns noch Kraft hatte und es nichts gab, was Simone tun konnte, um sich wieder in Tristans Leben zu krallen.

Oder so dachte ich, bis ich mich am nächsten Tag mit Julia Blakely in der Cafeteria des Krankenhauses traf. Dieselbe Frau, die mir vor drei Jahren geholfen hatte, als ich krank wurde, war nicht nur Ärztin, sondern auch eine Freundin der Familie, und ich hoffte, sie könnte mir mehr Informationen über Simones Geburtshelferin geben.

„Ich kann Ihnen immer noch nicht genug für Ihre Hilfe in der Lodge danken."

„Ich habe nur geholfen, ein Fieber zu senken. Das ist alles."

„Sie haben James gedrängt, mich ins Krankenhaus zu bringen. Das weiß ich mit Sicherheit, weil ich Sie gehört habe. Sie sagten, es hätte schlimmer sein können, also danke."

„Es waren die Nuggets, nicht wahr?"

„Was?"

„Die Chicken Nuggets, die Sie in der Lodge am Abend vor der Ankunft der Silvers gegessen haben."

„Ich glaube schon."

„Ha! Ich wusste es." Sie stieß triumphierend die Faust in die Luft, und ihr Ärmel rutschte am Handgelenk hoch und enthüllte eine schwarze Markierung.

„Was wussten Sie? Ist das ein Infinity-Tattoo?", fragte ich, und sie zog den Stoff zurück, um ihre Haut zu bedecken.

„Ähm, ja, das ist es."

„Infinity, wie in Simone Hartleys gemeinnütziger Organisation?"

Ihre Augenbrauen zogen sich zusammen, und sie stieß ihren nächsten Atemzug aus. „Infinity ist weit davon entfernt, gemeinnützig zu sein."

„Simone sagte, sie helfen Frauen, gefährliche Situationen zu verlassen."

Sie wischte sich die Tränen weg, die sich in ihren Augen sammelten, und putzte sich die Nase in ein Taschentuch. Ihr Gesicht rötete sich und die Adern an ihrem Hals pulsierten stark unter der Haut. „Infinity hilft Frauen nicht. Sie benutzen sie, für immer. Ihre ganze Gemeinnützigkeitsmasche ist ein Witz."

„Was machen sie? Warum haben Sie dieses Tattoo?"

„Ich... ich kann nicht wirklich darüber reden. Ich bin rausgekommen, aber wenn sie herausfinden, dass ich rede, bin ich tot."

„Infinity? Ernsthaft?"

„Jeff Hartleys Privatinsel ist nur ein Zwischenstopp und hat nichts mit einer geheimen Operation zu tun. Sie verstehen schon, warum Simone bei Hope for Hope ehrenamtlich arbeitet, oder?"

Nach Julias Gesichtsausdruck zu urteilen, war es nicht, weil Simone den Frauen helfen wollte, wie sie behauptete. Julia wartete nicht auf meine Antwort. „Sie brauchen frische Körper für den Menschenhandel. Sie suchen nach verletzlichen Frauen mit zu viel zu verlieren, die den Mund halten werden."

„Weiß Silver Securities davon?"

„Ich... ich weiß es nicht. Ich weiß es wirklich nicht, und Sie dürfen niemandem sagen, dass ich etwas gesagt habe. Niemandem", beharrte sie und hob drohend den Zeigefinger.

„Aber-"

„Ich sagte niemandem." Ihre Lippen zitterten. Julia wischte ihre schweißnassen Hände an ihrem Kittel ab und schloss die Augen, während sie auf meine Antwort wartete.

„Also gut. Ich werde nichts sagen, es sei denn, du willst es. Aber-"

„Allie, ich weiß, du willst helfen, aber du kannst nicht. Nicht hierbei. Bei Infinity kommt keine Frau lebend davon. Ich würde dich nicht darum bitten, wenn nur mein Leben auf dem Spiel stünde."

Ich wusste nicht, was ich sonst sagen sollte, weil ich Julias Argumentation nicht verstehen konnte. Also stellte ich unser Infinity-Gespräch erstmal zurück.

„Also, ich weiß, dass Emma dich angerufen hat."

Julia lächelte. „Angerufen? Sag der kleinen Emma, wenn sie versucht, mich noch einmal zu erpressen, werde ich die letzte Person sein, mit der sie sich anlegt."

„Emma hat dich erpresst?"

„Ich darf eigentlich keine Patienteninformationen preisgeben, besonders nicht über jemanden wie Simone Hartley."

„Aber du hast noch mehr herausgefunden?"

Julia blickte sich in der Cafeteria um. „Ja, ich habe noch etwas herausgefunden."

Ich beugte mich gespannt vor.

„Simones Unterlagen von vor fünfzehn Jahren sind unvollständig. Sie wurde in Wien wegen eines gebrochenen Beckens, durchstochener Lungen und einer geplatzten Milz behandelt, aber als sie in die USA zurückkehrte, ließ sie sich selbst mit Bauchschmerzen und Blutungen einweisen. Die Unterlagen besagen, dass sie kurz darauf eine Fehlgeburt hatte."

„Aber?"

„Sie wurde unter einem anonymen Namen in eine Privatklinik verlegt, wo sie ein Kind bekam."

„Was?"

„Simone Hartley hat vor vierzehn Jahren ein Kind zur Welt gebracht. Scar Wagner hat die Informationen für mich überprüft. Sie hat ein Kind, von dem niemand weiß. Ich meine, die Hartleys wissen wahrscheinlich davon, aber er wurde die ganze Zeit ziemlich versteckt gehalten."

„Sie hatte einen Sohn?"

„Ich habe Tristan angerufen, bevor du hereingekommen bist, also weiß er Bescheid. Ein DNA-Test würde es bestätigen, aber die Chancen stehen gut, dass-"

„Tristan einen Sohn hat."

Julias Handy piepste mit einer Nachricht. Ihr Kopf schoss nach oben und ihre Augen weiteten sich.

„Was ist los?", fragte ich.

„Tristan Silver ist in der Notaufnahme."

Mir stockte der Atem. Was war passiert?

Ich stürmte an George vorbei in den Club Magnet. „Lass den Motor laufen. Das wird nicht lange dauern."

„Jawohl", rief er hinter mir her. „Sie ist in der Diamanten-Suite."

Ich stampfte wütend über den Teppich. Meine Füße sanken in den plüschigen Boden ein und dämpften meinen Zorn. Wandleuchten erhellten den langen Flur. Einer von Hartleys Gorillas zog den Vorhang zurück, sobald ich um die Ecke bog, und ich blieb stehen, um sie aus der Ferne zu beobachten.

Simone saß mit überkreuzten Beinen in dem übergroßen Sessel, den ihr Vater früher besetzt hatte. Ich biss die Zähne zusammen, und mein Blut kochte. Sie hatte von Anfang an geplant, mich anzulocken, und es war ihr gelungen; aber ich war nicht hier, um zu bleiben. Ein vernünftiges Gespräch mit Simone war jetzt sinnlos. Sie konnte das Geheimnis, das sie vor mir verborgen hatte, nicht länger leugnen. Die Festplatte, die ich sichergestellt hatte, hatte meine Vermutungen bestätigt - Fotos von Simone mit meinem Sohn hatten den Bildschirm gefüllt, zusammen mit all den Jahren, die ich verpasst hatte.

Ich durchquerte den Raum, vor Wut bebend. „Wo ist er? Wo ist mein Sohn, Simone?"

Sie legte langsam ihr Handy beiseite und stellte meine Geduld auf die Probe. Der Gorilla spähte durch den Vorhang, aber sie bedeutete ihm zu gehen.

„Ich weiß nicht, wovon du redest."

„Es gab keine Fehlgeburt. Vor vierzehn Jahren hast du in einer Privatklinik einen Sohn zur Welt gebracht. Meinen Sohn."

„Und wer versorgt dich mit all diesen Lügen?"

„Das Mindeste, was du tun kannst, ist ehrlich zu sein."

„Das Mindeste, was du tun kannst, ist deinen Platz zu kennen, Silver." Sie entkreuzte ihre Beine und richtete sich auf. Sie erinnerte mich so sehr an ihren Vater, dass mir schlecht wurde. Wie konnte ich diese Frau je geliebt haben?

„Ich möchte meinen Sohn sehen."

Ein verspieltes Grinsen breitete sich auf ihrem Gesicht aus. „Wie geht es Allie? Ich hoffe, Dave Wright hat sie in der U-Bahn nicht zu sehr erschreckt."

Mein Herz setzte für einen schockierenden Moment aus. „Woher weißt du von Wright?"

„Du hast dein Gespür verloren, Tristan. Kapier die Lage."

Sie neigte den Kopf und lächelte mit der gleichen selbstgefälligen Haltung, die sie hatte, als wir zusammen waren. Wie konnte ich nur so blind gewesen sein? Damals dachte ich, unsere Welpenliebe würde nie enden. Als die Spannungen zwischen unseren Familien wuchsen, wuchs auch die Distanz zwischen uns. Ich blieb bei Simone, weil ich befürchtete, sie würde etwas Dummes tun. Und das tat sie. Viele Male. Ich konnte Simone nicht besser vor ihren Fehltritten schützen als ihr Vater, und er gab mir die Schuld an allem. Sie hatte mich die ganze Zeit benutzt.

„Wo ist mein Sohn?"

„Du hast keinen Sohn. Ich habe einen." Der Hohn in ihrer Stimme brachte mein Blut zum Kochen.

Ich packte den Tisch zwischen uns. „Ich krieg ihn schon, Simone. Du kannst ihn nicht für immer von mir fernhalten."

„Bisher hat es funktioniert, oder? Du bist wahnhaft, wenn du denkst, dass ich diejenige bin, die Tristan Junior von dir ferngehalten hat."

„Tristan Junior?"

Sie zuckte mit einer Schulter. „Ich bin sicher, es ist ein besserer Name als Jeffrey. Mein Vater wollte, dass Tristan Junior in Jeffrey umbenannt wird. Er war besessen von seinem Enkel und spielte ständig mit dem Gedanken, dass er eines Tages die Organisation übernehmen würde. Der letzte Seitenhieb meines Vaters gegen die Silvers sollte sein, dass einer der ihren sich für die Hartleys entscheidet."

Ich setzte mich auf den gepolsterten Sitz. „Was ist mit Tristan passiert?"

„Dein Junge trägt mehr Silver-Blut in sich, als mein Vater erwartet hatte. Er ist gutaussehend und stark." Ihr Lächeln verblasste.

„Aber?"

„Aber er ist ein Teenager, Tristan. Er ist ein Vierzehnjähriger mit vielen Fragen und genug Energie, um alles zum Einsturz zu bringen. Und ich meine alles."

Herrgott noch mal.

Ich begann zu verstehen, warum Simone von den Toten zurückgekehrt war. Sie hatte Ärger, den sie nicht lösen konnte.

„Er will nichts mit dir zu tun haben, oder?"

„Ich bin es nicht. Es sind die Hartleys." Sie verdrehte die Augen.

„Du bist eine Hartley."

„Du weißt, was ich meine. Und ich wäre eine Silver gewesen, wenn du mich geheiratet hättest."

„Du bist gestorben."

„Bin ich nicht."

„Eine Formalität."

„Nein, das ist keine Formalität, Tristan. Ich bin keine Formalität. Ich wurde erpresst. Mein Vater hat mir mein Familienleben gestohlen, und ich werde ihn im Grab rotieren lassen, bevor ich dich oder meinen Sohn aufgebe."

Sie hob das Weinglas vom Tisch und beruhigte ihre zitternde Hand, bevor sie einen Schluck nahm. „Du kannst meinen Sohn nicht von mir fernhalten."

„Das werde ich nicht. Wenn du das Richtige tust." Sie lehnte sich im Sessel zurück, und ich runzelte die Stirn. Ich würde Allie niemals verlassen.

„Siehst du es nicht? Ich bin in all dem ein Opfer, genau wie du. Es ist alles die Schuld meines Vaters. Der Unfall, dass er uns auseinanderhielt, Wright rekrutierte-"

„Wo ist Wright?"

Ihre Stirn runzelte sich. „Ich hab dir doch schon gesagt, dass die Hartleys ihn haben."

„Das ist eine Lüge. Wright ist ein Spitzel, und deine Onkel wollen ihn tot sehen."

„Na ja, er ist nicht tot. Zumindest nicht, bis sie ihn finden, und sie werden ihn vorerst nicht finden."

„Du weißt also, wo er ist?"

„Das hängt davon ab, ob du bereit bist, mein Angebot anzunehmen."

„Ich werde Allie nicht verlassen. Sie erwartet mein Kind, und ich werde sie heiraten. Ich vertraue ihr, und ich liebe sie. Es gibt nichts, was du tun kannst, um mich aufzuhalten."

Ihre Lippe wurde schmal.

„Schön. Du willst Wright, dann hol ihn dir. Er ist sowieso nutzlos für uns. Du wirst ihn wahrscheinlich im Bootshaus finden, wie er sich einen auf das Foto deiner Freundin runterholt. Er hat davon eine Menge."

„Er ist in der Bucht?"

„Wo sonst hätte ich ihn vor meinen Onkeln verstecken können? Das ist dir wohl durch die Lappen gegangen, was? Silver Securities sollte stolz sein, Tristan. Er war die ganze Zeit direkt unter deiner Nase."

Ich schlug mit der Hand auf den Tisch. Simones plötzlicher Anfall von Großzügigkeit musste kalkuliert sein.

„Warum ist Wright nutzlos?"

„Ich schätze, du hast es nicht gehört. Der Spitzel hat eine präsidiale Begnadigung für seine Verbrechen erhalten. Wenn du ihn tötest, würdest du den Hartleys einen Gefallen tun. Nur zu." Sie machte eine ausladende Handbewegung. „Hol ihn dir. Ich bitte darum."

Ich hatte die Neuigkeit nicht gehört, aber dann piepte mein Handy mit der gleichen Nachricht in der App unserer Firma.

Scheiße!

Vielleicht war Simone einer Sache auf der Spur? Vielleicht war ich mit Wright falsch umgegangen. Wenn er bereits gepetzt hatte, war er eine Gefahr für Kendra und Allie.

„Hab's dir ja gesagt." Sie schwang ihr Bein vor und zurück und beobachtete mich dabei.

„Was ist mit meinem Sohn?"

Sie stand auf und ging um den Tisch herum, hielt meinen Blick fest, bis sie vor mir stand. Sie strich mit ihrer Handfläche über meine Brust und flüsterte: „Solange du sie wählst, hast du keinen Sohn."

Ich stieß ihre anhängliche Hand weg. „Das werden wir ja sehen, Simone. Karma ist unbarmherzig, und sie kommt, um dich zu holen."

Sie verdrehte die Augen. „Toll! Ich hab auch nach Karma gesucht. Wenn du sie siehst, sag ihr, ich bin in der Karibik. Dieser Stress und das kalte Wetter sind nicht gut für meine Haut, und ich habe einen Vitamin-D-Mangel."

Ich stieß einen enttäuschten Atemzug aus – obwohl ich nicht weiß, was ich sonst von ihr erwartet hatte – und ging.

Fünfundvierzig Minuten später parkte ich das Auto vor dem Grundstückstor der Hartleys an der Bucht und schlich mich durch die überwucherten Büsche hinein. Jemand hatte einen Elektroroller an einen Baum in der Einfahrt gelehnt, aber ich konnte mir nicht vorstellen, dass er Wright gehörte. Ich duckte mich und ging durch den Apfelgarten zum Ufer. Die Tür des Bootshauses schwang im Wind auf. Ich folgerte, dass Simone Wright gewarnt haben musste und er geflohen war. Ihre Katz-und-Maus-Spiele wurden alt – und zugleich raffinierter.

Ich lief durch den vollgestopften Raum. Müll bedeckte den Boden, und der Gestank von Schimmel und Zigarren überwältigte das Bootshaus. Ich bedeckte meinen Mund mit dem Handrücken und kickte durch den Abfall, bis ich die Essecke erreichte. Fotos, Karten und Haftnotizen waren über den Tisch verstreut. Das, mehr als der Geruch, drehte mir den Magen um – denn alle Bilder waren von Allie und ihrer Mutter. Allie als Kind, die schwangere Peg und einige aktuelle Aufnahmen, die er gemacht haben musste, als er Allie gefolgt war.

„Verdammter Bastard", schrie ich und fegte die Papiere vom Tisch. Der Wind blies durch das Bootshaus und hob den Müll vom Boden.

Ich trat nach draußen, und ein stechender Schmerz zuckte von meinem Hinterkopf bis in mein Gehirn. Meine Ohren klingelten und meine Sicht verdunkelte sich. Ich fuhr mit der Hand über die schmerzende Stelle und klebrige Haare; frisches Blut befleckte meine Hand. Meine Knie gaben nach, und ich fiel zu Boden.

Ich war mir nicht sicher, wie lange ich bewusstlos war, aber es konnte nicht lange gewesen sein, denn als ich die Augen öffnete, fuhr ich auf dem Rücksitz meines Autos mit. Die Sonne schien durch das Fenster, und ich hob meine blutigen Hände, um meine Augen abzuschirmen. Das Pochen in meinem Kopf hämmerte, drückte stärker nach außen als bei einem Kater. Es fühlte sich an, als wäre eine Granate in meinem Kopf kurz davor zu explodieren.

„Argh!"

Ich richtete mich halb auf und konzentrierte mich auf den jungen Fahrer.

„Was zum Teufel?"

„Bleib unten. Er hat dich ganz schön erwischt, und du verlierst Blut." Der Junge drehte sich kurz um, und ich keuchte. Seine Knochenstruktur, das schulterlange dunkle Haar und die genetische silberne Strähne nahe dem Pony ließen mein Herz stillstehen.

„Du... du bist-"

„Ja, ich weiß. Ich bin dein Sohn und du bist mein Vater und meine Familie hat uns jahrelang voneinander ferngehalten, weil sie dich hassen, aber ich muss dich ins Krankenhaus bringen."

Es war wahr. Mein Sohn war real, und Simone hatte ihn vierzehn Jahre lang vor mir versteckt.

„Ich wollte sagen, ich glaube nicht, dass du ein Auto fahren solltest, Kleiner."

Er blickte wieder zurück, und noch einmal, und mein Herz setzte aus.

„Ich fahre schon, seit mein Großvater mir einen Mini-Porsche gekauft hat."

„Ein was?"

„So eins von diesen batteriebetriebenen, die man auf der Einfahrt steuert."

Meine Sicht verschwamm, und die Welt um mich herum erschien wie durch einen Schleier.

„Legal?"

Er lenkte nach links und lachte. „Als ob heutzutage noch irgendwer was Legales macht."

Das stimmte zwar nicht, aber bei den Hartleys aufzuwachsen, würde ein verzerrtes Bild der Realität vermitteln. Der Gedanke, dass mein Sohn von diesem Mistkerl großgezogen wurde, ließ meinen Puls in die Höhe schnellen, und mein Kopf pochte erneut. Ich riss meinen Ärmel ab, faltete den Stoff zu einem Quadrat, bedeckte damit die Wunde und drückte den Stoff auf den Schnitt.

„Du bist ein guter Fahrer. Wie heißt du?"

„Tristan Junior, aber ich bevorzuge TJ."

Ich lachte bitter. Ein Teil von mir hatte Jeffrey erwartet, wie Simone gesagt hatte. Simones Vater musste stinksauer gewesen sein, als er den gewählten Namen hörte. Obwohl ich mir gewünscht hätte, meinen Sohn unter anderen Umständen und anderthalb Jahrzehnte früher kennengelernt zu haben, brachte mir die Vorstellung, dass Hartley sich für alle Ewigkeit im Grab umdrehen würde, eine seltene Genugtuung.

„Schön, dich kennenzulernen, TJ. Wer hat mich geschlagen?", fragte ich.

„Das Arschloch, das meine Mutter im Bootshaus versteckt hat. Er heißt Dave. Meine Onkel haben nach ihm gesucht, also hat sie ihn versteckt, weil er krank ist. Er hat so 'ne Sache für schwangere Frauen."

Wright.

„Wo ist er jetzt?"

„Weg, und ich hoffe, er kommt nie wieder."

„Scheiße."

„Willst du, dass er zurückkommt?", fragte er.

„Nein. Ich will, dass er tot ist."

Wright war eine Plage, und laut den Wagners wurde seine Aussage gegen Donaldson von Tag zu Tag schwächer. Irgendwann müssten wir entscheiden, ob die Beweise, die er liefern könnte, das Risiko wert wären. Wir könnten unsere Lizenz in den Wind schießen, wenn unsere Mandantin Kendra für ein Verbrechen ins Gefängnis ginge, von dem wir nicht beweisen konnten, dass sie es nicht begangen hatte.

Mein Kopf pulsierte, als wolle er explodieren. Ich griff in meine Haare und zog fest daran, in der Hoffnung, dieser Schmerz würde den anderen betäuben. „Scheiße!"

Ich rutschte im Sitz nach unten und legte mich auf die Rückbank.

„Alles okay, Mann?"

Er muss Gas gegeben haben, und ich muss danach

ohnmächtig geworden sein, denn das Nächste, was ich wusste, war, dass zwei Ärzte mich aus dem Auto zogen und auf eine Trage legten. Ein Team von Krankenschwestern und medizinischem Personal wimmelte um mich herum.

„Wo ist er?", fragte ich. „Wo ist mein Sohn?"

„Es war niemand sonst im Fahrzeug."

„Was meinen Sie damit, niemand sonst? Ich bin nicht selbst hierher gefahren. Wo ist mein Sohn?"

„Sie müssen sich hinlegen, mein Herr. Wir werden die Sicherheit bitten, die Kameras zu überprüfen. Wie alt ist Ihr Sohn?"

„Vierzehn. Glaube ich."

Ich hob meinen Kopf, um nach meinem Auto und dem leeren Fahrersitz zu sehen. War das alles nur in meinem Kopf gewesen, oder hatte mich gerade mein vierzehnjähriger Sohn, den ich nie zuvor getroffen hatte, in die Notaufnahme gefahren?

Es dauerte nicht lange, bis meine Familie mich im Krankenhaus fand und eine Suchmannschaft für TJ und Wright organisierte. Meine Brüder und Cousins zogen ein paar Gefallen ein, und es war erledigt. Einfach so.

Wright war tot.

Und ich hatte meinen Sohn.

„Tut es weh?", fragte ich.

„Nein", stöhnte er und wand sich in den Laken. Tristan schlief wie ein Murmeltier nach seiner Entlassung aus dem Krankenhaus. Die Gehirnerschütterung brachte Müdigkeit mit sich, und so sehr er auch seinen „Kopfschmerz" kurieren wollte, sein Körper entschied sich für Ruhe. Ich verbannte ihn ins Schlafzimmer, und er nutzte die Zeit, um sich wieder mit TJ zu verbinden und Beweise gegen Simone zu sammeln. Das Karma würde zuschlagen. Wir beide hatten es kommen sehen.

„Lügner." Ich untersuchte die Stelle am Hinterkopf. „Komm duschen und lass mich den Verband wechseln."

„Noch nicht." Er zog mich zu sich und ich setzte mich rittlings auf ihn. Ich habe nie die Leute verstanden, die nackt schlafen konnten, oder diejenigen, die in Pyjamahosen schliefen. Das eine war zu kalt und das andere zu einengend. Tristan gehörte zur ersten Gruppe, und meine Wahl fiel auf Slip und sein T-Shirt.

Ich schlang meine Schenkel fest um seine Hüften. Seine Morgenlatte stand aufrecht, genauso wie jeden Morgen, begierig auf meine volle Aufmerksamkeit.

„Warum hast du deinen Slip an?" Sein Stirnrunzeln verwandelte sich langsam in ein schelmisches Grinsen.

„Willst du, dass ich ihn ausziehe?"

„Nein, Schatz. Du sehnst dich danach, ihn loszuwerden." Er wackelte mit den Augenbrauen und mit einem geschickten Zug an den Ecken entfernte er ihn mit einer Drehung des Handgelenks. Die Narbe auf seiner Lippe verzog sich zu einem Lächeln und sein süßes Grübchen vertiefte sich. Das feuchte Verlangen zwischen meinen Schenkeln pochte. Seit ich mit Tristan zusammenlebte, war der orgasmischste Sex meine liebste Art, den Morgen zu beginnen. Jedes Mal.

Ich umfasste seinen schweren Schwanz mit meiner Hand. Er war dick, heiß und bereit. Seine Ader pulsierte an meiner Handfläche. Ich strich mit meinem Daumen über den Tropfen Vorsaft, während er mich drängte, mich zu erheben.

Er positionierte sich an meinem Eingang und ich senkte mich. Seine Augen schlossen sich und seine Lippen öffneten sich, als ich mich auf ihn niederließ. Ich umklammerte seine Hüften mit meinen Knien und übernahm die Kontrolle über meinen Ritt. Bei der dritten Rollbewegung zog ich mein Shirt aus und umfasste meine Brüste. Das gefiel ihm sehr, denn er öffnete die Augen und legte seine andere Hand auf meine Hüfte, um mir die

Kontrolle zu entreißen. Tatsächlich mochte ich seine Kontrolle. Er wusste, was er für uns beide tat. Wie diese Hebung, bei der die zusätzliche Reibung seines Schambeins gegen meines alle richtigen Nerven und meine Klitoris kitzelte. Es breitete sich durch meinen Körper aus und steigerte sich zur Glückseligkeit. Er winkelte meine Hüften an und packte mich, rieb fester, rollte schneller und stieß härter.

Ich hüpfte im aufbauenden Rhythmus. Seine Hände ersetzten bald meine über meinen Brüsten. Ich legte den Kopf in den Nacken, als Tristan meine empfindlichen Brustwarzen liebkoste und reizte. Der erste Funke der Lust durchfuhr meinen Körper, und ich hob meinen Kopf und öffnete meinen Mund, so verdammt dankbar für die Schwangerschaftshormone. Er stützte seine Arme auf dem Bett ab, brachte uns in eine sitzende Position und vergrub sich tiefer in mir. Ich schlang meine Beine um seine Hüften und hielt mich fest, während er mich küsste, als hinge sein Leben von meinem ab. Ich schmolz in seinen Armen dahin und gab ihm jedes Stückchen Kontrolle, das ich gedacht hatte zu haben, und ließ ihn mit meinem Körper machen, was ihm gefiel.

Ich kam zuerst, wie er es mochte, und er folgte kurz darauf. Ich blieb in seiner Umarmung, mit ihm in mir, bis sich mein Herz beruhigt hatte, bis ich vom Echo klappernder Teller aufschreckte.

„Ist jemand hier?", fragte ich mit weit aufgerissenen Augen.

„Das ist Olivier. Hast du vergessen, dass wir Thanksgiving ausrichten?"

Natürlich hatte ich das nicht vergessen. Wir hatten geplant, Maggie und John am Nachmittag von dem Baby zu erzählen. Tristans Eltern würden mit den anderen Silvers ankommen. Ich hatte noch nie ein großes Familientreffen ausgerichtet und nahm alle angebotene Hilfe von Tristan und Olivier an.

„Nein, natürlich nicht. Aber es ist sieben Uhr morgens", flüsterte ich, und Tristan lachte.

„Ich glaube nicht, dass er dich hören kann, und ich bin sicher, deine Stöhner waren eben noch lauter."

Mein Gesicht wurde heiß. „Sieben Uhr morgens?", fragte ich noch einmal.

„Offensichtlich hat er viel zu tun, was bedeutet, er braucht Hilfe."

Ich drückte meine Hand gegen seine Brust und hob mich langsam von ihm. „Du gehst nirgendwo hin, bis ich den Verband kontrolliert habe."

Ich entfernte die Wickelbandagen und die geklebten. Wright hatte ihn ziemlich hart getroffen, und Tristan hatte mit voller Wucht zurückgeschlagen. Die Ärzte hatten eine Stelle rasiert, wo sie seinen Kopf genäht hatten; Tristan hatte Glück, dass sein längeres Haar die Stelle bedeckte. Ehrlich gesagt hatte er Glück, überhaupt am Leben zu sein. Der Arzt empfahl Bettruhe und keine Anstrengung, aber Tristan bestand darauf, dass Sex ihn schneller heilen würde.

Also war es die einzige Aktivität, die ich ihm erlaubte.

„Ich wechsle den Verband und helfe Olivier, aber du musst im Bett bleiben. Ich habe dich schon genug beansprucht."

„Niemals genug", knurrte er.

Ich sprang aus dem Bett, bevor er mich greifen konnte, und quietschte, als ich zur Dusche rannte. Er gesellte sich bald unter seinen eigenen Wasserstrahl zu mir, und ich half ihm, seine Haare zu waschen, während er half, mich komplett zu waschen. Ich stieg aus, bevor das Verlangen alle Sinne übernahm, und zog mich in bequeme Herbst-Leggings um. Ich kombinierte sie mit einem lockeren Pullover und eilte nach unten, wo der Duft von Kaffee, Zimt und würzigem Apfel durch die Küche wehte.

Heute würde ein guter Tag werden. Gelbe und orange Blätter trieben vor dem Fenster vorbei. Es war fünfzehn Jahre her, dass ich Thanksgiving mit meiner Mutter gefeiert hatte, und die Erwartung eines perfekten Nachmittags hob meine Stimmung. Gott sei Dank für Privatköche!

„Guten Morgen, Olivier."

„Guten Morgen, Frau Green."

„Allie. Es ist Allie. Ich wusste nicht, dass Sie so früh kommen würden."

„Der Kaffee ist koffeinfrei und der Ingwer-Kamillentee hat einen Hauch Honig. Apfel-Zimt-Croissants werden in drei Minuten aus dem Ofen kommen."

Mir lief das Wasser im Mund zusammen.

„Es riecht köstlich. Womit kann ich Ihnen helfen?"

„Sie können sich hinsetzen und frühstücken. Tristan hat gerade von oben geschrieben und darauf bestanden, dass Sie essen. Ich bringe ihm auch etwas hoch."

Meine Wangen wurden heiß, aber es war schön zu spüren, dass er sich so sehr um mich sorgte. Die letzten drei Tage waren hart gewesen und alles andere als das, was wir erwartet hatten, als sein Sohn im Krankenhaus auftauchte. Wenn Karma heute nur einen Zweck hätte, würde sie dafür sorgen, dass TJ zum Thanksgiving-Essen erscheint.

Ich goss mir eine Tasse entkoffeinierten Kaffee ein und stopfte mir ein Croissant in den Mund. „Ich bin bereit."

Olivier musterte mich. „In Ordnung. Können Sie schneiden?"

„Ja, ich kann schneiden." Ich stellte meinen Kaffee neben das Schneidebrett auf die Theke. Ich schnitt die Gurken in Achtel; Paprika und Karotten der Länge nach; Blumenkohl, Pilze und Radieschen in mundgerechte Stücke. Die bunte Vorspeiseplatte, in Kürbisform angerichtet, ergänzte das Charcuterie-Brett mit den kalten Aufschnitten perfekt. Ich folgte Oliviers anleitender Stimme und arrangierte die Platten zu Kunstwerken.

Am frühen Nachmittag erfüllte eine Mischung köstlicher Düfte das Haus und lockte Tristan nach unten. In bequemen Hosen und einem grauen V-Ausschnitt-Shirt sah er aus wie ein leckeres Dessert. Meine Hormone regten sich und mein Körper kribbelte.

„Brauchst du etwas?" Er trat von hinten an mich heran und strich mit seiner Hand über meinen Bauch.

Ich kicherte und drehte mich in seiner Umarmung.

„Der Truthahn und die Kartoffeln sind im Ofen, und der Kürbiskuchen kühlt auf einem Gitter ab."

Er trat zurück und musterte meine Kleidung. „Ich liebe die Schürze. Darf ich den Koch küssen?" Er löste die Schleife am Rücken und streifte mir die Schürze über den Kopf.

„Aber Olivier ist schon weg."

„Ich meinte dich."

„Ich weiß." Ich stellte mich auf die Zehenspitzen und berührte seine Lippen mit meinen.

„Alles sieht fantastisch aus", sagte er an meinem Mund.

„Wie fühlst du dich?"

Er berührte seinen Hinterkopf. „Die Stelle ist wund, aber mir geht's besser. Wie geht's Baby Puss?"

„Ich hoffe, du weißt, dass wir unser Baby nicht Puss nennen werden."

Er lachte. „Nein, werden wir nicht."

„Apropos Babys, gibt's schon was Neues von TJ?"

Zweifel blitzte in seinen Augen auf. „Noch nichts, aber wenn er auftaucht, wird es ein guter Tag. Der Junge hat mir das Leben gerettet. Er hat alles, was wir brauchen, um Donaldson und die Hartleys hinter Gitter zu bringen. Wenn Simone das herausfindet, ist er meiner Meinung nach hier sicherer."

„Da stimme ich zu. Und wenn sie es nicht herausfindet?"

„Dann will ich trotzdem, dass er hier bei uns bleibt."

Ich lächelte. „Ich war naiv zu glauben, dass sie wirklich den Mädchen helfen wollte."

„Es ist krank. Sie hat Hope for Hope benutzt, um dieselben Mädchen zu verschleppen, die sie angeblich retten wollte."

„Sie wird TJ nicht kampflos gehen lassen."

„Ich würde auch nichts anderes erwarten, aber ich werde bereit sein. Und unser Weihnachtsurlaub kann gar nicht schnell genug kommen."

„Da stimme ich zu."

Er strich mit seinem Daumen über meine Augenbraue. „Ich

hätte nie erwartet, Vater zu werden, und jetzt erfahre ich, dass ich einen Teenager habe, der ein ziemlich cooler Junge zu sein scheint, und noch ein Baby unterwegs ist."

„Das ist eine Menge zu verarbeiten." Ich schlang meine Arme um ihn und hielt ihn fester.

„Das stimmt. Danke, dass du zu mir stehst, Allie." Er küsste meine Nasenspitze. „Und danke, dass du heute so hart gearbeitet hast."

Als Tristan mir sagte, dass er das Thanksgiving-Essen mit Olivier kochen würde, dachte ich, er hätte den Verstand verloren. Nachdem sie ihn ins Krankenhaus eingeliefert hatten, dachte ich, er würde das Essen absagen, aber das war meine erste Familienfeier, und ich wollte nicht kneifen. Also bot ich meine Hilfe an.

„Fröhliches Thanksgiving!" Die Hintertür öffnete sich, und Emma kam mit einer Platte voller kürbis- und blattförmiger Kekse herein.

„Du bist schon hier?", fragte Tristan und sah auf die Uhr.

„Jetzt, wo ihr nebenan wohnt, werde ich jeden Tag hier sein."

„Wunderbar." Tristan verdrehte die Augen, und ich stieß ihm den Ellbogen in die Rippen. Ich liebte die Vorstellung, Emma jederzeit bei uns zu haben, und ich fand es toll, so nah bei meinen neuen Verwandten zu wohnen.

Emma umarmte mich stürmisch und blickte dann entschuldigend auf meinen Bauch. „Ups, tut mir leid. Ich habe niemandem etwas gesagt. Ich schwöre. Aber wenn ich dieses Geheimnis noch länger für mich behalten muss, platze ich, glaube ich. Dieser Monat war so stressig. Leute, erzählt mir keine Geheimnisse mehr. Ich halte das nicht aus!"

„Heute, Ems. Es passiert heute."

„Was für ein Geheimnis?", fragte Tristans Vater, als er durch die Haustür kam.

„Hat jemand ein Geheimnis erwähnt?", fragte Wilma, die hinter ihm eintrat.

Emma drehte sich ruckartig zu uns um. „Ich habe nichts gesagt. Ich schwöre."

Tristan nahm meine Hand, und wir gingen zu unseren Eltern in den Flur. Er hob sein Kinn und blickte von mir zu ihnen und zurück. Meine Mutter musterte mich von unten nach oben und keuchte. „Oh mein Gott, sie strahlt."

„Warum strahlt sie?", fragte Fred, reichte Tristan die Weinflasche und stellte die riesige Pflanze, die er trug, auf den Boden. Ich strahlte über das ganze Gesicht. Emma hielt den Atem an, ihre dünnen Lippen wurden fast lila. Ich gab Tristan ein kleines Nicken.

„Mama, Papa, Peg. Wir haben heute noch einen Grund zum Feiern. Allie ist schwanger."

Fred fing Wilma unter den Armen auf, bevor sie ohnmächtig wurde. „Was erwartet sie?", fragte er.

Tristans Onkel schnappte sich einen Stuhl und stellte ihn hinter Wilma. Ich hatte gar nicht bemerkt, wann die anderen Silvers eingetroffen waren. Wo war Laura?

„Du bist schwanger?", fragte sie, und ich nickte.

Das Gesicht meiner Mutter wurde blass. Es war erst fünfzehn Jahre her, dass sie die Geburt meiner Schwester erwartet hatte. Sie trat näher und nahm mich in die Arme, ihre salzigen Tränen tropften auf meine Schulter. Der Kloß in meinem Hals wurde dicker und meine Augen füllten sich mit Tränen. Meine Mutter ließ mich los, und meine Hormone pressten ein paar Freudentränen heraus.

„Der Fluch ist aufgehoben!", rief Emma und strich sich mit der Hand über die Stirn. Dann packte sie ihren Cousin James am Kragen und schrie: „Ich werd' Tante!"

Er lachte und sein Blick traf meinen. Ich erkannte das Starren und spürte, wie mir das Blut aus dem Gesicht wich. Der Grund, warum Emma keine Geheimnisse mehr hatte, war, dass James von Foxy wusste.

„Du wirst Opa, Fred." Wilma klopfte ihrem Mann auf den

Rücken, bevor sie Tristan umarmte. „Herzlichen Glückwunsch, Schatz. Ich habe lange auf diesen Tag gewartet."

„Und ich darf dem Baby einen Namen geben!"

Tristan warf mir einen verwirrten Blick zu.

Ich zuckte mit den Schultern. „Das ist eine lange Geschichte, und sie ist eine harte Verhandlungspartnerin."

„Und falls du auch nur daran denkst, unseren Deal zu brechen, lass dir gesagt sein, dass ich durchaus einen anderen Lieblingsbruder finden kann."

„Kommt Julian?"

Wilma schüttelte den Kopf. „Nein, er ist bei Kendra."

„Wie geht es ihr?"

„Besser. Aber noch nicht ganz. Hoffentlich bald."

Sorge trübte Wilmas Augen, und ich nahm ihre Hand.

„Sie hat die Hölle durchgemacht, aber sie wird heilen. Julian wird dafür sorgen." Ich lächelte. Es war über einen Monat her, seit ich sie an der Hotelbar gefunden hatte. Laut Tristan hatten wir in jener Nacht Glück gehabt. „Aber das ist es nicht, worüber du dir Sorgen machst, oder, Wilma?"

Sie schüttelte den Kopf, und Tristan räusperte sich. „Warum zeigst du der Familie nicht das Haus, und ich richte das Essen an?"

„Ja, klingt gut. Wir führen dieses Gespräch später fort", flüsterte ich Wilma zu. „Folgt mir alle. Folgt mir. Vorspeisen zu eurer Linken und zur Begrüßung Kürbis-Gewürz-Bubble-Tea zu eurer Rechten. Schnappt euch euer Zuckergift und folgt mir."

Ich hatte drei Tage lang geübt, das Haus vorzuführen. Alles von der Bibliothek bis zum Innenpool und Whirlpool, von dem ich nie wusste, dass ich ihn wollte, bis ich all meine Körperschmerzen darin eingeweicht hatte.

„Gehen wir an Bord eines Flugzeugs?", kicherte Emma.

„Nein, aber du kannst gerne den Dachboden überprüfen, Ems – weißt du, um sicherzugehen, dass wir keine Geister haben." Ich zwinkerte, und ihr Gesicht wurde rot.

Unsere Gäste hängten ihre Mäntel auf und folgten mir durch das Haus. Ein paar Minuten vor dem Abendessen nahm ich meine Mutter beiseite und zeigte ihr das Gästehaus durchs Fenster. „Es wird gerade renoviert, aber wir würden uns freuen, wenn du einziehst, sobald es fertig ist."

„Wirklich?"

„Natürlich, Mama. Ich möchte, dass du in der Nähe deiner Enkelkinder bist. Wie läuft es bei den Silvers?"

„Ich bin runter auf drei Schlösser, und das Gewehr ist im Schrank verstaut."

„Das ist gut, Mama. Das ist fantastisch."

Wir setzten uns ins Esszimmer. Tristan hatte den Tisch gedeckt. Der gefüllte Truthahn dampfte aus dem Topf, und der Gedanke an die honigglasierten Enten ließ mir das Wasser im Mund zusammenlaufen.

Meine Mutter klopfte mit ihrer Gabel an das Weinglas. „Allie, Tristan – vielen Dank, dass ihr Thanksgiving ausrichtet. Und ich möchte mich besonders bei den Silvers für all die Liebe bedanken, die ihr sowohl Allie als auch mir gezeigt habt. Danke für die ständige Fürsorge und den Schutz. Nach ... nach dem Tod meines Mannes dachte ich nie, dass ich wieder eine Familie haben würde, aber ihr habt mich eines Besseren belehrt. Diese Familie ist mehr, als ich je hätte erbitten können. Danke."

Sie wischte sich die vereinzelte Träne aus dem Augenwinkel, und James hob sein Weinglas zum Toast. „Hört, hört."

Alle stimmten in den Jubel ein.

„Bon appétit! Haut rein. Ich will, dass alles aufgegessen wird!"

Wilma grinste. „Na, dann müssen wir wohl über Nacht bleiben, Schatz."

„Es ist ja nicht so, als müsstet ihr nach Hause fahren, Mama."

Ich biss in die knusprige Bruschetta, weil Kohlenhydrate während der Schwangerschaft sogar besser schmeckten als Schokolade. Die saftigen Tomaten verschmolzen mit einem Hauch Petersilie und Knoblauch auf meiner Zunge. Ein Hauch von

Olivenöl vervollständigte den leckeren Teller. Ich schluckte und stöhnte.

Tristan beäugte mich von der Seite. „An deiner Stelle würde ich mir etwas Platz für das Abendessen und den Nachtisch aufheben. Das willst du nicht verpassen."

„Glaub mir, für den Nachtisch ist immer Platz." Ich tätschelte meinen Bauch. „Ich muss Olivier noch einmal anrufen und mich bedanken. Alles ist köstlich."

Der beidseitige Kamin knisterte. Ich war noch nie in einem Haus mit einem echten Kamin gewesen; du weißt schon, der Art, in die man tatsächlich Holz nachlegt, anstatt einen Schalter umzulegen, der auf magische, aber doch nicht so magische Weise das Gas anstellte. Eine behagliche Wärme durchflutete das Haus, und der Geruch von glimmendem Holz weckte Kindheitserinnerungen. Ich sah, wie auch meine Mutter in Gedanken versank. Die Erinnerungen an die Zeit davor, als Papa noch lebte, begannen zu verblassen, und Tage wie heute brachten sie zurück.

„Also, wann ist die Hochzeit?", fragte Fred.

Hochzeit? Ich hatte mich kaum an die Tatsache gewöhnt, dass wir ein Baby bekamen.

„Papa, wir leben im 21. Jahrhundert. Man muss nicht verheiratet sein, um Kinder zu bekommen."

„Kein Enkelkind von mir wird unehelich geboren. Außerdem ist dieses Haus zu groß für zwei Personen."

„Ich dachte, du hättest gesagt, dass ihr das Haus liebt. Ihr wolltet beide seit Jahren, dass ich es kaufe."

„Natürlich lieben wir es, aber jetzt musst du es füllen. Mit mehr Menschen."

„Nun, ich kann sie nicht noch schwangerer machen, als sie es schon ist, aber ich arbeite auch daran."

„Kümmere dich um deine Angelegenheiten, John!", schalt Wilma. Ich hörte sie selten Freds richtigen Namen benutzen.

„Was? Ist es zu viel verlangt, ihr einen Ring anzustecken?"
Ich kicherte.

„Ja, Tristan, steck ihr einen Ring an." Emma scrollte durch ihr iPhone und spielte Beyoncé ab, kichernd. „Kann ich deine Trauzeugin sein?"

„Ähm ..." Ich sah hilfesuchend zu Tristan, aber er schien genauso sprachlos wie ich.

„Nun, werdet ihr dieses Baby nicht zusammen großziehen?", fragte James' Mutter, Teresa, von der anderen Seite des Raumes. „Ein Kind sollte einen Vater in seinem Leben haben, wenn der Vater bereit ist, Verantwortung zu übernehmen."

„Goldie Hawn und Kurt Russell sind seit Jahrzehnten zusammen. Sie sind der Beweis, dass man keinen Ring braucht, damit es funktioniert."

James lächelte über den ganzen Tisch hinweg, und ich wusste, dass er Laura immer noch liebte, weil ich ihre Worte benutzt hatte. Ich vermisste sie. Er wusste endlich von Foxy, und die Folgen waren nicht schön gewesen. Deshalb war sie nicht zum Erntedankfest gekommen.

Aus meinem Gespräch mit Laura wusste ich, dass Teresa nicht glücklich darüber war, dass James sich nicht zu Lailas Mutter bekannt hatte. Wenn das stimmte, wäre sie wütend auf Laura.

Meine Mutter legte ihre Hand über meine. „Was auch immer ihr wählt, wir werden euch unterstützen, aber lass mich die Erste sein, die euch beiden sagt: Ich denke, ihr habt in einander einen Seelenverwandten gefunden. Nehmt das nicht als selbstverständlich hin."

Tristan stellte sein Weinglas auf den Tisch. „Natürlich ziehen wir unser Kind zusammen groß, aber wir sollten uns erst einmal einleben, bevor ihr einen Priester vorbeischickt."

„Gute Idee. Ich wusste, ich habe dich zu einem Mann erzogen. Wir können den Hochzeitstermin beim Dessert besprechen." Freds unnachgiebiger Ton ließ mich erschaudern. Hochzeitstermin? Mein Magen drehte sich.

„Das meinte ich nicht, Dad."

„Ihr könnt nach Gabe heiraten. Der Priester wird da sein, und ihr müsst nicht noch einmal dekorieren."

Emmas Gabel klirrte auf den Teller. „Gabe und Sam heiraten?"

„Fred?", fragte Wilma. „Wovon redest du?"

„Mach schon, Jacob. Sag es ihnen."

Gabes Vater holte einen Umschlag aus der Innentasche seiner Jacke. „Ich habe am Montag die offizielle Einladung erhalten. Wir fahren alle zu Weihnachten nach Österreich. Gabe und Sam heiraten."

„Ja!" Emma nahm ihr Handy aus der Tasche und begann zu tippen.

Die Bruschetta drehte sich in meinem Magen.

„Warum heiratest du nicht?", hörte ich Emma ihren Bruder fragen. „Ich möchte eine richtige Tante sein."

„Du bist bereits eine richtige Tante, Ems. Du weißt es nur noch nicht", sagte Tristan.

Tristans Handy pingte zur gleichen Zeit wie meines. Ich öffnete die Überwachungskamera-App. Ein weißer Jaguar fuhr am Vordertor vor. Ich hob ruckartig den Kopf und begegnete Tristans Blick.

„Was ist los?", fragte meine Mutter und legte ihre Gabel ab.

„Wir haben einen Gast. Mom, Dad, was auch immer passiert, bitte dreht nicht durch."

Ich schluckte schwer und stand auf. Die Flintstones würden gleich erfahren, dass sie einen vierzehnjährigen Enkel hatten.

„Du bleibst besser hier, Allie."

„Auf keinen Fall. Ich lasse dich Simone nicht alleine gegenübertreten. Wir stecken da zusammen drin."

Ich würde auf keinen Fall zulassen, dass Tristan ohne mich mit Simone sprach, einfach weil ich ihr oder dem, was aus ihrem Mund kommen würde, nicht traute.

„Das ist mein Mädchen!", rief Fred und gab seinem Bruder Jacob ein High-Five. „Ich wusste, sie würde eine großartige

Schwiegertochter abgeben, als sie Julian in unserem Keller zu Boden geworfen hat."

Ich schüttelte den Kopf und sah zu, wie James und Hunter vom Tisch aufstanden und sich ihrem Cousin im Flur anschlossen.

„Schon gut. Ich hab das im Griff."

Die Haustür schwang wie in Zeitlupe auf und gab den Blick auf eine grinsende Simone auf unserer Veranda frei, die neben einem Teenager stand, der das Ebenbild seines Vaters, Tristan, war.

„Mama, bring die Kinder in den Garten", rief ich. „TJ, geh du schon mal mit Allie nach hinten. Sie wird dir alles zeigen."

Ich hielt die Tür auf und wartete, bis meine neugierige Familie und mein Sohn gegangen waren.

„TJ?", Simone fummelte an ihren Autoschlüsseln herum, bevor sie sie in ihre Handtasche fallen ließ.

Ich hörte Fußgetrappel hinter mir. Als ich sicher war, dass meine Eltern und die Kinder weg waren, spannte sich jeder Muskel in meinem Körper an.

„Verpiss dich, dreh dich um und verschwinde, Simone. Du kriegst keine weitere Chance."

Sie stieß einen kurzen Atemzug aus und fasste sich wieder. „Ich habe gerade deinen Sohn zum Thanksgiving gebracht, Tristan. Ein bisschen Dankbarkeit wäre nett."

„Es wäre dankbar aufgenommen worden, wenn du ihn verdammt nochmal vor vierzehn Jahren zu mir gebracht hättest. Wie konntest du das vor mir geheim halten?"

„Ich habe dir schon gesagt, dass ich keine Wahl hatte", spuckte sie zurück. „Wie hätte ich mich nicht für mein Kind entscheiden können, Tristan? Vater hätte ihn mir nicht gegeben, bis ich mein Leben dem Namen Hartley verschworen hätte."

„Ich hätte dir helfen können. Ich hätte euch beide in Sicherheit gebracht. Ich hätte euch beschützen können. Zumindest muss unser Sohn jetzt nicht mehr mit deinem verkorksten Leben klarkommen."

„Wovon redest du?"

„Wright ist tot, Simone."

„Was?"

„Mein Team hat es vor einer Stunde bestätigt. Stellt sich heraus, er war für uns auch eher eine Belastung als ein Vorteil. Die Krönung des Ganzen ist, dass du ihn nicht mehr benutzen kannst, um Allie zu stalken."

Sie keuchte auf und wurde innerhalb eines Atemzugs blass. „Was ist mit Kendra? Was ist mit ihrem Fall?"

„Du solltest dich um deine eigenen Angelegenheiten kümmern, denn dein Arsch wird gleich verklagt."

Simone fasste sich. Sie hob ihr Kinn hoch in die Luft und machte einen Schritt nach vorn. „Glaubst du, Wright oder irgendein Geschäft kümmert mich auch nur einen Scheißdreck? Ich. Will. Meinen. Sohn. Tristan!"

„In Ordnung. Aber du bleibst verdammt nochmal zurück und denk dran, du hast danach gefragt. TJ!", rief ich nach hinten. „Komm mal her! Er möchte übrigens TJ genannt werden."

Dieser selbstgefällige Ausdruck von Zuversicht verschwand aus ihrem Gesicht, genauso wie das Botox, wenn sie ins Gefängnis gehen würde.

„Ich hatte ein Gespräch mit meinem Sohn, während ich mich im Krankenhaus erholte, und er hatte einige interessante Dinge zu sagen."

„Ihr habt euch schon getroffen?" Ihr Kopf zuckte leicht zurück.

„Es scheint, du hast ihm erzählt, ich wäre tot."

Ihr Blick flog von mir zu dem, den ich für Tristan Junior hielt, hinter mir.

„Nun, ist es nicht eine gute Nachricht, dass du nicht tot bist?"

„Alles, was er sagt, ist wahr, Mutter. Ich bin fertig. Ich war fertig in dem Moment, als ich unseren Namen googelte, als ich sieben war."

„Du kannst nicht alles glauben, was du liest. Die Medien verdrehen die Dinge. Es sind Fake News."

„Das Einzige, was hier fake ist, sind deine Brüste. Und dein Hintern, deine Wangen, deine Nase und dein Kinn. Wer weiß, was du sonst noch alles hast machen lassen." Er verdrehte die Augen. „Silver Securities hat sämtliche Beweise, die ich über die Jahre zusammengetragen habe. Wenn du weißt, was gut für dich ist, wirst du gehen, Mutter. Geh auf die Insel oder ... einfach irgendwo anders hin. Hör auf, das Leben aller elend zu machen. Besonders meins."

„Siehst du, was du angerichtet hast!", Ihre Lippen verengten sich zu einer dünnen Linie. „Du hast ihn schon gegen mich aufgebracht. Es sind diese Teenager-Hormone. Ist es das, worum es hier geht, Schätzchen? Du willst rausgehen, um mit deinen kleinen Fotografen-Kumpels zusammen zu sein? Gah, so langweilig wie dein Vater."

Ich zuckte zusammen. Gott, was hatte mich einmal zu dieser grausamen und selbstverliebten Frau hingezogen? Fotografie war beruhigend. Die Aktivität erlaubte Zeit zum Nachdenken. Sie gab einen Moment des Friedens, den man selten erlebte.

TJ trat auf die Veranda und stellte sich seiner Mutter gegenüber.

„Es ist nichts falsch daran, Fotos zu machen, und ich schleiche mich schon seit Jahren raus, um von dir wegzukommen. Ich habe versucht, die Wahrheit in der Bucht zu finden-"

„Das warst du? Du bist in der Bucht geblieben? Du hast diesem Vogel beigebracht, mich zu beschimpfen?" Sie zuckte auf TJ zu, und ich auch, um ihr den Weg zu versperren. Das Letzte, was ich dieser Frau erlauben würde, wäre, meine Familie zu bedrohen.

„Wo hätte ich sonst bleiben sollen?", er trat hinter mir hervor. „Und irgendjemand musste diesen Vogel füttern. Ich konnte nicht auf eine normale Schule gehen oder ins Kino, also habe ich Freddie gefunden und mir einen Fluchtort geschaffen."

„Was zum Teufel ist ein Fluchtort?"

„Das spielt keine Rolle, weil ich den Raum nicht mehr brauche." Der Junge blickte zu mir zurück, und meine Brust wurde warm. „Ich werde von nun an bei meinem Vater bleiben."

„Was?" Ihr Blick flog von TJ zu mir und wieder zurück zu TJ. „Das kannst du mir nicht antun."

„Es ist bereits geschehen, Simone", knurrte ich.

„Lass mich raten. Deine Wagner-Jungs haben sich darum gekümmert? Die werden schon kriegen, was sie verdienen. Du weißt ja nicht mal, wer deine Freunde sind."

„Du hast kein Recht, mir Vorträge über Freunde zu halten. Zumindest weiß ich jetzt, wer mein Feind ist. Verpiss dich, Simone. Ich werde es nicht noch einmal sagen."

„Zwing mich doch."

James und Hunter traten hinter mir hervor.

„Schon gut, schon gut. Ich gehe ja. Ich weiß, dass es ihm gut gehen wird und du ihm nicht wehtun wirst. Aber ich will, dass du nach Hause kommst, Tristan Junior! Du bist mein Sohn! Meiner und niemand anderes! Du hast das getan!" Sie zeigte auf Allie und trat vor, aber ich versperrte ihr den Weg.

„Komm schon, Tristan Junior. Lass uns gehen."

„Ich heiße TJ, und ich gehe nirgendwo hin. Auf Wiedersehen, Mutter." Er drehte sich um und ging in den Garten.

Mein Herz brach für den Jungen. Er würde wahrscheinlich jahrelang unter Traumata leiden, und hoffentlich würde er den Therapiefonds, den ich eingerichtet hatte, nicht brauchen. Wenn er es mir erlauben würde, würde ich alles tun, um die letzten vierzehn Jahre, die wir verloren hatten, aufzuholen, und die kommenden Weihnachtsfeiertage mit der Familie waren der perfekte Zeitpunkt, um damit zu beginnen.

DER MOTOR DES FLUGZEUGS BRUMMTE. Ich schloss die Augen und konzentrierte mich auf die sich drehenden Turbinen und die keuchende Luft. In weniger als neun Stunden würden uns Tausende von Meilen von Simone und den Hartleys trennen. Mein Sohn saß keine fünf Meter von mir entfernt und plauderte mit seiner neuen Tante Emma, als wäre sie seine beste Freundin. Ich lächelte.

Das Flugzeug beschleunigte auf der Startbahn und drückte mich in meinen Sitz zurück. Ich öffnete die Augen und drückte Allies Hand.

„Bist du nervös?", wandte sie ihren Kopf zu mir.

„Aufgeregt und erleichtert."

Die Kombination aus beidem ließ definitiv das Adrenalin in meinen Adern ansteigen. Aber wie konnte ich nicht nervös sein? Hier hatte ich gedacht, ich würde zum ersten Mal in meinem Leben Vater werden, und ich war es schon seit anderthalb Jahrzehnten. Außer, dass ich es nicht gewesen war.

„Es ist okay, nervös zu sein."

Ihr Griff um meine Hand wurde fester. Sie hielt mich bei Verstand. Sie war mein Gleichgewicht und mein Fels in der Brandung. Ich vertraute ihr mehr als mir selbst. Wenn das Sinn ergab. Zum ersten Mal in meinem Leben trennte ich Privatleben und Arbeit, und dieser Urlaub in Österreich hätte nicht früher kommen können.

„Vielleicht bin ich ein bisschen nervös." Ich grinste. „Vor einer Woche dachte ich, ich hätte noch ein paar Monate Zeit, mich vorzubereiten, und hier bin ich, schon Vater. Wie macht man das, Vater sein? Sie erinnern sich nicht an deine Fehler, wenn sie klein sind, aber mit vierzehn tun sie das."

„Du bist ein Naturtalent, und er ist ein toller Junge. Ich meine, wie viele Teenager lieben Fotografie?"

„Ich weiß es nicht und es ist mir egal."

„Er hat deine Gene und kann zwischen richtig und falsch unterscheiden. Er ist klug und denkt selbstständig. Deshalb ist er vor seiner Mutter weggelaufen und hat sich in der Bucht versteckt. Sehr selbstständig und stur. Erinnert dich das an jemanden?"

Sie hatte recht. Wie immer.

„Es ist schwer zu glauben, oder? Jeff Hartley ist es nicht gelungen, ihn umzustimmen. Je mehr ich darüber nachdenke, desto mehr bin ich davon überzeugt, dass es Jeffs Lebensaufgabe war, mein Leben zu ruinieren, und was wäre ein besserer Weg, als meinen Sohn von mir fernzuhalten? Ich bin mir nicht sicher, ob wir diese Chance hätten, wenn du diesen Bastard nicht getötet hättest, Allie."

„Es war Notwehr."

„Nein. Es war unvermeidlich. Es war Karma."

Sie schnaubte und verschränkte ihre Finger mit meinen. Es fühlte sich gut an. Sie fühlte sich gut an, und ich nahm die Unterstützung mit einem dankbaren Kuss an, wobei ich in ihren Mund flüsterte: „Ich liebe dich."

„Ich liebe dich auch. Kommen Kendra und Julian nicht?"

„Ich weiß es noch nicht."

„Arme Laura."

„Armer James. Schau ihn dir an. Er ist unglücklich ohne sie."

„Sie werden das durchstehen, oder?" Sie kuschelte sich an meine Seite.

Ich hoffte es. Mein Cousin war mit ihr glücklicher als ohne sie, und das musste doch etwas bedeuten. Ich deckte uns beide mit Decken zu und zählte ihre Atemzüge, bis sich mein Puls beruhigte, meine Augen schwer wurden und wir bis zu unserer Landung in Wien einschliefen.

ALLIE STARRTE DIE Lodge in den Alpen an, als wäre es das Schloss aller Lodges. Vielleicht war es das auch.

„Oh mein Gott!"

„Besser als Colorado?"

„Ich habe wegen der Lebensmittelvergiftung nicht viel von Colorado gesehen, aber ich kann mir nicht vorstellen, dass etwas besser sein könnte als das hier."

„Nichts könnte das."

„Ich kann verstehen, warum sie die Hochzeit hier wollen. Wie viele Schlafzimmer?"

„Zu viele." Ich lachte. „Der Ort ist ein Labyrinth. Vier Anbauten in den letzten zehn Jahren, während die Familie gewachsen ist. Die Klippen machen den Ort nur durch die Vordertore zugänglich, was ihn zu einem der sichersten Orte unter Silver Securities macht."

„Es ist wunderschön."

„Warte, bis du das Innere siehst."

Emma und TJ stießen die Doppeltür auf und rannten hinein, um ihre Zimmer zu suchen, während meine Eltern, Tante und Onkel Gabe und Sam begrüßten.

„Hier wird's bald voll werden." Allie drehte sich im Kreis und nahm die Hütte in Augenschein.

„Es ist nur die Familie und Olivier." Sam hakte sich bei Allie ein und zog sie beiseite.

„Olivier kommt auch?", hörte ich sie fragen.

Ich genoss ein Glas Whiskey on the rocks, brachte unser Gepäck in unser Zimmer und schaute auf dem Weg nach unten bei TJ vorbei. Er starrte auf die Wand voller Familienfotos.

„Alles klar bei dir?", fragte ich.

„Ich hab mir das immer vorgestellt, aber nie gedacht, dass es wahr werden würde."

„Ich wünschte, es wäre früher wahr geworden." Ich legte

meine Hand auf seine Schulter. „Hey, wir sollten auf dieser Reise ein paar Fotos machen und sie an die Wand hängen. Du gehörst zu uns."

„Wir sollten auch welche von Allie machen. Sie ist nicht da oben. Sie sollte es aber sein."

„Ich hab deine kaputte Kamera in der Bucht gesehen."

„Das war Wright. Er hat mein Zimmer gefunden."

Dieser verdammte Wright musste allen etwas kaputt machen. Ich erinnerte mich an unser Gespräch vom Tag, als TJ mich im Krankenhaus besuchte. „Der Typ aus dem Bootshaus, der dich geschlagen hat, war verrückt. Ich hab mal sein Zimmer durchsucht, als er weg war, und er hat all diese Skizzen und Fotos."

„Welcher Typ? Wer war auf den Fotos?"

„Ich wusste nicht, wer sie war, bis ich ihr Bild auf deinem Handy sah. Es ist Allie."

„Kennst du den Mann zufällig als Dave Wright?"

„Ich kenne ihn nicht, aber Mutter hat ihn gebeten, Besorgungen in Manhattan zu machen. Ich weiß nicht genau was, aber er war froh, es zu tun. Nach den Bildern zu urteilen, hat er Allie gestalkt."

„Also hat deine Mutter Wright behalten, um Allie zu quälen."

TJ bestätigte meine schlimmsten Befürchtungen. Zumindest waren es damals meine schlimmsten. Wenn Simone mit guten Absichten gekommen wäre, hätte ich mit ihr zusammengearbeitet, aber sie wurde zu einer Bedrohung, sobald sie wieder auftauchte. Die Entscheidung, sie und Wright für immer aus unserem Leben zu verbannen, war einfach gewesen.

Und jetzt war ich hier und erntete die Früchte dieser perfekten Entscheidung mit meinem Sohn an meiner Seite. TJ war alles, was ich mir je von einem Sohn erträumt hatte.

„Deshalb dachte ich, du könntest eine neue Kamera gebrauchen." Ich zog meine Hand hinter meinem Rücken hervor und gab ihm das eingepackte Geschenk.

TJ riss das Rudolph-Papier ab. Es war wahrscheinlich zu

albern für ihn, aber Emma hatte mich gedrängt, sie die Wahl treffen zu lassen, und Rudolph hatte gewonnen.

„Danke. Ich liebe sie."

„Wenn du Lust hast, mach doch ein Foto von dir und Allie zusammen, und wir lassen es vergrößern. Du kannst es ihr zu Weihnachten schenken. Sie wird es lieben."

„Wirklich? Ich darf an diese Wand?"

„Ich würde mich wahnsinnig freuen, wenn du dort wärst, TJ. Ganz ehrlich. Du gehörst zu dieser Familie. Es brauchte viel Mut, sich gegen die Hartleys zu stellen. Ich weiß nicht, was Gabe finden wird, aber wenn nur die Hälfte von dem, was du mir erzählst, stimmt, haben wir genug, um vielen Menschen in Schwierigkeiten zu helfen."

„Ich kann dir genau sagen, was da ist, und das ist alles. Die Kontakte meines Großvaters, die Intrigen meiner Mutter. Sie ist das Gehirn hinter Infinity. Opa war die meiste Zeit zu betrunken, um zu wissen, was los war, und meine Onkel... sie sind krank und besessen von Geld. Mutter benutzte Wright, um Allie zu quälen, und ließ ihn im Bootshaus wohnen. Sie lockte ihn mit diesem Mädchen Marissa."

„Du musst dir keine Sorgen mehr um Simone oder jemand anderen machen."

„Muss ich bei ihr wohnen, wenn wir nach Weihnachten zurückkommen?"

„Nein. Du wirst bei mir und Allie bleiben. Wenn du möchtest."

Er nickte und trat von einem Fuß auf den anderen.

„Gibt's noch was?"

„Muss ich ein Hartley bleiben? Du weißt schon, wenn ich wieder zur Schule gehe?"

Ich zog ihn näher und hielt ihn fest. „Wir werden alles tun, was du brauchst. Du kannst gerne ein Silver sein."

„Danke." Er lächelte. „Ich sollte gehen. Ems hat einen straffen Zeitplan. Schwimmen, Eisbad, schwedische Sauna, und dann sagt sie, kann sie arbeiten."

Ich lachte.

„Sie hat mir einen Werkzeuggürtel besorgt."

„Danke fürs Helfen."

„Dad?"

Er schaute auf, und meine Augen füllten sich sofort mit Tränen. Niemand hatte mich je so genannt.

„Alles okay?"

„Ja, ich hab nicht gemerkt, wie sehr ich es mag, wenn du mich Dad nennst."

Sein Lächeln wurde breiter und vertiefte das Grübchen in seiner Wange. „Ich bin froh, dass ich es endlich kann. Glaubst du, Freddie wird okay sein?"

„Ich habe einen Vogelexperten beauftragt, ihn zu uns nach Hause zu bringen. Sie werden sich die Masse an seinem Bein ansehen und mir einen Behandlungsplan mitteilen, sobald der pathologische Bericht vorliegt."

„Du bist clever."

„Du auch, Kleiner."

„Ich weiß nicht so viel wie du."

„Noch nicht, aber das wird schon. Weisheit kommt mit dem Alter und der Erfahrung."

Damit kamen auch mehr Sorgen und ein Herz voller Gefühle, mit denen ich gerade noch nicht ganz umgehen konnte. Wir verbrachten den Rest des Tages damit, uns mit der Familie auszutauschen, Billard zu spielen und einen seltenen Moment des Friedens zu genießen.

Um Mitternacht waren unsere Gastgeber ins Bett gegangen, während wir noch wach blieben. Die Zeitverschiebung würde uns noch ein paar Tage zu schaffen machen. Unsere Eltern spielten Karten am Holzkamin im Gemeinschaftsraum. Emma hatte mit den Lichterketten-Dekorationen begonnen, über die sie mit Sam gesprochen hatte. TJ half ihr dabei und trug einen Hammer und einen Werkzeuggürtel herum, den sie ihm in letzter Minute gekauft hatte. Den Spitznamen „Werkzeugboy" hatte er schnell abgelehnt, genoss aber ihre Gesellschaft wie alle in der Familie: bis zu einem gewissen Grad.

Schnee rieselte zu Boden und wirbelte die gepuderten Berge hinunter. Die weißen Gipfel hoben sich vom nächtlichen Hintergrund ab. Ich ging den Hügel hinunter und zog einen leeren Schlitten zu der Stelle, wo Allie am Aussichtspunkt stand und die Lichter der Stadt in der Ferne bewunderte.

„Was machst du da?"

„Ich schnappe nur etwas frische Luft. Es fällt mir schwer zu schlafen."

„Das wird in ein paar Tagen leichter. Kann man schwanger Ski fahren?"

„Man kann, aber ich habe noch eine Woche im ersten Trimester, also würde ich es lieber ruhig angehen lassen."

„Ich kann ruhig." Ich ließ das Seil des Schlittens los und schlang meine Arme um sie, zog ihren Körper an meinen. „Ich kann sehr ruhig, langsam und ruhig, schön und ruhig – alles ruhig, solange ich bei dir bin."

„Hast du die Brownies deines Vaters gegessen?" Ihre Schultern bebten vor Lachen, und ihr Atem zog in der kalten Luft Spuren.

„Es besteht eine hohe Wahrscheinlichkeit dafür. Willst du ein Bad nehmen?" Ich zeigte auf das leuchtende Licht des Pools.

„Es ist mitten in der Nacht."

„Was ist aus all dem YOLO-Gerede geworden, das du Laura gibst?"

Sie sah nach oben. „Ich müsste meinen Badeanzug holen."

„Nein, musst du nicht. Ich bevorzuge au naturel."

„Du hast wirklich Brownies gegessen."

Ich nahm ihren Mund in Besitz, sobald die Anschuldigung ihre Lippen verlassen hatte, und besiegelte mein Schicksal, als sie Schokolade auf meinen Lippen schmeckte und vor Verlangen stöhnte.

„Sie geben mir nicht den Kater, den Alkohol verursacht", erklärte ich an ihren Lippen.

„Ich habe gehört, sie machen dich auch geil. Ich habe dich vermisst, Mr. Silver." Ihre Stimme hatte diesen einladenden Ton, auf den mein Schwanz gewartet hatte.

„Lass es uns gleich an dieser halb geschorenen Fichte machen." Ich zeigte irgendwo hinter mich.

„Ich bin bereit, es mit dir zu tun, aber ich werde nicht nackt baden, während meine Mutter, deine Eltern, Emma und TJ und der ganze Rest im Haus sind."

„Bitte erwähne meine Schwester nicht, wenn ich hart und geil bin." Mein verzweifelter Kuss entfachte ihr Verlangen wie ein Flächenbrand. Ihr zartes Wimmern sang zu meinem Bedürfnis, und ich zog an ihrem Jackenreißverschluss.

Allie hatte Recht. Hier draußen war es viel besser. Ich konnte mich auf ihre schwellenden Brüste konzentrieren, ohne dass meine kleine Schwester oder meine Eltern in der Nähe waren. Sie entfernte meine Hand von ihrer Jacke.

„Wir sind in Sichtweite."

„Ich habe eine Lösung." Ich fuhr fort, sie auszuziehen. „Wie wäre es, wenn ich dich mit dem Schlitten entführe?"

„Nackt?"

Ich hielt inne und sah ihr direkt in die Augen. „YOLO?"

Ihr Mundwinkel zog sich nach oben, und die Idee, sie zu einem der schönsten Orte auf diesem Grundstück zu bringen, blitzte in meinem Kopf auf. Dort würde sie mich nicht abweisen.

„Es gibt einen beleuchteten Pfad um das Gelände herum. Komm schon." Ich wackelte mit den Augenbrauen. „Du sitzt, und ich ziehe."

Sie zog ihren Reißverschluss zu und setzte sich auf den Schlitten. Ich zog am Seil und marschierte durch die Schneewehen, bis wir den mit Lichterketten gesäumten Pfad erreichten. Ich wusste, dass Sam Lichterketten liebte, aber nach dem Funkeln in Allies Augen zu urteilen, liebte jede Frau sie. Ihr

Mund fiel offen, und sie lehnte sich auf dem Schlitten zurück, beobachtete, wie die Lichter im Wind tanzten.

„Tristan, das ist wunderschön."

„Hab ich dir doch gesagt."

Ich kniete mich in den Schnee und band die losen Schnürsenkel meines Stiefels. Allie setzte sich auf und keuchte. Ich suchte ihren Blick, als sie nach Luft schnappte und dann ihren Mund bedeckte. „Machst du mir einen Antrag?"

Mein Fokus wanderte von ihrem verblüfften Gesicht zu mir selbst, wie ich vor ihr kniete.

„Ob ich einen Antrag mache? Ähm, nein. Zumindest nicht heute", zwinkerte ich, obwohl die quadratische Schachtel in meiner Jackentasche brannte. Ich hatte das Timing vielleicht nicht richtig getroffen, aber ich war bereit, mich dieser Frau für immer zu verschreiben.

„Tut mir leid. Es ist nur, dass-"

„Es ist mein Fehler, Allie. Du brauchst dich nicht zu entschuldigen."

„Dein Vater redet von Ringen, und Emma spricht von Geheimnissen, und ich weiß nicht mehr, was ich denken soll."

„Bei diesem Urlaub geht es nicht ums Denken, meine Liebe. Dieser Urlaub dreht sich ums Entspannen. Also, warum lässt du mich dir nicht dabei helfen?"

„Aber würdest du?"

„Würde ich was?"

„Du weißt schon ... mich heiraten?"

„Allie, machst du mir gerade einen Antrag? Moment mal. Antworte nicht darauf - denn es gibt keine Möglichkeit, dass ich zulasse, dass eine Frau mir einen Antrag macht."

„Ich habe keinen Antrag gemacht. Es war eine hypothetische Frage."

„Ich bin kein Fan von hypothetischen Anträgen; nur von echten."

„Oh, gut. Im Moment wäre sowieso keine gute Zeit dafür." Ihre Stimme zitterte vor Nervosität.

„Warum wäre jetzt keine gute Zeit?"

„Es ist die Hochzeit deiner Cousine. Ich möchte Sam keine Aufmerksamkeit stehlen."

„Ich habe nicht mal einen Ring, Allie", log ich.

„Deshalb sagte ich ja, es sei eine hypothetische Frage."

„Nun, um dir eine hypothetische Antwort zu geben: Ich habe über uns nachgedacht, Baby Puss und TJ, als Familie. Eine richtige Familie. Wenn du mich haben willst."

„Moment - war das ein Antrag?"

„Nein, nur ein Versprechen, dich für immer zu lieben." Ich küsste sie, und sie schmolz in meinen Armen dahin. Sie zuckte zurück, als sie das Geräusch ihres heruntergehenden Reißverschlusses hörte.

„Was machst du da?"

Ich umfasste ihre Brust durch den Pullover. „Schau dir deine Brustwarzen an. Sie betteln förmlich nach meinem Mund."

„Du bist ein Meister der Ablenkung, Mr. Silver." Sie lachte und ergriff meine Hand, aber ich war schneller. Ich zog sie vom Schlitten und in den Schnee. Wir rollten wie ein paar Teenager lachend herum, bis wir zum Stillstand kamen. Ich schwebte über ihr. Die Lichterketten über uns funkelten in ihren Augen. Verstreuter Schnee bedeckte ihre geröteten Wangen, und ihr Atem zeichnete sich in der Luft ab. Sie sah aus wie eine Göttin. Ich half Allie auf und klopfte den Schnee von ihrer Jacke.

„Ahh!", schrie sie auf.

„Was ist los?"

„Ich habe etwas Schnee unter meinen Pullover bekommen."

Ich entfernte das festgepackte Eis von ihrem Rücken. Wir standen im Schatten der geschorenen Fichte. Verirrte nasse Haarsträhnen klebten an ihren Wangen, und ich strich sie hinter ihr Ohr, eine auf jeder Seite.

„Liebe mich, Tristan", flüsterte sie.

Ich stürzte mich auf ihren Mund und fing ihre Lippen zwischen meinen ein. Sie gab meiner beharrlichen Zunge nach, als hätte sie auf einen ruhigen Moment gewartet. Meine gierigen Hände suchten Zugang zu ihrer Haut.

Reißverschluss runter, Pullover hoch, Unterhemd hoch -

„Allie?", sagte ich in ihren Mund, während ich an einem elastischen Band zog. „Was zum Teufel ist das?"

„Das sind Jogginghosen."

„Du meinst lange Unterhosen?"

Sie kicherte, und ich fand ihre Haut. Sie schloss die Augen und gab sich meiner Berührung hin.

„Warte." Sie zog sich keuchend zurück. „Wir können das nicht nackt machen. Wir werden erfrieren."

Ich zog ihren Reißverschluss herunter und hörte meine Stimme aus meiner Brust befehlen. „Dreh dich um."

Sie stützte sich gegen den Baum, und ich zerrte an ihrer Hose, entblößte ihren rosigen Hintern. Es dauerte weitere zweieinhalb Sekunden, meine Hose zu lockern und meinen Schwanz aus der Hose zu befreien. Er dampfte förmlich in der kalten Luft und brannte darauf, in sie einzudringen. Eine Erektion war in der Hose nie angenehm. In der Kälte war es noch unangenehmer, aber sobald ich in ihre warme Muschi gleiten würde, würde die Welt wieder Sinn ergeben. Seit ich erfahren hatte, dass sie mein Baby in sich trug, durchströmte mich ein unermessliches Gefühl des Schutzes. Ich würde alles für sie tun ... für alle beide. Ich wollte diese Frau für den Rest meines Lebens lieben.

Ich wickelte ihren Zopf um meine Hand und zog daran, sodass ihr Gesicht zur Seite gedreht wurde. Sie öffnete ihren Mund und bog ihren Rücken durch, wartete auf meinen Schwanz. Ich stieß gerade genug zu, um ihren Mund weiter zu öffnen.

Ihr lüsterner Atem bedeckte mein Gesicht zwischen meinen Küssen. Ich ließ meine Hände von ihrem erröteten Hintern gleiten, zog mich zurück und beobachtete, wie ihre rosige Haut rot wurde.

Sie lehnte sich gegen den Baum, und die raue Rinde grub sich in ihre Wange. Ihr Wimmern und ihre schnellen Atemzüge trieben mich in den Wahnsinn. Meine Hoden gaben dem Druck nach, meine Knie schlossen sich, und ich verharrte erleichtert in ihr.

Ich glitt mit meiner Hand zu ihrer durchnässten Muschi. Meine eisigen Finger fanden ihre erhitzte Klitoris, geschwollen und kurz davor zu platzen. Sie drängte sich gegen meine hastigen Berührungen. Es kam selten vor, dass ich vor ihr kam, aber ich würde das zehnfach wiedergutmachen. Ich stieß einmal, zwei- mal, drei verdammt glückliche Male vor, und sie schrie ihre Lust heraus.

„Ahh!"

Sie erschauderte in meinem Griff und ritt die orgasmische Welle auf meinen Fingern und meinem Schwanz. Der Klang ihrer Wonne hallte durch das Tal und zurück, was sie natürlich zum Lachen brachte. Ich liebte ihr Lachen. Ich liebte ihre Stärke und Verletzlichkeit, ihr Vertrauen und ihre Hingabe. Ich liebte alles an ihr, und ich konnte es kaum erwarten, ihr zu zeigen, wie sehr ich sie in meinem Leben brauchte.

Schwere Schritte hallten hinter mir. Das Geräusch der schlappenden, kaputten Sohlen kam näher, aber jedes Mal, wenn ich mich umdrehte, war niemand da. Die Gasse verengte sich und endete in einer Sackgasse. Der Zigarettengeruch in meiner Nase brannte in meinen Lungen. Ich wirbelte herum und stand dem Monster gegenüber.

Wright hielt mein Kinn in seiner Hand und senkte seinen Blick auf meinen wachsenden Bauch.

„Keine Sorge, du bist noch nicht ganz so weit."

„Lass mich in Ruhe!" Ich drückte gegen seine Brust, und er verschwand in einer Wolke aus weißem Rauch.

„Lass mich in Frieden." Ich wedelte mit den Armen durch den dicken Rauch, bis jemand mein Handgelenk packte.

„Allie, Allie, wach auf."

Ich schoss im Bett hoch und schnappte nach Luft. Tristan umarmte mich, brachte mich zurück in die Realität und beruhigte mein Zittern. Mein Herz hämmerte gegen meinen Brustkorb. Der Gedanke an Wright brachte die Erinnerung an seinen Zigarettengestank zurück, und ich hustete.

„Es ist alles gut jetzt." Tristan strich mir beruhigend über den Rücken. „Es war nur ein Traum."

„Ich habe geträumt?"

„Na ja, es klang eigentlich eher wie ein Albtraum."

Ich schüttelte den Kopf und lehnte mich gegen das Kopfteil. „Er war es."

„Schatz, du bist jetzt in Sicherheit. Ihr seid beide sicher. Er ist tot."

Ich rieb mir die Augen. Der Morgen war bereits angebrochen, und wir hatten tatsächlich unsere erste Nacht in Wien durchgeschlafen.

„Es war nur ein dummer Traum. Wie spät ist es?"

„Mittag."

„Mittag?"

„Keine Sorge. Du wirst dich rechtzeitig zur Hochzeit an die Zeitumstellung gewöhnt haben, und wenn wir weiterhin Nächte wie gestern haben, bin ich voll dafür, dass du ausschläfst." Er hob die Augenbraue. „Ich bespreche mit Gabe die Akten von TJ, und dann haben wir ein Pokerspiel zu beenden."

„Die Hochzeit ist in vier Tagen. Sollte er sich nicht vorbereiten?"

„Nein."

„Warum?"

Tristan lachte. „Weil die Hochzeit in vier Tagen ist und das Brautpaar auf einer informellen, nur für die Familie bestimmten Zeremonie besteht. Sie werden ihre Gelübde ablegen, wir werden zu Abend essen – den obligatorischen Tanz machen – und dann werden sie in ihre Flitterwochen aufbrechen. Das war's."

„Ich bin sicher, Sam denkt, dass ihr Hochzeitstag mehr Bedeutung hat."

„Was ist bedeutsamer, als sich für den Rest deines Lebens dem Menschen zu verschreiben, den du liebst? Am Ende des Tages bist du mit deinem Seelenverwandten verheiratet. Es spielt keine große Rolle, wie du dahin kommst, Hauptsache, du kommst an. Jeder hat seine eigene einzigartige Geschichte."

Seine tiefe Stimme jagte mir eine Gänsehaut über den Rücken. Die gute Sorte. Wir hatten schon früher über Heirat gescherzt, aber an diesem Morgen waren seine Augen und sein ganzes Verhalten anders. Er benahm sich, als wären wir diejenigen, die vor den Altar treten würden. Tristan hatte eine Art, meine Albtraumzittern abzuschütteln. Fast alle davon.

„Was wird mit Simone und Infinity passieren?"

„Wenn sie weiß, was gut für sie ist, wird sie fliehen. Wir werden uns um die Hartleys kümmern, und die Wagner-Brüder übernehmen Infinity. Wenn alles gut läuft, werden sie sich nicht mehr hinter einem Namen verstecken können, und wenn Simone klug ist, wird sie sich fernhalten, wenn die Organisation zusammenbricht."

Wir zogen uns an und gesellten uns zu Gabe und Sam im Essbereich. Im Kamin brannte ein Feuer, und der Duft von frisch gebackenen Gebäcken lag in der Luft.

„Guten Morgen." Ich umarmte beide. Sams Schwangerschaftsbauch ragte weiter hervor als meiner.

„Guten Morgen", zwitscherte sie. „Wie war eure erste Nacht?"

„Ich habe geschlafen wie ein Stein."

„Sie hatte einen Albtraum."

„Albträume sind in diesem Haus nicht erlaubt. Kann ich irgendetwas tun, damit du dich entspannst?"

„Musst du nicht eine Hochzeit planen?"

Sie schaute auf ihre Uhr. „Olivier kommt vor drei an, und meine wunderbare Koordinatorin ist schon zur Hälfte mit den Dekorationen fertig." Sie zeigte auf die Stelle, wo Emma Lichterketten um die Pfosten gewickelt hatte.

„Es sieht jetzt schon wunderschön aus."

„Mach dir keine Sorgen, Allie. Es ist eine Veranstaltung nur für die Familie. Sehr entspannt – weil wir es alle brauchen."

Ein Schauer lief mir über den Rücken. Wright war tot, und trotzdem suchte er mich nachts noch immer heim. Sam berührte meine Hand, mit der ich meinen Bauch bedeckte.

„Ich kann das total verstehen. Ich hatte wochenlang Albträume, bis Martinez... nun ja, ich schätze, du weißt, wie das ausging. Du warst ja dabei."

„Es tut mir leid wegen diesem Tag in deinem Büro. Wir hätten auf Gabe hören sollen-"

„Du wusstest es nicht, und ich wusste es nicht. Aber jetzt ist alles vorbei. Fast, denke ich. Ich habe nichts mehr von Kendra gehört, seit sie zurück ist, und wir sind nicht sicher, ob sie es zur Hochzeit schaffen wird. James hat seine Plus-Eins-Anfrage storniert, und er war nicht glücklich darüber."

„Seine Begleitung war meine beste Freundin, Laura. Sie hatten Zoff. Buchstäblich. Seine Ex heißt Tiffany und sie haben eine Tochter, also hatte ich wirklich gehofft, dass James und Laura ihre Differenzen für Weihnachten beiseite legen könnten. Aber ich verlange vielleicht ein Wunder."

„Nun, Weihnachten ist eine gute Zeit für Wunder, also halte an dieser Hoffnung fest. Kaffee oder Tee?" Sie griff nach oben und reichte mir ebenfalls eine Tasse.

Der Duft von Tannennadeln und Gewürzen, das Funkeln der Lichter und die Wärme des Kamins erfüllten das Haus, aber es waren Menschen wie Sam und die ganze Familie, die ihm einen wahrhaft magischen Zauber verliehen.

„Tee, danke. Wobei kann ich dir helfen?"

Sie goss den Kräutertee ein. Ein Aroma von Himbeere und Minze stieg mit dem Dampf auf.

„Im Kühlschrank ist Obst, wenn du es schneiden möchtest. Ich mache French Toast für alle."

„Klingt perfekt. Mein Appetit ist in letzter Zeit gewachsen."

Gabe und Tristan saßen mit ihren Laptops am Kamin und scrollten durch. Ich schenkte ihnen je eine Tasse Kaffee ein und ging zurück, um Sam zu helfen. Inzwischen war Emma zu uns in die Küche gekommen.

„Irgendwelche Favoriten bei den Babynamen, Ems?"

„Meine Lippen sind versiegelt." Sie zog ihre Finger über ihre Lippen und warf den imaginären Schlüssel weg.

Aber Stille und Emma passten nicht gut zusammen.

„Du und Tristan solltet vor der Ankunft des Babys heiraten."

„Ich dachte, du hättest gesagt, man solle nicht zum Altar eilen. Wie Goldie und Kurt."

Ich sah, wie Tristan träge eine Augenbraue hob, als Emma fortfuhr.

„Wenn ich wirklich eine Tante sein soll, eine richtige Tante, ist das der einzige Weg. Weißt du, ich könnte den Pfarrer fragen, ob er eure Zeremonie gleich nach der von Sam und Gabe durchführt. Das ist wirklich kein Problem. Ich bin sicher, er hätte nichts dagegen. Und mach dir keine Sorgen um das Kleid oder die Details. Ich kann mich um alles kümmern. Wir haben noch genug Zeit, bevor wir nach Hause fahren. Was sagst du?"

Emma war bereit, diese Hochzeit zu übernehmen und sie zu meiner und Tristans zu machen. Jemand musste eine Grenze ziehen, und da Tristan desinteressiert schien, musste ich es sein.

„Emma, ich glaube nicht, dass das eine gute Idee ist."

„Es ist eine großartige Idee. Frag einfach Tristan. Ich bin sicher, er wird Ja sagen, denn wenn er es nicht tut, werde ich ihm nicht verzeihen. Außerdem seid ihr füreinander bestimmt."

„Ich würde es vorziehen, wenn Tristan sich selbst entscheidet – wenn es dir recht ist."

„Ach komm, du weißt doch, wie Männer sind! Die können sich nicht entscheiden. Dafür haben sie ja kleine Schwestern wie mich!" Emma runzelte die Stirn und wackelte mit dem Finger. „Ich sehe, was du da gemacht hast. Aber ich schätze, wenn ich warten muss, um zu helfen, werde ich das tun. Vorerst."

Die Türklingel ertönte und Emmas Kopf schoss hoch. Sie runzelte die Stirn. „Warum weiß ich nicht, wer das ist?"

Sie stellte ihren Kaffee beiseite und marschierte zur Tür, öffnete sie weit.

„Julian!" Sie stürzte sich auf ihren Bruder. Kendra ging um sie herum, stellte ihre Tasche ab und umarmte Sam. Laura und Foxy traten hinter ihnen über die Schwelle.

„Was zum Teufel?" Ich stellte meine Tasse beiseite und eilte zu ihnen. Ich nahm Foxy von ihr und setzte ihn auf meine Hüfte.

„Solltest du das in deinem Zustand tun?"

„Oh, komm mir nicht mit Zustand. Mir geht's gut."

Der vier Meter hohe Weihnachtsbaum in der Eingangshalle erregte die Aufmerksamkeit meines Patenkindes, und ich setzte ihn auf den Boden. Laura nahm die Dekorationen in Augenschein. Ich hatte die gleiche verblüffte Reaktion gehabt, als ich die riesige Lodge mit dem enormen Holzkamin in der Mitte, einem riesigen Familienbereich und einer Weltklasse-Küche mit einem Weltklasse-Koch betreten hatte.

„Wow!"

„Ich weiß. Es ist viel."

Teresa eilte die Treppe hinunter und hob Foxy in einer Oma-Drehung hoch. Sie bedeckte ihn mit Küssen und er akzeptierte sie voller Gekicher.

„Ich bin so froh, dass ihr hier seid." Teresa zauberte wie durch Magie seine Lieblingsschokolade aus ihrer hinteren Tasche.

„Er hat die ganze Nacht durchgeschlafen, also wird er anstrengend sein."

„Nichts, was Oma nicht bewältigen kann – stimmt's, Foxy? Geh du und kümmere dich um das, worum du dich kümmern musst."

Teresa schielte dorthin, wo James am Geländer im ersten Stock stand und uns beobachtete. Er hatte eine feste Falte zwischen den Augenbrauen und seine Arme vor der Brust verschränkt. Dann nahm sie Foxys Hand und zeigte ihrem Enkel all die Familienornamente am Weihnachtsbaum, während ich Laura mit ihrem Koffer half.

„Lass die hier", kam James die Treppe herunter.

„Überraschung!", kniff sie die Augen zusammen und wartete

auf einen Hauch von Zustimmung in seinem Gesicht. Ich konnte auch keinen finden.

„Ich dachte, du verbringst Weihnachten bei deinen Eltern?", fragte er.

„Das hatte ich vor. Bis sie sich gegen mich wandten."

„Gegen dich wandten?"

„Das ist eine lange Geschichte. Kendra und Julian waren so nett, uns in ihrem Privatjet mitzunehmen. Also, hier bin ich."

„Wir müssen reden."

„Ja, das müssen wir."

Mein Kopf schnellte zwischen ihnen hin und her.

„Aber ich muss zuerst meinen Sohn begrüßen. Triff mich in unserem Zimmer?"

Sie hielt ihre Hände vor sich und drehte ihre Finger, gab ihm ein kurzes Nicken.

James hob ihren Koffer und wandte sich dem Hauptfamilien-bereich mit dem vierseitigen Kamin zu, wo Teresa Foxy seinen Strumpf zeigte.

„Siehst du? Ich habe dir gesagt, alles wird gut", erinnerte ich sie.

„Oh, die Dinge sind weit davon entfernt, gut zu sein, aber ich werde verdammt noch mal versuchen, sie in Ordnung zu brin-gen. Wie geht es dir? Ich habe die Aufnahmen von Thanksgiving gesehen. Wie Tristan für dich eingestanden ist... Das war verdammt heiß."

„Welche Aufnahmen?"

„Tristan, wie er Simone auf eurer Veranda anschnauzt. Tut mir leid, dass ich Thanksgiving verpasst habe, aber ich habe mich mit den Überwachungskamera-Aufnahmen auf den neuesten Stand gebracht. Emma hat damit ordentlich Kohle gemacht. Fünfzig Euro pro Ansicht."

„Sie hat unsere Kameraaufnahmen verkauft?"

„Ist sie nicht toll? Es ist, als ob wir zu dieser Familie gehören würden, obwohl ich es mit James vielleicht versaut habe. Ich glaube, sie sind alle so – die Silvers. Alle beschützend und so, was super ist, wenn du willst, dass deine Familie sicher und wohlauf ist –"

„Laura, was ist los?"

Sie fuhr sich mit der Hand über die Augen und blickte zum ersten Stock hinauf, wo James verschwunden war. „Nichts. Ich bin hier, um es wieder gutzumachen, wenn er mich lässt. Aber ich bin ziemlich sicher, dass er das nicht tun wird."

„Hab ein bisschen Hoffnung. Es ist Weihnachten, und du hast seinen Sohn um die halbe Welt gebracht, damit er bei ihm sein kann. Das muss doch etwas zählen."

Ich umarmte sie innig. Sie war mehr als eine Schwester für mich - sie war meine Seelenverwandte, mein Fels in der Brandung.. Wenn James schlau wäre, würde er all das Gute sehen, das ich seit dem Tag unserer ersten Begegnung in ihr gesehen hatte.

❦

„HAST DU DIE Dekoration unten gesehen? Du hast gesagt, das sollte eine kleine Sache werden." Ich versuchte mich zu konzentrieren, während ich Tristans Fliege zurechtrückte.

„Das ist doch keine große Sache. Nur die Familie ist dabei."

„Also hast du das Winterwunderland drinnen nicht gesehen?"

„Doch, hab ich. Was soll ich sagen? Emma und meine Mutter lieben es zu dekorieren." Er fasste mich an den Hüften und zog meinen Bauch an seine Seite, wo ich ihn halberigiert spürte.

„Wie lange, bis du mir dieses Kleid ausziehst?" Er zupfte an meinem fliederfarben Träger.

„Viel zu lange. Ich weiß nicht, wie ich all dem hier widerstehen soll." Ich ließ meine Hände seinen Rücken hinuntergleiten und kniff in seinen straffen Hintern. „Aber es ist ihr Hochzeitstag, also benimm dich."

„Wenn du so weitermachst, wird mein Benehmen deine geringste Sorge sein."

Ich tippte gegen seine Brust. „Wir werden zu spät kommen, wenn du damit nicht aufhörst."

Ich stellte mich auf die Zehenspitzen und küsste ihn. Gott, er roch so gut.

„Wo kriegst du diesen Erdbeer-Lipgloss her?", murmelte er gegen meine Lippen. „Ich liebe Erdbeeren, aber nichts toppt Erdbeerlippen."

Ich küsste ihn noch einmal und ließ meine Lippen etwas länger auf seinen. Meine Finger und Zehen kribbelten, aber ich schob die Nervosität beiseite. „Ich werde dich vielleicht fesseln müssen, damit du mich für den Rest unseres Lebens so küsst."

„Das klingt eher nach einem Versprechen als nach einer Drohung. Gefällt mir."

„Ich meine nicht mit einem Seil."

„Ich weiß, Allie."

„Macht es dir Angst?", fragte ich. „An die Zukunft zu denken?"

„Nicht, wenn du darin vorkommst." Er zog mich für einen weiteren Kuss zu sich, und ich vergaß, wo ich war. Meine Brüste drückten sich gegen seine Brust und hoben sich mit jedem Atemzug. Seine Erregung drückte hart gegen meine Hüfte, und er löste sich widerwillig von mir. Es war nicht genug Luft im Raum. Ich lehnte meine Stirn gegen seine und sog die Luft ein, als hätten wir gerade die Alpen erklommen.

„Wenn du mich weiter so küsst, wird sich die Hochzeit verzögern."

„Bereit, nach unten zu gehen?" Er bot mir seinen Arm an. Ich richtete mein Kleid, trug erneut Lipgloss auf und hakte mich bei ihm ein.

„Bereit."

Emma hatte das Chalet in einen eleganten Veranstaltungsort verwandelt. Sie hatte bei der Dekoration ganze Arbeit geleistet. Mit Glitzer bedeckte Schneeflocken schwebten unter der Decke. Eisblau und weiße Girlanden hingen unter den Dachbalken und verbanden die Struktur in einem komplizierten

Design. Sie hatten weiße Lichter um jede Säule, Ecke, jeden Türrahmen und jedes Geländer gewickelt. Hortensien-Sträuße füllten leere Nischen, Tische und Theken. Ihr Duft schwebte von einem Raum zum anderen, getragen von einer sanften Brise aus dem Garten. Ich zog meinen Pullover an und wickelte ihn enger um meinen Körper, die Arme vor der Brust verschränkt. Die Mitte des Winters in den Alpen enttäuschte nicht mit seinem frostigen Biss. Wir traten durch die Hintertür in ein Winterwunderland, das zu einem Märchen geworden war.

Die Sonne strahlte von oben herab, reflektiert von der staubigen Schneeschicht. Darunter waren Tausende von Lichtern um die Skulpturen und Hecken gewickelt. Der Außenpool dampfte durch die Plexiglasöffnungen. Glühendes Licht schnitt durch den Nebel von unten und beleuchtete das Zelt in Blau- und Lilatönen. Balken und Schnüre, die sich in funkelnden Lichtern, Blumen und zarten weißen Girlanden verfingen, gaben dem Garten eine winterliche Atmosphäre. Der schneebedeckte Blick auf die Stadt im Tal unten war absolut atemberaubend.

Sam und Gabe tauschten ihre Gelübde unter dem wunderschönen Pavillon aus. Tristan saß neben mir und hielt meine Hand in seiner, während mein Herz während der Zeremonie Purzelbäume schlug. Sam sah umwerfend aus mit ihrem weißen Kunstpelz-Cape über den Schultern, fasziniert von dem Mann, den sie gleich heiraten würde. Das Paar sagte sein „Ja", und mein Blick fiel auf Tristans grinsendes Gesicht. Seine sexy Narbe verzog seine Oberlippe, als er mir zuzwinkerte. Und der Raum schrumpfte, und die Gäste verschwanden, und ich fühlte mich wie die glücklichste Frau der Welt, auch wenn dies nicht meine Hochzeit war.

„Sie dürfen die Braut jetzt küssen", sagte der Priester.

Sie verschmolzen ihre Lippen, und die Hälfte der Silvers weinte und die andere Hälfte jubelte. Das glückliche Paar ging den Gang zwischen den Gästen zurück zum Haus, wo Gabe Sam in seine Arme hob, seine Lippen auf ihre presste und sie über die Schwelle trug. Alle jubelten erneut.

Emma stupste mich von der anderen Seite an. „Als Nächstes seid ihr dran."

„Ich glaube, die kalte Luft hat dein Gehirn eingefroren, Ems."

„Ja." Sie verdrehte die Augen. „Als ob ich je falsch gelegen hätte."

„Ich hol mir was zu trinken. Möchtest du auch etwas?", fragte Tristan.

„Ich habe schon die ganze Zeit ein Auge auf den Kakaostand geworfen, seit Olivier ihn aufgestellt hat."

„Ein heißer Kakao kommt sofort."

„Mach zwei draus", zwitscherte Emma.

„Warum hilfst du mir nicht, Ems?"

Tristan schaute über meine Schulter, und ich blickte zu James zurück. Emma sprang auf die Füße. „Weißt du, du hättest auch einfach sagen können, dass du mit James reden musst." Sie reckte das Kinn und marschierte zur Kakaostation. Tristan folgte ihr, und James kam auf mich zu, sobald sie mich allein gelassen hatten.

„Hey, Allie."

„Hey, James. Schöne Zeremonie."

„Ja, das war sie. Fühlt sich an, als wäre es genau das, was diese Familie gebraucht hat. Tut mir leid, dass ich dich vorhin angeschrien habe, Allie. Ich weiß, du hast es gut gemeint."

Ich hatte Lauras Geheimnis vor James bewahrt, und er war verletzt.

„Es stand mir nicht zu, ihr Geheimnis zu verraten. Sie wollte es schon lange selbst erzählen."

„Hab ich gehört", brummte er, und ich runzelte die Stirn.

„Sie ist eine gute Frau, weißt du. Und sie ist die beste Mutter, die ich je gesehen habe. Du solltest stolz sein."

Sein Mundwinkel zuckte. „Ich bin froh, dass sie dich als Freundin hat."

„Ich auch, aber ich werde glücklicher sein, wenn du ihr endlich verzeihst. Das Leben ist zu kurz, um Groll zu hegen."

Er stieß einen Atemzug aus, als ob er die Bedeutung hinter den Worten besser als jeder andere verstünde. „Du hast recht, Allie. Das Leben ist zu kurz."

SAM UND GABRIEL brachen direkt nach der Hochzeit zu ihrer Hochzeitsreise auf. Ihre Mutter kehrte nach Neuseeland zurück, aber alle anderen blieben über Weihnachten und bis nach Neujahr.

In den nächsten Tagen verbrachten Laura und James mehr Zeit miteinander, und als Weihnachten kam, saß sie auf dem Schoß des Weihnachtsmanns, als wäre es ihr Lieblingsplatz.

Der Weihnachtsbaum am Kamin war mindestens drei Meter hoch. Bänder waren durch die Zweige und zwischen den silbernen, blauen und weißen Schmuckstücken gewoben. Die weißen Lichter funkelten in den glitzernden Glaskugeln.

Am Weihnachtsmorgen saßen wir alle in der Nähe des Baumes und hörten Teresa und Jacob eine Weihnachtsgeschichte vorlesen. Laura starrte James an, der als Weihnachtsmann verkleidet war. Foxy saß auf James' linkem Knie, während Laila auf seinem rechten saß. Sie hatten den ganzen Tag herumgealbert und saßen erst jetzt ruhig mit offenem Mund da, den Weihnachtsmann im Blick behaltend.

„Es ist Familientradition, dass die Jüngsten zuerst dran sind", sagte Emma, als sie Laila und Foxy ihre Geschenke überreichte. Wir warteten, während sie jeweils einen Spielzeugzug, ein Set passender Plüschtiere und etwas sehr Buntes und Bastelhaftes öffneten, das Laila sofort erkannte.

„Das sieht chaotisch aus", flüsterte ich Laura zu.

„Ist schon okay. Schau dir ihr Gesicht an. Sie liebt es."

„Hier ist noch eins für dich, Ems. Ho, ho, ho." Zum Glück war

Laila nicht alt genug, um einen verkleideten Weihnachtsmann als ihren Vater zu erkennen, aber er hätte sich beim Ho, ho, ho'en mehr Mühe geben können.

„Er sieht ungeduldig aus."

„Sexuelle Frustration und Nerven aus Stahl bewirken das. Er wird platzen. Ich kann es spüren."

„Ich nehme an, das ist eine gute Sache."

Laura kicherte, als Emma die Schuhschachtel aus ihrer Verpackung nahm.

„Blaue Babyschuhe?" Sie hob ihren Blick zu mir. „Bekommst du einen Jungen?"

Ich nickte von der anderen Seite des Raumes aus und warf Tristan einen wissenden Blick zu.

„Ja, wir bekommen einen Jungen." Seine Brust hob sich und ein jungenhaftes Grinsen voller Stolz breitete sich auf seinem Gesicht aus. Ich rieb meinen Bauch und nahm dann die Umarmungen und Küsse von allen Silvers entgegen.

Fred und Wilma tauschten ein Buch anstelle von traditionellen Geschenken aus. Tristan beugte sich zu meinem Ohr. „Sie schreiben das ganze Jahr über nette Dinge übereinander – Wünsche für ihre Familien, Zukunft, solche Sachen – und tauschen es dann am Heiligabend aus. Es ist das einzige Geschenk, das sie austauschen."

Ich legte meine Hand aufs Herz und vermisste plötzlich meinen Vater. Ich wollte, dass er hier bei uns wäre.

Meine Mutter lehnte sich von der anderen Seite zu mir, als würde sie meine Gedanken lesen. „Er ist im Geiste hier. Er war immer bei uns, und er hat uns geleitet, die Silvers zu treffen. Ich kann mir nicht vorstellen, dass wir woanders sicherer und glücklicher wären."

„Ich fühle genauso, Mama."

Ich hatte meiner Mutter ihr Geschenk früher am Morgen gegeben, da eine Flasche des geschmeidigen Comisario-Tequilas nicht gerade das traditionellste Geschenk war. Aber als sie den E-

Reader voller Liebesromane sah, saß sie einfach da mit offenem Mund.

„Das war Tristans Idee." Er hatte die Tasche voller Bücher bemerkt, die sie auf die Reise mitgebracht hatte, und das Geschenk bestellt, sobald wir ankamen. Meine Mutter umarmte Tristan, als wäre er ihr Sohn.

TJ machte Fotos mit seiner neuen Kamera. Emma quietschte vor Freude, ihre Augen glänzten feucht, und sie überschlug sich förmlich vor Begeisterung bei jeder einzelnen Überraschung, die sie auspackte. Ich wusste nicht, was die Hälfte ihrer neuen Gadgets waren, und wartete geduldig, bis sie meins öffnete. Als sie den Deckel der kleinen, länglichen Schachtel abhob, wusste ich, dass sie mindestens ein oder zwei Minuten sprachlos sein würde.

Sie warf ihre Arme in einer aufgeregten Umarmung um meinen Hals. „Danke. Ich liebe dich so sehr", sagte sie in mein Haar. „Es ist das beste Geschenk aller Zeiten."

„Was hat sie bekommen?", fragte Wilma.

Emma hob den rosa Stift aus seinem Etui.

„Einen Stift? Du hast ihr einen Stift geschenkt, und den mag sie am meisten?", fragte Julian mit offenem Mund.

„Die Gravur sagt: Für die beste Patentante der Welt." Emma strahlte vor Stolz.

„Ahh", gurrte Wilma.

Meine Mutter schniefte, und Tristan stupste mich am Arm. „Du bist dran, Allie. Öffne dein Geschenk."

„Es sind keine mehr da", sagte Emma. „Hast du ihr etwa nichts gekauft? Wenn nicht, solltest du besser zum nächsten Laden rennen, falls du einen offenen findest, und ihr das kaufen, was du dir neulich angesehen hast, als wir unterwegs waren-"

„Ich glaube, das reicht, Ems." Tristan warf seiner Schwester einen strengen Blick zu.

„Allies Geschenk ist am Baum. Ich hab es versteckt, damit niemand erraten konnte, was es ist." Er gab Emma einen

wissenden Blick, bevor er sich wieder zu mir wandte. „Such es."
Er nahm meine Hände und zog mich vom gepolsterten Sitz hoch.
Ich suchte durch die Zweige; ihre frischen Nadeln pieksten
meine Haut, bis meine Hand eine Samtschachtel ertastete. Ich
zog das Geschenk heraus und fragte: „Dieses hier?"

„Ja." Die Narbe verzog seinen Mund zu einem jungenhaften
Grinsen.

Ich klappte den Deckel auf und sah eine wunderschöne
Platinkette, ein Armband und passende Ohrringe, die auf einem
Kissen lagen. Es war schlicht genug, um es täglich zu tragen, und
das gefiel mir. Ich hatte bei der Arbeit im Feld nie Schmuck
getragen, aber jetzt, wo ich bei Silver Securities arbeitete, würde
das wirklich praktisch sein. Besonders, da ich schon lange davon
geträumt hatte, mir ein Set fürs Büro zu kaufen.

„Ich liebe es, danke." Ich küsste ihn, aber dann griff er in seine
Tasche und hielt eine kleinere Schachtel in seiner Hand. Eine viel
kleinere.

„Vielleicht auch dieses hier?" Das Brechen in seiner Stimme
ließ die Zeit stillstehen, und die Welt verschwand. Tristan sank
auf ein Knie, sein Blick so voller Liebe und Zuversicht, dass mir
der Atem stockte. Mit zitternden Händen öffnete er die Schachtel, in der ein funkelnder Diamantring lag. Er nahm meine Hände
in seine und fragte: „Allie Green, würdest du mir die Ehre erwei-
sen, meine Frau zu werden und mich zu heiraten?"

Ich hörte ein begeistertes ‚Ja' in der Ferne, und meine Knie
wurden weich. Tristan fing mich auf, bevor ich fiel, und stützte
mich. Ich drückte seine Hände fester und schaute in seine Augen.
„Ja, zu beidem."

Er streifte mir den Ring über den Finger. Es war ein
schlichter Stein, der mich an Bedrock und die Flintstones erinnerte. Sie hatten den glitzernden Edelstein so geschliffen, dass er
wie ein Fels aussah, aber so sorgfältig, dass er nicht scharf war.
Der Diamant war einzigartig.

„Jetzt bist du dran mit einem Geschenk", flüsterte ich und zog einen Umschlag aus einer Tasche, die ich bei mir behalten hatte. Ich wollte nicht riskieren, dass jemand davon erfuhr. Immerhin, was schenkt man einem Mann, der dir gerade einen Heiratsantrag gemacht hat und schon alles besitzt? Er öffnete vorsichtig die Naht des Umschlags, und die Weihnachtskarte rutschte heraus.

„Und ich hoffe, du behältst dieses Geschenk für dich", sagte ich zu ihm.

„Das ist nicht fair", jammerte Emma.

Zuerst waren da die Gutscheine, die ich gemacht hatte. Er konnte sie überall und jederzeit einlösen, ohne Fragen zu stellen.

Tristans Augen weiteten sich, als er durch das zwanzigseitige Gutscheinheft blätterte, in dem ich Sex auf der Stelle, Blowjobs, gegenseitige Masturbation, reine Fick-mich-jetzt-Anfragen, ein paar 69er und Massagen anbot: keine Fragen gestellt, keine Ausstiegsklausel. Ich stand ihm praktisch vierundzwanzig Stunden am Tag zur Verfügung und konnte nicht Nein sagen, solange die Gutscheine gültig waren. Nicht dass ich Nein sagen wollte, aber das war sicherlich ein lustiges Spiel, das man während der Schwangerschaft spielen konnte. Er rutschte auf seinem Sitz hin und her und richtete seine Pyjamahose, dann öffnete er den Brief, den ich geschrieben hatte. Ich biss mir auf die Lippe und wartete auf seine Reaktion, und als die Tränen fielen und sich seine Lippen öffneten, wusste ich, dass er an die Stelle gekommen war, wo ich ihm gesagt hatte, dass wir Zwillinge bekommen würden.

Er ignorierte die Härte in seiner Hose, stand auf und hob mich in seine Arme, küsste mich fest.

„Das ist das beste Weihnachtsgeschenk aller Zeiten."

„Was steht da drin?", fragte Emma und zeigte auf den Brief.

„Dieses Geschenk bleibt ein Geheimnis bis nach der Geburt."

Emma runzelte die Stirn. TJ lenkte ihre Aufmerksamkeit mit einem Foto von ihrem Seitenprofil ab. Ich beobachtete, wie meine beste Freundin und James sich eine große Tasse heiße

Schokolade teilten, zusammen mit ihren Kindern, und der Moment fühlte sich so richtig an, dass ich mir nichts Besseres vorstellen konnte.

Ich kuschelte mich in Tristans Arm. „Bist du glücklich?"

Er blickte nach unten. „Nein, ich bin so verliebt in dich, und ich ... ich kann es einfach nicht erwarten. Jetzt wird alles gut werden. Ich weiß es, und ich bin dir unendlich dankbar." Er presste seine Lippen wieder auf meine.

„Sucht euch ein Zimmer, ihr zwei", unterbrach Julian.

Und genau das hatten wir auch vor.

Aber vielleicht gab es eine Sache, die noch besser war als heute Abend, und das war Silvester – und die nächste beste Überraschung, die ich von dem Mann hätte erwarten sollen, der mein Herz und meine Loyalität verdiente.

Wir hatten für Silvester einen Platz in dem kleinen Ort im Tal gebucht. Ich wartete mit Allie unten, während meine Familie sich Zeit beim Anziehen ließ. Ich ging im Flur auf und ab. Wenn das so weiterginge, würden wir an einem der wichtigsten Tage meines Lebens zu spät kommen. Ich war bereit, diesen Schritt zu gehen und der Welt mein Engagement zu zeigen, doch meine Familie stellte meine Geduld auf eine harte Probe.

Ich packte Allies Arm, als sie nach ihrer Jacke griff, und zog sie in den Schrank, wobei ich die Türen hinter uns abschloss.

„Was machst du da?"

Ihr Puls raste unter meinen Fingerspitzen, als ich ihr Handgelenk festhielt. Fast brannte es, sie dort zu halten. In die hinterste Ecke des Schranks gedrängt, ließ ich meine Hände wandern. Das wenige Licht, das durch die Türschlitze fiel, beleuchtete ihr Gesicht in glühenden Streifen.

„Ich löse einen Gutschein ein." Ich streifte ihr Ohrläppchen und ließ ihr Handgelenk los, um mich auf die pochende Ader an ihrem Hals zu konzentrieren, wo ich ihren rasenden Herzschlag mit meinen Lippen fühlte.

„Tristan, was ist, wenn uns jemand hört?" Aber ihr Widerstand schwand, als ihr Mund das eine sagte und ihr Körper etwas ganz anderes.

„Frag mich, welchen Gutschein ich einlösen werde."

„Was?"

„Frag einfach. Du wirst es lieben, versprochen. Es ist dein zweitliebster Gutschein nach MzM-Verwöhnung."

„Mein nächster Favorit ist das, was in deiner Hose steckt", keuchte sie, als ich meine Hand über den Reißverschluss und ihre engen weißen Jeans rieb. Emma hatte Allie ermutigt, sich ganz in Weiß zu kleiden, und Allie hatte keine Ahnung, warum. Sie strahlte wie ein himmlischer Engel, der kurz davor stand, meine Frau zu werden. Das Problem war, dass sie ein unwiderstehlicher Engel mit einem schmutzigen Mund war, und ich war nicht geduldig genug, um bis zur Hochzeitsnacht zu warten. Also löste ich einen Gutschein ein.

„Falsche Antwort."

„Aber das ist nicht der richtige Ort", protestierte sie. Versuchte sie, mich oder sich selbst zu überzeugen?

Mit einem Kuss, der ihr zeigte, wie perfekt alles war, wenn wir zusammen waren, machte ich sie zu meiner für immer. Nachgebend entspannte sich ihr Körper in meinem Griff und genoss den gestohlenen Augenblick. Gott, sie schmeckte nach diesen verdammt köstlichen Erdbeeren. Es war fast hypnotisch.

„Was, wenn uns jemand erwischt?", sagte sie an meinem Mund.

„Ich glaube kaum, dass jemand Erklärungen braucht, was hier gerade abgeht."

„Und was willst du machen?" Sie atmete schwer.

„Viel mehr, als ich Zeit habe, aber für deine Muschi habe ich immer Zeit."

Ich zerrte ungeduldig an ihrer Hose und ließ meine Hand über ihren Oberschenkel gleiten. Ihr weiches Fleisch gab meinen Fingern nach, ihre Hüften neigten sich nach vorne, und ich fuhr über ihren Venushügel. Die verdammte Jeans stand zwischen mir und ihrer Lust.

„Welcher Gutschein?", atmete sie schwer.

„Was willst du, dass es ist?"

„Schnell, mach es schnell."

„Was machen?"

„Bring mich zum Kommen. Lass mich kommen. Bitte."

Ich hatte den vorderen Teil ihres Bauch bereits heruntergeschoben und meine Hand unter ihre Hose und Unterhose gleiten lassen.

„Du weißt, dass mich das nur dazu bringt, es langsam zu machen", flüsterte ich in ihr Ohr.

„Okay, okay, mach es langsam."

Ich rieb über ihre Klitoris hin und her und streichelte die Knospe. „So?"

„Oh Gott." Sie atmete schnell durch zusammengepresste Lippen und zappelte in meinem Griff. „Vielleicht ein bisschen schneller, bitte", keuchte sie.

Ich nahm ihre Säfte auf und kreiste mit meinen Fingern über den Druckpunkt, dann saugte ich mich an ihrem Hals fest. Sie neigte den Kopf zur Seite und gab mir Zugang, während sie sich in meine Hand presste. Meine Streichelbewegungen wurden schneller, ihr Mund öffnete sich, ihre Schenkel zitterten und ihre Erregung tropfte in meine Hand. Und genau als ich dachte, ich hätte sie so weit, schloss sich ihre warme Hand um meinen harten Schwanz und brach meine Konzentration. Sie streichelte meine Länge von unten nach oben in einer ballenzusammenziehenden Bewegung. Doch ich konnte mir keine bessere Ablenkung vorstellen als ihren Griff um meinen Schwanz, ihre Muschi in meiner Handfläche und meine Finger in ihr. Sie pumpte mich mit der gleichen Begeisterung, mit der ihre Hüften sich zu den Bewegungen meiner Hand wiegten.

Ich erhöhte den Rhythmus und ihre Hand reagierte mit einem festeren Griff, bereit für einen Kampf darum, wer zuerst fertig werden würde. Meine Zehen kräuselten sich ohne Vorwarnung. Sie drückte ihre Wange an meine Brust und erstickte ihren Schrei, und ich erinnerte mich daran, dass wir im Schrank waren. Ich senkte meinen Pullover über ihre Hand und mein Schwanz zuckte, beschmutzte den Pullover von innen.

Stimmen hallten im Flur wider und ich erstarrte, zog meine nassen Finger an meine Lippen mit einem lautlosen Shh. Der Geruch ihrer Erregung hing noch an meinen Fingerspitzen.

„Wo sind denn alle?", hörten wir Emma auf der anderen Seite der Tür.

„In der Küche, Ems", rief TJ.

„Oh mein Gott, sie werden uns finden." Allie wand sich in meinem Griff. Die Sonne streifte ihre geröteten Wangen und ihr wildes Haar, und mir wurde klar, dass wir es fast zu früh vollzogen hätten. Aber es gab keinen besseren Weg, diesen Tag zu beginnen als ein kurzes Schäferstündchen mit meiner zukünftigen Frau.

„Wir schieben es auf deine Gutscheine."

„Du meinst deine Gutscheine."

„Deine, meine, unsere, ich glaube, das spielt keine Rolle mehr."

Sie erstarrte und ließ langsam meinen Schwanz los. Wir brachten uns so gut es ging in Ordnung, schlichen aus dem Schrank und eilten in unser Zimmer, wo wir uns säuberten. Die Familie wartete draußen, in einer Reihe von Pferdekutschen sitzend.

„Tristan, was ist das?"

„Eine kleine Überraschung." Ich half ihr die Stufen hinauf und in die Kutsche, wo sie sich auf dem Sitz niederließ. Ich setzte mich neben sie und breitete eine Decke über unsere Beine aus, als wir in die Stadt fuhren.

„Ich kann nicht glauben, dass du das gemacht hast."

„Lehn dich einfach zurück und entspann dich."

Sie lehnte sich zu mir, immer noch nach diesen Erdbeeren duftend. „Nach der kleinen Nummer, die du im Schrank abgezogen hast? Was kommt als Nächstes? Fingerst du mich unter der Decke?"

Ich wackelte mit den Augenbrauen. „Sei vorsichtig mit deinen Wünschen heute, Allie. Ich bin in Geberlaune und könnte sie alle erfüllen."

Ihre Stirn runzelte sich und ihre Nase kräuselte sich. Die Pferde zogen an ihren Geschirren und wir fuhren zum Dorfplatz. Es war der wärmste Wintertag, an den ich mich seit Langem erinnern konnte. Die Kutsche setzte uns in der Nähe des Eingangs zu einer festlichen Versammlung ab. Bier floss in Strömen und der Geruch von Wein und brennendem Holz lag in der Luft. James kaufte für alle eine heiße Schokolade und wir schlenderten mit dampfenden Tassen in der Hand zum Marktplatz. Ich begrüßte den Szenenwechsel und die Unterstützung meiner Familie. Je näher die Aufgabe rückte, desto mehr gaben meine Knie unter meinem Gewicht nach. Allie überquerte das Kopfsteinpflaster und plauderte mit Laura. Die wenigen Cafés in der Stadt waren voller Leben.

Irgendwo in der Stadtmitte trennten wir uns von der Familie und genossen unseren Spaziergang allein bis zur alten Kirche. Wir erklommen die steilen Treppen und bewunderten das Meer von schneebedeckten Dächern. Sie schirmte ihre Augen ab, um einen besseren Blick auf das postkartenperfekte Bild zu bekommen.

„Das ist wunderschön, Tristan. Ich fühle mich, als würde ich in einem Märchen leben."

„Gut. Das war der ganze Sinn dieses Urlaubs."

Sie drehte sich um und betrachtete die riesigen Holztüren. „Wenn ich jemals heirate, möchte ich eine kleine Hochzeit, wie Sam und Gabe. Aber in einer Kirche wie dieser. Weißt du, etwas Ruhiges, aber trotzdem Traditionelles."

„Es gibt auch kleine Kirchen in New Jersey." Ich verstärkte meinen Griff um ihre Hand.

„Nun, wir sind ja nicht in New Jersey, oder?" Sie grinste. Der

Hauch von Nervosität in ihrer Stimme war niedlich. Und auch die Sommersprossen auf ihren windgeküssten Wangen. Eine Böe wirbelte die Flocken auf, hob sie vom Boden und brachte diese märchenhafte Aura zurück.

„Nein. Sind wir nicht." Ich nippte an meiner Schokolade. „Also, was hältst du von dieser Aussicht?"

„Sie ist perfekt. Dieses Weihnachten ist perfekt. Ich wünschte nur, ich würde verstehen, warum du so nervös bist."

„Bin ich nicht."

„Dein Knie hat während der ganzen Fahrt gewackelt, Mr. Silver."

„Na gut. Ich war vielleicht nervös, aber du wärst auch nervös gewesen, wenn es dein Hochzeitstag wäre."

„Was?"

„Ja, ich hab vergessen, es bei der Verlobung zu erwähnen, aber ich habe diese Kirche gebucht."

„Du hast diese Kirche wofür gebucht?"

„Für unsere Hochzeit. Hier. Jetzt."

„Was?"

Die Kirchenglocken läuteten durch die Stadt. Ein Teil ihres Echos verlor sich in den fernen Alpen, aber ein Teil prallte von den Gebäuden ab und schuf verschmelzende Harmonien. Ich ging auf die Knie, nahm ihre beiden Hände in meine und stellte ihr die einfachste Frage, die ich ihr je stellen musste. „Heiratest du mich jetzt sofort, Allie?"

Sie blinzelte einmal, zweimal, dreimal und versuchte, etwas zu stammeln. Stattdessen gaben ihre Knie nach. Ich fing ihren fallenden Körper auf und setzte sie auf den Boden, wobei ich sie gegen mich lehnte.

„Das ist nicht ganz die Antwort, die ich erwartet hatte, Ms. Green."

Sie sah von unten zu mir auf.

„Dich heute heiraten?"

Ich schaute auf meine Uhr. „Genau genommen in fünfzehn Minuten."

„Lass mich raten – der Priester wartet in dieser Kirche?"

„Zusammen mit unserer Familie. Was sagst du, Allie? Willst du diese Reise als meine Frau beenden?"

„Alle sind da?" Sie zeigte verblüfft darauf. Ich bot ihr meinen Arm an und wartete, bis die Idee sich gesetzt hatte und sie ihren Arm einhakte.

Die Kirchentür öffnete sich und Emma stand dramatisch im strahlenden Sonnenlicht. Schneeflocken tanzten vom klaren Himmel herab, als hätten sie ihren Auftritt einstudiert.

„Bleibt, wo ihr seid."

Der Priester folgte ihr nach draußen. Ich nahm Allies Hände in meine und wir warteten, während sich meine Eltern, Bruder und Cousins, Tanten und Onkel um uns versammelten. Laura überreichte ihr den weißen Blumenstrauß, den Emma bestellt hatte. Mein Bruder hielt die Ringe bereit, die ich bei einem Juwelier in Wien abgeholt hatte, und wir nahmen sie aus seiner Handfläche. Wir blickten einander tief in die Augen, auf den Überresten einer alten Ruine stehend, als wären wir die Hauptfiguren in unserem ganz persönlichen Märchen. Es war surreal und doch so greifbar echt zugleich. Ich konnte es kaum erwarten, mein Leben mit ihr zu teilen und ihr alles zu geben, was ich hatte. Diese energische Polizistin in ihr würde unsere Kinder mit ihrem Leben beschützen, und meine Familie verdiente dasselbe von mir.

Der Priester hatte uns kaum zu Mann und Frau erklärt, da waren meine Lippen schon auf ihren und raubten ihr den Atem. Peg weinte, Wilma schluchzte und Laura starrte James an, als hätte er große Fußstapfen zu füllen. Ich hatte unglaubliches Glück gehabt, wie mein Vater sagen würde, dass ich bei Allie gelandet war. Sie war die perfekte Ehefrau und nach der Zeit zu urteilen, die sie mit TJ verbracht hatte, würde sie eine außergewöhnliche Mutter sein. TJ nahm seine Rolle als Fotograf ernst und hielt jeden Moment des Tages fest. Es war gut, dass er das tat, denn ich erinnerte mich kaum an den Tag. Meine Frau war die Einzige, für die ich Augen hatte.

Wir aßen zu Abend in einem örtlichen Restaurant. Jacob Silver gab eine Runde Getränke für alle aus. Sein Bruder übernahm die nächste Runde, und danach wechselten sie sich ab. Schon bald gewannen wir Gäste dazu, und die Hochzeit verwandelte sich von einer kleinen Familienfeier in eine tanzende Feier mit scheinbar der halben Stadt. Peg schmuggelte zwischen den Mahlzeiten ein paar Tequila-Shots und konnte das Lächeln nicht aus ihrem Gesicht wischen. Emma flirtete mit einem einheimischen Jungen, während TJ mit wachsamem Auge zusah. Sie mochte zwar seine Tante sein, aber das Beschützergen war bei den Silvers stark ausgeprägt.

Zurück im Hotel trug ich Allie über die Schwelle in unsere Suite. Ich setzte sie ab und schloss die Tür, dann zog ich mich langsam aus, beginnend mit meinem Oberteil.

Sie hob ihr Bein, um mir mit ihren weißen Uggs zu helfen. Ich zog sie ihr aus, einen nach dem anderen.

„Was hättest du gemacht, wenn ich nein gesagt hätte?", fragte sie.

Mein Stiefel kam ab, dann der andere.

„Ich lasse nichts dem Zufall überlassen, Schatz." Ich warf ihr einen verschmitzten Blick zu und zog meinen Pullover aus. Sie griff nach ihrem und ließ ihn zu Boden fallen. Ihre rosa Brustwarzen stachen durch die weiße Spitze, und mein Schwanz drückte gegen den Reißverschluss.

„Zieh endlich diese verdammt engen Hosen aus, damit ich meine Frau lieben kann." Ich zog ihr Hemd aus der Hose. Unsere restliche Kleidung flog überall im Flur und im Wohnbereich herum, bis wir schließlich nackt im Schlafzimmer landeten.

Als wir in dieser Nacht erschöpft im Bett lagen, beobachtete ich, wie sie das Funkeln ihres Platin-Eherings bewunderte. Er reflektierte das Lampenlicht an die Decke.

„Ich kann nicht glauben, dass wir verheiratet sind." Sie grinste.

„Und ich kann nicht glauben, wie glücklich ich bin." Ich drehte mich um und schwebte über ihr. „Ich schwöre, dich für immer zu lieben und zu schätzen, meine wunderschöne Frau Silver."

Sie öffnete ihre Beine, und ich fuhr fort, unsere Ehe die nächsten fünf Tage zu vollziehen.

Kapitel 15

Allie

Die vier magisch friedlichen Wochen nach unserer Rückkehr aus Österreich vergingen wie im Flug. Wir schlossen die meisten Fälle bei Hope for Hope ab und gingen allen Spuren nach. Von Marissa gab es keine Spur, aber Tristan behauptete, Simone könnte den Namen des Mädchens nur benutzt haben, um mich zu ärgern. Meine Mutter pflegte zu sagen „Keine Nachrichten sind gute Nachrichten", aber für mich bedeutete der Teil mit „keine Nachrichten" die Ruhe vor dem Sturm.

Ich nahm mir einen Tag frei, weil sich die Haushaltsaufgaben türmten, und ich war nicht bereit, Tristans Angebot für einen persönlichen Assistenten anzunehmen. Es war schon schlimm genug, dass zweimal pro Woche eine Haushälterin kam. Der Bau des Gästehauses meiner Mutter am Teich hatte sich verzögert. Zweimal. Zuerst lieferten sie die falschen Böden, zerbrochene Fliesen und zerkratzte Küchenschränke. Dann gab es Unstimmigkeiten bei den Möbeln. Vorerst wohnte sie glücklich im Gästehaus von Tristans Eltern.

Tristan war damit beschäftigt, mit den Anwälten an den Fällen Hartley und Donaldson zu arbeiten, was mich dazu brachte, mich um alles andere zu kümmern. Es gab einfach nicht genug Stunden am Tag. Ich ging in die Küche hinunter, goss mir einen Tee ein und nahm TJs Mittagessen aus dem Kühlschrank.

„Guten Morgen, Freddie", sagte ich, als ich dem Papagei eine Nuss reichte.

„Scheiße, Freddie." krächzte er.

„Nein. Ich sagte guten Morgen."

„Morgen", zwitscherte der Vogel zurück.

„Das ist ein braver Vogel. Ich wusste, du kannst es, Freddie."

„Fick Freddie."

„Schon gut."

Es stellte sich heraus, dass Freddie gesprochene Namen erkannte und jede einzelne Person verfluchte. Seine Federn waren nachgewachsen, und die Verletzung an seinem Fuß war verheilt.

TJ stellte zwei Teller mit Rühreiern auf die Theke. „Ich war mir nicht sicher, ob du welche möchtest."

„Das ist perfekt. Danke."

Es klingelte am Eingangstor, und wir drehten uns beide zur Tür.

„Erwartest du jemanden?" Er schüttelte den Kopf, und ich überprüfte mein Handy. Jemand hatte ein Paket vor das Tor gestellt.

„Es ist eine Lieferung. Das ist seltsam."

„Warum ist das seltsam?", fragte TJ.

„Tristan bekommt Lieferungen normalerweise im Postamt."

Ich sah den besorgten Blick auf seinem Gesicht.

„Ich bin sicher, es ist nichts. Wir können es auf dem Weg nach draußen holen."

Ich fuhr TJ heute Morgen zur Schule, bevor ich zu Hope for Hope fahren würde. Ich stopfte die Eier so schnell wie möglich in meinen Mund, spülte sie mit etwas Tee hinunter und zog meine Jacke an. Draußen bedeckte eine frische Schneeschicht den Boden. Noch ein Monat, und der Frühling würde da sein. Zwei weitere danach, und unsere Babys würden geboren werden.

Wir stiegen ins Auto und fuhren zum Eingangstor. TJ sprang aus dem Auto, um das Paket zu holen, hielt aber inne, sobald er die Schachtel vom Boden anhob.

„Was ist los?", rief ich aus dem Auto.

„Da steht kein Name drauf. Es ist an niemanden adressiert. Ich glaube, es ist nicht einmal versiegelt."

„Leg es vorsichtig hin, TJ. Geh langsam zurück."

Er setzte es langsam auf den Boden und trat zurück. Ich fand einen trockenen Stock am Waldrand und stocherte in der Schachtel, bis sich der Deckel öffnete. Wir traten gleichzeitig näher heran und sahen einen Regenbogen aus Federn, der in eine Schachtel gestopft war, und erkannten, dass es ein toter Papagei war.

„Oh mein Gott!", keuchte ich und sprang zurück.

„Nein! Freddie!", TJs Kopf flog hoch und drehte sich zum Haus.

„Warte, TJ!" Ich packte seinen Arm. „Das ist unmöglich. Freddie ist zu Hause. Wir haben ihn gerade eben noch gesehen."

Seine Schultern entspannten sich ein wenig. „Wer zum Teufel würde uns einen toten Vogel schicken?"

„Ich weiß es nicht. Steig ins Auto. Ich werde jemanden beauftragen, die Schachtel und den Vogel forensisch zu untersuchen."

Er schnallte sich an, und ich sammelte mich im Auto. „Okay, lass uns das noch einmal versuchen."

Mit zitternden Händen schaltete ich die Zündung und das Radio ein, fuhr auf die Straße und in Richtung TJs Schule. Smooth Jazz beruhigte meine Nerven, bevor die Nachrichten zur vollen Stunde begannen. Ich schaltete ab, bis der Name Hartley fiel. TJ drehte die Lautstärke auf.

„Nach langer Verzögerung hat die Staatsanwaltschaft heute Morgen die Hartley-Brüder in Gewahrsam genommen. Die Vorwürfe des Sexhandels und der Korruption gegen die Familie Hartley häufen sich seit Jahren. Beide Parteien haben eine Stellungnahme zu dem Fall abgelehnt. Durchgesickerte Informationen, die der Sender über die für den Tod von Jeff Hartley verantwortlichen Parteien erhalten hat, wurden zur Bestätigung weitergeleitet."

„Scheiße", murmelte ich.

„Meinst du, ich kann meinen Nachnamen noch schnell ändern?", fragte TJ halb im Scherz, halb ernst.

„Du gehst heute nicht zur Schule", sagte ich ihm.

„Was?"

„Ich denke nicht, dass du solltest. Ich meine, ich überlasse es dir, aber heute fühlt sich seltsam an. Erst war da der tote Vogel und jetzt diese Nachrichten. Deine Mutter hatte schon vermutet, dass ich dabei war, als Jeff starb. Es war nur eine Frage der Zeit, bis sie die Wahrheit über diese Nacht herausfand. Mein Bauchgefühl sagt, du solltest zu Hause bleiben. Tristan sollte bald landen. Ich bin sicher, er würde das Gleiche empfinden."

Tristan war gestern Nacht nach Washington geflogen, und ich wusste, dass die Nachrichten heute Morgen das Ergebnis seines Besuchs waren.

„In Ordnung, aber ich würde lieber bei dir bleiben, anstatt allein zu Hause zu sein. Nicht, dass ich Angst hätte; ich denke nur, dein Bauchgefühl stimmt. Irgendetwas ist im Gange."

„Hast du etwas von deiner Mutter gehört?"

„Nein."

„Okay. Lass uns das zusammen machen. Du kommst mit mir."

Er lächelte, und meine Nerven beruhigten sich. Mir war gar nicht klar gewesen, wie sehr meine Nerven flatterten. Ohne seine Gesellschaft hätte ich mich über den toten Vogel wahrscheinlich mehr aufgeregt, als ich es tat. TJ war eine Kopie seines Vaters, sowohl vom Aussehen als auch von der ruhigen Persönlichkeit her, deshalb verstanden wir uns so gut.

Zwanzig Minuten später betraten wir Hope for Hope. Ich legte die Papiere auf den Schreibtisch der Managerin und zeigte ihr die Dokumente. TJ blieb am Fenster und beobachtete den Ausgang.

„Wir haben es geschafft, Greta. Ich hoffe, jeder Schaden, den Infinity Hope for Hope zugefügt hat, kann behoben werden. Ab sofort wird das gesamte neue Personal von Silver Securities überprüft, bevor es einen Fuß in dieses Gebäude setzt, und der Haftbefehl gegen Simone Hartley ist immer noch ausstehend."

Es schien, als könne Geld immer noch einige Polizisten kaufen.

„Danke, Allie. Wir schätzen deine Hilfe bei diesem Schlamassel wirklich sehr."

„Gern geschehen."

„Hey, Allie." TJ zupfte an meiner Jacke. „Ich glaube, ich habe meine Mutter in einem Auto vor dem Gebäude gesehen."

Mein Herz setzte für einen Moment aus und brachte mich aus dem Gleichgewicht.

„Lass uns zurück zum Auto gehen, TJ."

Als wir auf den Parkplatz traten, war sie verschwunden, aber ich war sicher, dass Simone nicht weit weg war. Ich schnallte mich an und trat aufs Gaspedal.

„Versuch, deinen Vater zu erreichen. Wenn du ihn nicht erreichst, schreib ihm eine Nachricht, dass er nach Hause kommen soll, sobald er landet. Wir werden sehen, was Simone vorhat."

TJ tat, worum ich ihn gebeten hatte. Zehn Minuten später saßen wir an einem Tisch in einem Café in der Nähe. TJ bestellte einen Muffin, und ich entschied mich für den Obstsalat. Kurz darauf kündigte das Klackern hoher Absätze Simones Ankunft an. Sie rauschte wie eine düstere Erscheinung in einem übergroßen Winterhut, Ledermantel und mit großer Sonnenbrille durch die Tür. Sie schlenderte zu unserem Tisch und zog einen Stuhl heraus, setzte sich zwischen uns. Mein Blick flog von TJ zu Simone und wieder zurück zu TJ. Die Augen des Jungen waren weit aufgerissen.

„Ich dachte, du würdest dich vor den Behörden verstecken, Simone."

„Ich muss mich nicht verstecken. Wie war dein Weihnachten, TJ?"

„Weihnachten war vor einem Monat."

„Nun, ich musste für ein paar Wochen weg, damit ich gesund werden konnte, aber jetzt kannst du nach Hause kommen."

Sie griff nach seiner Hand, und er zog sie weg.

„Ich komme nie wieder nach Hause, Mutter."

„Das ist schade, denn du wärst ein toller großer Bruder." Sie grinste und konzentrierte sich auf mich. „Wahrscheinlich viel besser als ein Vogelbetreuer."

„Du bist diejenige, die den Vogel geschickt hat?", fragte er.

„Welcher Vogel?"

„Spiel nicht die Dumme, Mutter. Du spielst deine verdrehten Spiele."

„Welche Spiele?"

„Die, bei denen du so tust, als würdest du nicht versuchen, Allie zu quälen."

„Ich weiß nicht, wovon du sprichst."

„Was willst du, Simone?", fragte ich.

Sie lehnte sich in ihrem Stuhl zurück. „Da wir bald alle eine Familie sein werden, denke ich, wir sollten uns besser kennenlernen. Nun, warum bist du nicht in der Schule, TJ?"

„Wir wissen, dass du weißt, dass ich in der Nacht, als dein Vater starb, dort war, Simone."

„Na ja, wir können ja nicht alle den perfekten Mord hinkriegen, oder?" Sie rieb ihre Hände. „Obwohl ich glaube, dass es mit der Übung leichter wird."

„Unglau-"

Sie winkte abweisend mit der Hand. „Ich meine, Tristan dachte, er hätte es geschafft, als er Wrights Ermordung anordnete."

Ein bitterer Geschmack füllte meinen Mund, und ich stellte den Obstsalat beiseite.

„Wright ist tot. Er hatte es seit Jahren verdient."

„Ich bin wieder zum Leben erwacht, oder?" Dieser Blick in ihren Augen ließ mich erschaudern. „Wer sagt, dass Wright nicht in irgendeiner Hütte vor sich hin rottet? Das FBI hat ihm ein gutes Angebot gemacht."

Die Bedienung brachte Simone etwas Wasser, und ich hoffte, sie würde daran ersticken.

„Der Bastard ist tot." Ich spürte, wie mein Kiefer knackte. Spielte sie mit mir?

„Vorerst. Ich meine, du bist nicht so schwanger wie deine Mutter, als er sie vergewaltigte, oder? Das bedeutet, du bist noch nicht ganz bereit für Wrights Bedürfnisse. Er hat Zeit, bevor er zu dir kommt."

„Warum sagst du das?", flüsterte ich und kämpfte gegen die Tränen an, die sich in meinen Augen sammelten. Meine Kehle schnürte sich zu.

Simone lehnte sich über den Tisch, senkte ihr Kinn und nahm ihre Sonnenbrille ab. „Weil er es mir gesagt hat, Allie."

„Bevor sie ihn getötet haben?"

„Das hängt von deiner Definition von ‚getötet' ab. Nun." Sie stand hastig auf und richtete ihr Kleid.

„Du bist ein wahnwitziges Monster."

„Ich bevorzuge Simone." Sie zuckte mit den Schultern und sah auf ihre Uhr. „Ich muss gehen. Dinge zu erledigen, Menschen zu erschrecken, aber ich sehe dich später, Allie. Ich komme vorbei, um zu reden, sobald Tristan sich nach seiner Reise eingelebt hat. Bis später, TJ."

Mit einer theatralischen Drehung auf dem Absatz verschwand sie aus dem Café.

„Allie", TJ drückte meine Hand und schüttelte sie. „Allie, geht es dir gut?"

„Ja, mir geht's gut." Aber nach einem Moment schüttelte ich den Kopf. „Nein, ich glaube nicht. Würde es dir etwas ausmachen, mich zu meinem Termin zu begleiten?"

„Zum Ultraschall? Ja, natürlich. Allie, du zitterst. Vielleicht sollte ich anrufen-"

„Ich glaube, dafür haben wir keine Zeit. Lass uns gehen."

Es traf sich, dass meine Untersuchung im Krankenhaus stattfand. Wir kamen eine halbe Stunde zu früh an, und ich bat eine Krankenschwester, Julia Blakely aus der Notaufnahme zu rufen. TJ wartete in der Nähe der Snackautomaten und suchte sich einen Snack aus.

„Hast du Zeit zum Reden?", fragte ich sie. „Denn ich brauche dringend Hilfe."

„Ich wollte gerade Pause machen, also habe ich Zeit."

„Emma erwähnte, dass Simone einen Gynäkologen aufsucht. Kannst du herausfinden, welchen?"

„Ich habe die Akten bereits überprüft, und es stimmt. Sie sieht einen Gynäkologen, und" - sie zögerte und biss sich auf die Lippe, als ob sie überlegen würde, ob sie fortfahren sollte - „sie hat Tristan Silver als Vater angegeben."

„Das ist Schwachsinn."

Ich bedeckte meinen Mund, sobald ich meine erhobene Stimme hörte.

„Gibt es irgendwelche Dokumente? Irgendwelche Belege für die Vaterschaftsbehauptung?"

„Es ist vorerst nur ihr Wort, aber der Gynäkologe ist ein Freund eines Freundes, und Simone prahlt seit Wochen mit der In-vitro-Schwangerschaft."

„In-vitro? Das bedeutet, sie müsste Tristans Sperma bekommen haben. Wie könnte sie an sein Sperma gekommen sein?"

„Ich vermute mal, von seinem Schwanz."

„Ja, das ist mir klar. Aber wie? Was soll ich tun?"

„Sprich mit Tristan. Wenn ich eins über die Hartleys gelernt habe, dann dass man keine Annahmen treffen sollte."

„Danke, Jules. Ich meine es ernst."

„Gern geschehen. Allie, wenn jemals rauskommt, dass ich dir

geholfen habe... Ähm, ich hatte schon mal Schwierigkeiten mit dieser Familie, und ich möchte diesen Weg nicht noch einmal gehen. Es ist schwer, da wieder rauszukommen."

„Es wird nie rauskommen. Ich verspreche es."

Kurz darauf machten wir uns auf den Weg zu meinem Termin. TJ hörte die Herzschläge und wurde zur Verschwiegenheit über die Zwillinge verpflichtet. Mein Bauch war gewachsen, und die Schwangerschaft verlief gut. Aber anstatt glücklich den Termin zu verlassen, nagte die Begegnung mit Simone an mir, und der bittere Geschmack in meinem Mund wollte nicht verschwinden. Ich umklammerte das Lenkrad fest auf dem Weg nach Hause.

„Du siehst wütend aus."

„Das bin ich, TJ. Das bin ich."

„Es ist wieder meine Mutter, oder?"

„Es tut mir leid. Ich weiß, sie ist deine Mutter-"

„Du warst in den letzten Wochen mehr eine Mutter für mich als sie in meinem ganzen Leben."

Mein Herz blieb stehen. Ich trat auf die Bremse, und die Reifen des Autos quietschten auf der Einfahrt.

„Das kannst du nicht ernst meinen, TJ."

„Ich würde es nicht sagen, wenn ich es nicht ernst meinen würde." Er lächelte und drückte meine Hand. „Sie trampelt auf dir herum. Du darfst nicht zulassen, dass sie dich fertig macht. Ich hab's auch nicht getan."

„Du hast recht. Das hast du nicht, und wir werden mit allem fertig werden, was sie uns entgegenwirft, als Familie."

Tristans geparkter Bentley lenkte meine Aufmerksamkeit auf die offene Garage. Ein weißer Jaguar blockierte seinen Weg.

„Das ist eines der Autos meiner Mutter", zeigte TJ darauf.

„Natürlich ist es das."

„Weißt du, du könntest auch einfach umdrehen und so tun, als würde sie nicht existieren."

„Das könnte ich, aber ich habe das Gefühl, sie würde mich

finden. Außerdem ist das nicht nur Tristans Kampf. Es ist auch meiner."

Er seufzte. „Ich wünschte, es gäbe keinen Kampf."

„Der Prozess wird eine Weile dauern. Deine Onkel-"

„Sie werden sie rausholen, und Mutter wird nicht ins Gefängnis gehen."

„Es tut mir leid, TJ. Es tut mir so leid, dass du mit diesem Mist umgehen musst. Denn das ist es - es ist Mist. Warum läufst du nicht rüber zu deinen Großeltern und lässt mich das hier regeln?"

„Nein. Ich lasse dich nicht allein. Wir sind eine Familie, richtig? Und Familien lassen einander nicht im Stich, wenn sie in Schwierigkeiten sind."

„Nein, das tun sie nicht."

TJ hatte einen Wachstumsschub gehabt und war bereits einen Zentimeter größer als ich. Ich nahm seinen angebotenen Arm, und wir gingen hinein. Tristan stand wie versteinert in der Küche, einen Stapel Papiere in den zitternden Händen. Mit jeder Seite, die er überflog, wurde sein Gesicht nicht nur röter, sondern schien vor unterdrückter Wut regelrecht zu glühen. Er bemerkte nicht einmal, dass wir angekommen waren.

„Es steht alles da, Tristan. Du bist der Vater."

„Ich kann verdammt noch mal sehen, dass alles da steht. Was ich nicht verstehe, ist, wie! Wie bist du schwanger mit meinem Kind, Simone?"

Ich hetzte durch die Flughafensicherheit, ungeduldig darauf, zu Allie nach Hause zu kommen. Meine Reise nach DC hätte nur besser sein können, wenn sie Jahre früher stattgefunden hätte. Heute war der erste Tag, an dem Donaldson und die Hartley-Brüder sich vor der Justiz verantworten mussten.

Der Parkservice fuhr meinen Bentley an den Bordstein und übergab mir die Schlüssel.

„Ich wünsche Ihnen einen angenehmen Tag, Sir."

„Danke."

Ich schaltete das Radio an, um die Nachrichten zur vollen Stunde zu hören.

„Ein New Yorker Kongressabgeordneter, Michael Donaldson, wurde heute Morgen zusammen mit den Hartley-Immobilien-mogul**en** wegen Korruption, Menschenhandel und Geldwäsche verhaftet. Der Richter hat die Kautionsanhörung für nächsten Donnerstag angesetzt."

Wie erwartet klingelte mein Telefon, sobald die Nachricht veröffentlicht wurde.

„Hallo, Simone."

„Komm mir nicht mit 'Hallo Simone'. Was hast du getan?"

„Ich habe den Fall und all unsere Beweise an die Staatsanwaltschaft übergeben. Donaldson und deine Onkel werden sich jetzt vor der Justiz verantworten müssen."

„Was ist mit mir? Ich bin nicht in der Klage?"

Das Problem bei jemandem wie Simone, die ins Leben zurückkehrte, war, dass es überhaupt keine Aufzeichnungen darüber gab, dass sie am Leben war. Und da man keine tote Person verklagen kann, hatte Simone Glück gehabt. Vorerst. Nur musste sie das nicht wissen. Ich brauchte ihre Unterschrift, bevor sie ihr Handschellen anlegten und einen orangefarbenen Overall gaben. Ich hatte gerade erst TJs rechtliche Angelegenheiten geklärt, und er hatte für mich Priorität vor Simone.

„Willst du, dass ich deinen Namen auf die Liste setze?"

„Nein, natürlich nicht. Ich dachte nur ..."

„Hast du gerade Zeit?", fragte ich. „Ich muss dich sehen."

„Oh, Tristan. Ich wusste, du würdest dich durchringen. Eine Liebe wie unsere gibt es nicht alle Tage."

„Simone, ich tue das nicht für dich, ich tue es für TJ."

Sie brauchte länger, um zu antworten, wahrscheinlich überrascht, dass sie mit ihren Verbrechen davongekommen war. Das war sie nicht, aber ich würde sie vorerst in dem Glauben lassen, dass sie die Oberhand hatte.

„Kannst du mich in einer halben Stunde bei mir zu Hause treffen?"

„Natürlich."

„Bis gleich."

Ich drückte auf den Beenden-Knopf, bevor sie nach Details fragen konnte. Wenn Simone wüsste, warum ich sie einlud, würde sie nicht kommen.

Kurz nachdem ich mich zu Hause niedergelassen hatte, klingelte Simone am Eingangstor. Ich ließ sie herein, schenkte mir einen Single Malt Scotch ein und öffnete die Tür.

Gekleidet in einen langen Ledermantel, passende Hose und ein locker sitzendes Oberteil, ging sie für einen Luftkuss auf jede

Wange zu. Ich musste mich zusammenreißen, um nicht zu würgen. Nachdem ich die Beweise untersucht hatte, die Gabe aus TJs Notizen, Sprachaufnahmen und Fotos gesammelt hatte, würde ich diese Frau nie wieder mit denselben Augen sehen.

Die Beteiligung ihres Vaters und ihrer Onkel an der Menschenhandelsorganisation verblasste im Vergleich zu dem, was sie getan hatte. Sie hatte die Transaktionen erleichtert und Frauen unter falschen Vorwänden genötigt. Sie hatte gewusst, dass sie Kendra hatten, und nichts unternommen. Sie war ihr Maultier und Allies polarer Gegensatz. Wo meine Frau darauf abzielte, Frauen zu retten, zielte Simone darauf ab, aus jeder Seele Kapital zu schlagen.

„Du siehst scharf aus", grinste sie. „Ich schätze, das gehört zum Geschäft, wenn man berüchtigte Leute hinter Gitter bringt."

Berüchtigt?

„Donaldson und deine Onkel haben ihr Ansehen, Geld und ihre Macht genutzt, um ein Imperium privilegierter Arschloch-Eliten aufzubauen, die nicht nur glaubten, über dem Gesetz zu stehen, sondern auch missbrauchten, folterten, vergewaltigten und töteten."

„Gehupft wie gesprungen", spottete sie. „Jeder hat doch einen Zweck in der Welt, oder?"

Was zum Teufel wollte sie hier eigentlich? Sie musste vermutet haben, dass ich ihr Dokumente für TJs Sorgerecht vorlegen würde. Das volle Sorgerecht, weil mein Sohn Besseres verdiente, und ich würde vor Gericht gewinnen.

Simone hob ihr Kinn, und der vertraute Blick in ihren Augen ließ mich erschaudern. Ich schloss die Tür und folgte ihr, als sie durch den Flur und ins Wohnzimmer schlenderte. Sie setzte sich in den Sessel, schlug die Beine übereinander und wartete.

Ich legte die Papiere vor sie hin.

„Du hast Glück im Unglück, Simone. Ich habe dich nicht verklagt, weil ich hoffe, dass du vernünftig bist und die Sorgerechtspapiere unterschreibst."

Sie grinste. „Du weißt, dass ich schlauer bin als das, also lass uns eines klarstellen, Tristan. Du hast mich nicht verklagt, weil ich nicht existiere. Gegen eine Tote habe ich keinen Hebel und somit kein Druckmittel in der Hand. Ich unterschreibe nichts. Die Gerichte mögen mich im Stich lassen, aber ich habe andere Wege, meinen Sohn zurückzubekommen."

Ich grunzte. Sie hatte ihr Gespür nicht verloren.

„Glaub mir, ich habe mehr als genug Mittel und Beweise, um zu belegen, dass du quicklebendig bist. Wie zum Beispiel die Aufnahme in diesem Raum." Ich zeigte auf die Kamera in der Ecke.

„Gut. Du gewinnst. Aber ich unterschreibe sie trotzdem nicht."

„Du willst das wirklich durchziehen? Warum? Was ist dein Druckmittel?"

Die Zeit schien stillzustehen, als sie vom Stuhl aufstand, ihren Mantel öffnete, ihr Shirt hochhob und mit der Hand sanft über ihren Bauch strich.

Ich erstarrte.

„Unser Baby."

Ich weiß nicht, wie lange ich dort stand, völlig fassungslos, und unsere vergangenen Gespräche Revue passieren ließ. Das konnte nicht sein. Ich hatte seit ihrer Rückkehr Abstand zu Simone gehalten. Doch tief in meinem Inneren wusste ich, dass Simone zu allem fähig war. Ich hatte gesehen, wie sehr sie bei Infinity und all den Frauenhäusern, in denen sie sich engagierte, involviert war. Ich hätte nichts anderes als einen kalkulierten Schachzug von ihr erwarten sollen.

„Du bluffst."

Sie öffnete ihre Handtasche und holte einen Ordner mit Papieren heraus. „Sieh selbst. Hier ist der DNA-Bericht von der Klinik. Ich habe eine In-vitro-Fertilisation gemacht. Bessere Chancen, dass der Embryo angeht, wenn die Umgebung stimmt."

Ich blätterte durch die medizinischen Unterlagen, Scans, Blutuntersuchungen und DNA-Bestätigungen.

Was zur Hölle ging hier ab?

„Es ist alles da, Tristan. Du bist der Vater."

„Das sehe ich verdammt nochmal selbst!", schnauzte ich. „Was ich nicht verstehe, ist wie! Wie bist du an mein Sperma gekommen, Simone? Wie kannst du mit meinem Kind schwanger sein?"

Ein leises Keuchen war im Flur hinter mir zu hören. Ich drehte mich nach rechts, wo Allie am Eingang des Zimmers stand.

Ich öffnete und schloss meinen Mund, rang nach den richtigen Worten.

„Allie ...", hauchte ich.

Sie kam auf mich zu und nahm meine Hand. Ich suchte ihren Blick und klammerte mich an die Unterstützung in ihren Augen. „Ich habe es vor einer Stunde erfahren. Was sie sagt, stimmt."

„Du bist krank, Mutter." So fixiert war ich auf Allie gewesen, dass ich gar nicht bemerkt hatte, dass auch TJ zu Hause war. Er drehte sich auf dem Absatz um und rannte die Treppe hoch in sein Zimmer. Ich wollte ihm hinterherrufen, aber Allie hielt mich zurück. „Es wird ihm gut gehen. Ich habe schon mit ihm gesprochen; gib ihm einfach etwas Zeit."

Vielleicht war es besser, dass er die Details nicht hörte. Simone hatte ihn schon genug verletzt.

„Wie hast du es herausgefunden?"

Unsere Aufmerksamkeit richtete sich wieder auf Simone. Ihr raubtierhafter Fokus auf Allie ließ mich bis ins Mark erschaudern.

„Es gibt einen Grund, warum Silver Securities mich eingestellt hat. Ich verrate meine Quellen nicht."

„Na ja, dann haben wir wohl etwas gemeinsam. Wir bekommen immer, was wir wollen."

Ich trat vor, aber Allie streckte ihren Arm vor mich aus. Es war, als wüsste sie, dass ich diese Frau umbringen würde, wenn ich nah genug heronkäme. Aber wenn Simone mein Kind in sich trug, stand noch ein anderes Leben auf dem Spiel.

„Wie bist du an Tristans Sperma für die In-vitro-Fertilisation gekommen?", fragte Allie.

Simone schlenderte zum Fenster und blickte dramatisch in die Ferne, beobachtete die Küstenlinie, bevor sie sich wieder umdrehte, in langsamer, berechnender Bewegung.

„Erinnerst du dich nicht an unsere Nacht nach der Spenden-veranstaltung?"

Ich schloss die Augen. Die Nacht war verschwommen. Allie war in einer Limousine von der Veranstaltung weggefahren, ich war nach Hause gelaufen, und ... Simone war aufgetaucht.

„Du bist in mein Penthouse gekommen."

Eine Erinnerung an diese Nacht blitzte auf. Simone hatte uns Drinks gemacht. Sie war flirty gewesen, und ich war zu erschöpft, um vom Stuhl aufzustehen, also habe ich ihr gesagt, sie solle verschwinden.

„Genau. Es war eine wilde Nacht, nicht wahr? So viel ist an diesem Tag passiert. Ich durfte deine Verlobte kennenlernen, und zum ersten Mal seit Jahren konnte ich endlich raus und ich selbst sein. Frei sein. Wie könnte man das besser feiern als mit ein paar Drinks?"

„Du hast mich unter Drogen gesetzt", flüsterte ich.

Eine Erinnerung an Allie, die mir einen Blowjob gab, kam mir in den Sinn, aber ich war mir nicht mehr sicher, ob es Allie gewesen war. Ich schloss die Augen und versuchte mich zu konzentrieren, aber was auch immer Simone mir an diesem Abend in den Drink gemischt hatte, hatte seine Wirkung nicht verfehlt. Ich erinnerte mich lebhaft daran, am Morgen eine schmerzhafte Erektion gehabt zu haben, die ich nicht wegbekam. Mein Kiefer verkrampfte sich und das Geräusch meines Herz-schlags hämmerte in meinen Ohren.

„Du hast mich vergewaltigt?" Der Ton, der aus meinem Mund

kam, ließ Simone aufstehen und hinter dem Sessel Schutz suchen.

„Ich ... ich habe dich nicht vergewaltigt", stotterte sie. „So sehr ich auch auf diesem Schwanz reiten wollte, alles, was ich tat, war, dir einen zu blasen und deine Schwimmer in einem Becher aufzufangen."

Ich machte einen Schritt auf sie zu und sie umklammerte die Rückenlehne des Sessels, als würde sie ihn zur Verteidigung benutzen.

„Das ist trotzdem Vergewaltigung, Simone!"

Sie stieß einen genervten Atemzug aus. „Du kannst nicht leugnen, dass es eine großartige Versicherungspolice ist", prahlte sie und strich mit der Hand über ihren Bauch. „TJ wird ein echtes Geschwisterchen bekommen."

Allie stellte sich neben mich. Ihre Sommersprossen traten hervor und ließen ihre Wangen leuchten.

„Halt die Klappe, du Fotze. Wie konntest du nur?"

Wow!

„Du willst ein Baby in solch hinterhältiger Täuschung zur Welt bringen? Tristan steht gerade unter Schock, und das zu Recht, aber lass mich dir sagen, wie das ablaufen wird. Die Polizei wird kommen und dich in Handschellen abführen, du wirst das Baby im Bezirksgefängnis zur Welt bringen, während du auf deinen Prozess wartest, und wir werden es als unser eigenes großziehen, denn dich in die Nähe anderer Kinder zu lassen, wäre kriminell!"

Allies scharfe Handbewegungen hätten Stahl schneiden können. Ihre Wangen wurden rot und ihr Kiefer spannte sich an.

„Ha!", höhnte Simone, „Geh und such dir jemanden, dem das was ausmacht."

Sie ignorierte Allie, holte einen weiteren Ordner aus ihrer Handtasche und stampfte zum Tisch, an dem ich stand. Sie knallte die Akte vor mir auf den Tisch. „Ich hatte so eine Ahnung, dass du so reagieren würdest, also habe ich meine Anwälte das hier vorbereiten lassen."

Ich griff nach dem Stapel und überflog die Dokumente.

„Das ist doch wohl ein Witz." Ich schüttelte den Kopf.

„Was ist es?", fragte Allie.

„Du willst, dass Silver Securities dich von allen strafrechtlichen Anklagen befreit?"

„Das steht in den Papieren." Sie rieb sich die Hände und grinste, als hätte sie schon gewonnen.

„Das ist Schwachsinn."

Ich reichte Allie die Dokumente, und sie überflog sie.

„Selbst wenn ich das unterschreibe, Simone, weißt du, dass ich keine Macht habe, es durchzusetzen. Der Fall liegt nicht mehr in meiner Hand."

„Du vergisst, dass ich genau weiß, wie viel Macht du hast. Wenn du deinen Sohn und dein Baby willst, dann mach es möglich. Ansonsten wird unsere Sorgerechtsvereinbarung nichtig sein."

„Ich rühre keinen Stift an, bevor du es nicht tust, Simone. Unterschreib das Sorgerecht für TJ."

Sie senkte den Kopf und studierte meinen Blick, wobei sie die Stirn runzelte.

Allie zog an meiner Hand. „Was? Du wirst das doch nicht wirklich tun, Tristan, oder?"

„Es ist für meinen Sohn", flüsterte ich und wandte mich zu Simone. „Wir können gleichzeitig unterschreiben."

Simones hinterhältiges Grinsen breitete sich über ihr Gesicht aus. Sie kam hinter dem Stuhl hervor und näherte sich vorsichtig dem Tisch. Das Geräusch ihrer sich nähernden Absätze ließ mir die Haare zu Berge stehen. Ich reichte ihr den Stift und machte meinen bereit. Sie beäugte mich misstrauisch, während sie den Stift zwischen ihren Fingern drehte.

Allie berührte meinen Arm. „Tristan, du kannst das nicht machen. Die Anklagen-"

„Es ist okay. Ich hab das im Griff. Das ist der einzige Weg, sie loszuwerden. Vorerst."

Seite für Seite beobachtete ich ihre Federstriche, und sie beobachtete meine, aber sobald sie den Stift von der letzten Unterschrift wegzog, durchströmte mich Erleichterung. Ich hatte ein Kind, und mit der Zeit würde ich auch mein anderes von dieser verrückten Frau wegbekommen. Sie reichte mir die Papiere, drehte sich auf ihren glänzenden roten Absätzen um und schlenderte zur Haustür, wo sie innehielt.

„Bis bald, Tristan. Ich nehme an, du wirst ein Update über die Gesundheit des Babys wollen, also werde ich mich melden."

Sie stolzierte in den Flur hinaus, und wir folgten ihr.

„Du magst vielleicht nicht im Anzug sein, Simone, aber du wirst vom FBI und der CIA gesucht, und deine Geschichte wird bei ‚Meistgesuchte' zu sehen sein. Du kannst dem nicht entkommen. Wo willst du hingehen?"

Sie hielt inne, drehte sich um, kam direkt wieder auf uns zu und stellte sich mir gegenüber.

„Lass deine Magie wirken, Tristan. Du willst doch nicht, dass die Mutter deines Kindes ihre Schwangerschaft im Gefängnis verbringt, oder? Was denkst du, ist besser für das Baby? Eine kalte Zelle oder ein warmes Paradies?"

Was Simone verdiente, war die Hölle.

„Du brauchst darauf nicht zu antworten, weil du weißt, wohin ich gehe."

„Du verlässt das Land?", fragte ich.

„Würdest du das nicht an meiner Stelle tun? Außerdem ist Selbstfürsorge während der Schwangerschaft wichtig, und die Welt ist zu groß, um an einem Ort zu bleiben. Wage es, mich aufzuhalten, und ich mache dich und deine Familie fertig."

Am liebsten hätte ich ihr entgegnet, dass sie das schon einmal versucht hatte, aber es wäre zwecklos gewesen. Ich würde sie aufhalten, aber zu meinen Bedingungen. Simone war eine Frau, die in ihren Wegen festgefahren war. Ich musste den richtigen Zeitpunkt abpassen und die Sache durchdenken, bevor ich handelte, denn ich wusste, ich würde nicht viele Chancen bekommen. Also ließ ich sie gehen.

Die Haustür schloss sich mit einem düsteren Echo.

„Geht es dir gut?"

Ich zuckte bei Allies Berührung zusammen.

„Ja, ich denke schon. Ich wünschte nur, sie wäre tot geblieben."

„Sie und Wright."

„Was?"

„Ich habe Simone früher am Tag gesehen. Sie hat angedeutet, dass Wright nicht tot ist und immer noch hinter mir her ist. Ich glaube ihr irgendwie."

Scheiße.

„Ich werde nach TJ sehen. Willst du mitkommen?"

„Geh du schon mal vor. Es scheint, als hätte ich Arbeit zu erledigen, und ich muss die Sicherheitsprotokolle von Manhattan überprüfen."

Allie ging nach oben, und ich fuhr mir mit den Fingern durchs Haar. Ich scrollte durch mein Handy, sobald sie weg war, und spulte die Sicherheitskameras im Manhattan-Penthouse zurück. Der Beweis, den ich zu finden geahnt hatte, war alles da: Simone in meiner Wohnung, wie sie Pulver in mein Getränk schüttete und mich dann missbrauchte. Scham und Ekel durchfuhren mich wie ein Blitz. Ich rutschte an der Wand hinunter und setzte mich auf den Boden, bis Allie aus TJs Zimmer zurückkam.

„Was ist los?", fragte Allie.

Ich schaute auf. „Wie geht es ihm?"

„Er hat seine Kopfhörer aufgesetzt, damit er das Gespräch nicht hört. Er will nichts mit ihr zu tun haben."

„Gut. Das wird er auch nie wieder müssen."

Sie warf einen Blick auf mein Handy. „Geht es dir gut?"

Ich wischte mit dem Finger über den Bildschirm. Sie brauchte nicht zu sehen, wie Simone mich angriff.

„Nein, nicht wirklich."

Allie rutschte an der Wand hinunter, setzte sich neben mich und nahm meine Hand. Der Platinring glänzte an ihrem Ringfinger, und ich lächelte. Wenn es in den letzten Monaten etwas Gutes in meinem Leben gab, dann war es Allie. Sie stand hinter mir, und das war alles, worum ich bitten konnte. Wir drehten unsere Köpfe gleichzeitig zueinander.

„Danke, dass du zu mir hältst."

„Du sitzt mit mir bis zum Ende fest, Mr. Silver." Sie lächelte.

„Es gibt niemanden, mit dem ich lieber festsitzen würde als mit dir. Ich kann nicht zulassen, dass sie damit durchkommt. Sie ist schon mit zu vielem davongekommen, aber nicht damit."

Stille. Wenn ich wetten müsste, spiegelten Allies Gedanken meine wider: wie man Simone Hartley endgültig loswird und gleichzeitig mein Kind sichert.

„Was wirst du tun? Sie verlässt das Land", fragte Allie nach einer gefühlten Ewigkeit.

Ich drückte ihre Hand. „Sie wird nicht gehen, weil sie nicht kann."

„Warum nicht?"

„Sie ist fluchtgefährdet und wird nicht durch die Flughafensicherheit kommen."

„Sie hat wahrscheinlich einen gefälschten Pass."

„Wahrscheinlich, aber sie wird nicht fliehen. Sie ist zu besessen von mir. Und von dir." Ich griff nach ihrem wachsenden Bauch. In weniger als drei Monaten würden unsere Babys hier sein, und ich hatte wenig Zeit, Simones Chaos zu beseitigen. Eines der Babys trat, und ich sprang auf.

„Hast du das gespürt?"

Sie lachte. „Ja, ich spüre es jeden Tag. Hier."

Sie legte meine Hand auf eine andere Stelle am Bauch, und ein Baby trat wieder. Ich grinste wie ein Idiot. Verdammt, ich wollte für den Rest meines Lebens wie ein Idiot grinsen, denn wann immer ich sie berührte, ergab das Leben wieder einen Sinn. Ich würde nie zulassen, dass Simone unsere Verbindung zerstört.

„Ich liebe dich", flüsterte Allie von der Seite.

„Ich liebe dich auch." Ich drehte meinen Kopf zu ihr.

„Was wirst du tun?"

Ich atmete tief ein. „Ich werde eine Falle stellen, wenn du nächsten Monat ins Casino gehst, und wir werden sie dort festnehmen. Aber ich brauche dich als Lockvogel."

Kapitel 17

Allie

Innerhalb weniger Stunden war Simone aus New York verschwunden. Tristan überprüfte ihre Küstenimmobilien, die sich jetzt in den Händen des FBI befanden, und rief Krankenhäuser, Polizeistationen und Unterkünfte an, aber es gab keine Spur von ihr. Er fand ihr altes Handy in der Nähe der hinteren Gartenlaube, aber nachdem James es zur forensischen Untersuchung geschickt hatte, brachte es uns nichts. Wie vorhergesagt, kamen Donaldson und Simones Onkel gegen Kaution frei. Ihre Brüder, Chad und Brad – oder Dick und Doof, wie TJ sie in Anspielung auf das berühmte Komikerduo gerne nannte – setzten sich in die Karibik ab. Die Wagner-Brüder und ihre Anwaltskanzlei froren die Vermögenswerte des Kongressabgeordneten und Jeff Hartleys ein, und Infinitys Geschäfte wurden eingestellt.

Nach außen hin lief alles gut, aber da Simone mit Tristans Baby schwanger war, würde sie bei der ersten Gelegenheit Kontakt aufnehmen. Tristan würde Simone mit der Nachricht von meinem verschobenen Junggesellinnenabschied und der Babyparty ins Casino locken, und wir würden Silver Securities dabei helfen, die Verbrecherin festzunehmen.

Einfach alles simpel halten.

Kendra würde sich uns an den Tischen anschließen, in der Hoffnung, ihr Gedächtnis wiederzubeleben. Wenn nichts klicken würde, würde sie vor Simones Ankunft gehen. Die Tage ihrer Qualen würden sie noch eine Weile verfolgen. Sie brauchte einen Abschluss, und wenn wir alle zusammenhielten, könnten wir alle Hartleys hinter Gitter bringen.

Der Geruch von Tristan traf mich, bevor sein Mund meinen in einem überraschenden Kuss einfing und mich aus meiner Benommenheit riss. Er hielt mich in seinen Armen in der Hotelsuite des Casinos und küsste mich, als wollte er mich nicht loslassen. Widerwillig trennten wir uns. Er fuhr mit den Fingern durch sein Haar und zog die Augenbrauen zusammen, sodass sich ein schmales Tal zwischen ihnen bildete.

„Denk dran, du wirst jede Minute beobachtet. Sie wird nicht riskieren, dir nahe zu kommen, solange du mit Sicherheitspersonal zusammen bist, aber wir können sie in dem, was sie immer noch für das Lieblingscasino ihres Vaters hält, in Sicherheit wiegen. Wir haben Leute an jedem Ein- und Ausgang, also wenn sie durch diese Tür kommt, wird sie in Handschellen wieder gehen. Du magst vielleicht ein Bauer sein, aber du bist mein Bauer. Und ich riskiere keinen von euch." Er strich sanft über meinen gestreckten Bauch. Sieben Monate geschafft und noch zwei zu gehen, obwohl die Ärzte meinten, Zwillinge kämen wahrscheinlich früher. „Ich verspreche dir, ihr seid alle sicher, und nach heute müssen wir nicht mehr an Simone Hartley denken."

„Denk einfach daran – geh es langsam an. Sie trägt immer noch dein Baby."

„Ich werde keinem von beiden schaden."

Ich entspannte mich und trat in seine Arme. „Sie muss wissen, dass wir ihr eine Falle stellen."

„Selbst wenn sie es weiß, wird Simone das Risiko eingehen, dir gegenüberzutreten. Sie ist dir lange genug auf den Fersen gewesen. Der tote Vogel war erst der Anfang. Verdammt nochmal, sie hat sogar deine Arzttermine geändert."

Ich stellte mich auf die Zehenspitzen und strich mit meinen Fingern entlang Tristans frisch getrimmtem Haaransatz.

„Ich verspreche, vorsichtig zu sein, und ich vertraue dir." Ich küsste ihn viel härter als sonst.

„Halte dich einfach an den Plan. Dies ist ein sicherer Ort", sagte er gegen meine Lippen.

Und so landete ich im Casino, sieben Monate schwanger und aussehend, als könnte ich die Zwillinge jeden Moment zur Welt bringen. Laura und Kendra saßen am Roulettetisch, während ich stand, meinen unteren Rücken stützte und zusah, wie die Kugel herumrollte. Ich glaubte zwar nicht an perfekte Glückssträhnen, aber Lauras Glück schien kein Ende zu nehmen. Sie spielte sicher, gewann aber jede Wette, und der Stapel Chips unter ihrer Hand war mehr als beeindruckend. Mit jedem Glückstreffer schrie Kendra lauter. Ich konnte jetzt verstehen, warum Julian ihr den Spitznamen Trouble gegeben hatte. Ihre Jubelrufe erregten die Aufmerksamkeit, die wir brauchten.

„Komm schon, Neunundsechzig. Allie braucht 'nen Doppel-Maxi-Cosi!"

Zwei Kinderbetten, kicherte ich innerlich. Tristan war immer noch der Einzige, der wusste, dass wir Zwillinge bekamen.

„Was machst du da? Es gibt keine Neunundsechzig, Laura."

„Offensichtlich, Sherlock. Sechs bis neun Uhr. Komm schon, Schätzchen. Wir hatten früher auch 'ne Glückssträhne auf der Straße. Sind's die Hormone, die dein Gehirn vernebeln?"

„Es sind deine kryptischen Unterhaltungen. Manchmal weiß ich nicht, ob du von Äpfeln oder Orangen sprichst."

„Es sind Orangen und Äpfel, und wir haben die Aufmerksamkeit der Sicherheit, oder?"

„Ich glaube, ich mochte dich besser, als du noch mit deinen aberwitzigen Statistiken um dich geworfen hast." Ich beäugte die

Umgebung. „Sieht aus, als hättest du die Aufmerksamkeit von allen."

„Was ist dir denn über die Leber gelaufen?", fragte sie.

„Ach nichts – ich treffe nur gerade die wiederauferstandene und besessene Ex-Verlobte meines Mannes, die, ach, ich weiß nicht, sein Kind bekommt."

„Du weißt, dass ich dich hören kann." Tristans sanfte Stimme kam durch meinen Ohrhörer. Ich war so beschäftigt mit der Vorstellung gewesen, dass ich heute Abend auf Simone treffen könnte, dass meine Nerven die Oberhand gewonnen hatten.

„Ja, ich weiß. Mir geht's gut. Ich verspreche es."

„Es sind die Hormone", fügte Laura hinzu, als könnte sie unser Gespräch hören. „Konzentrier dich wieder, Green. Ich meine, Silver. Soll ich dich jetzt Silver nennen?"

„Ich habe die Papiere noch nicht offiziell geändert."

„Es wurde geändert." Ich hörte Tristan wieder in meinem Ohr.

Laura rieb den Hasenfuß an ihrem Gürtel und schrie noch lauter. „Komm schon! Mama braucht ein paar Spielsachen!"

Kendra platzierte in letzter Minute einen Stapel Chips auf einem Viereck. Ein Spielautomat klingelte mit einem Jackpot-Gewinn. Die Lichter blitzten in der Ferne auf, und der Jubel der Menge hallte in Wellen wider.

„Keine Einsätze mehr." Der Croupier strich mit der Hand über den Tisch.

Mein Blick schweifte angespannt zur anderen Seite des Casinobodens, wo Tristan und sein Team mit Adleraugen den Bereich überwachten. Das hier mochte zwar Jeff Hartleys Lieblingscasino gewesen sein, aber er war tot, Kongressabgeordneter Donaldson hatte keinen Spielraum mehr im Senat, und am wichtigsten war, dass Tristans guter Schulfreund dieses Casino vor ein paar Wochen gekauft hatte. Die Sterne hätten nicht besser stehen können.

Laura hörte auf, fröhlich zu hüpfen, und stieß mich sanft mit dem Ellbogen an. „Jessica Hare, zehn Uhr."

„Wer zum Teufel ist Jessica Hare?", fragte ich.

Das Roulette wurde langsamer, und Laura schielte zu mir rüber. „Ich kann ja schlecht Rotschopf oder Jessica Rabbit sagen, weil dann wär's ja offensichtlich Simone Hartley."

„Das ist für dich offensichtlich?"

„Rabbit-Hase; Hase-Rabbit? Wie kommst du nicht auf diese Verbindungen? Was ist mit unserer Glückssträhne passiert?" Ihre Nase kräuselte sich, die Kugel fiel auf Rot-Einundzwanzig, und Laura gewann wieder, jubelnd.

Von welcher Glückssträhne redete sie da?

Laura benahm sich seltsam, und ich wusste nicht warum. Na ja, zumindest seltsamer als sonst, falls das überhaupt möglich war. Ich streckte meine Beine aus und drehte mich zum Casinoboden, gerade als sich die Menge wie das Meer für Moses teilte. Simone und vier Männer im Anzug kamen auf uns zu.

„Sie ist hier." Tristans unheilvolle Stimme in meinem Ohrhörer jagte mir Schauer über den Körper.

Ich nickte Kendra zu.

„Und hier endet mein Abenteuer. Ich bin raus und muss auf die Toilette."

Sie hüpfte wie geplant vom Hocker und machte sich auf den Weg zum sicheren Ort, bevor Simone sie sah. Laura nahm ihren Platz ein, als das Zielobjekt auf uns zugeschlendert kam und dabei mit den Hüften wackelte wie eine watschelnde Ente.

„Spielen wir nochmal, meine Damen?", fragte der Croupier und räumte den Tisch ab.

„Nein, danke." Laura öffnete ihre volle Handtasche, tauschte ihre Chips gegen wertvollere ein und steckte sie in ihre Tasche. Wir gingen vom Tisch weg und trafen Simone in der Mitte des algebraischen Teppichs. Die hellen Formen fingen im Neonlicht den Blick, aber nichts stahl die Show so sehr wie Simone Hartley. Ihr kleinerer Bauch ragte nach vorn; sie trug hoch. Während die Schwangerschaft offensichtlich war, sah sie auch aus, als hätte sie ein paar Mahlzeiten verpasst. Die dunklen Ringe unter ihren

Augen bestätigten, dass sie sich versteckt und nicht gut geschlafen hatte.

„Simone."

„Allie."

„Hase." Laura hustete in ihre Hand.

„Es liegt ein Haftbefehl gegen Sie vor", sagte ich.

„Tristan hat es also endlich geschafft, mich wieder zum Leben zu erwecken?", fragte sie.

„Ja, das hat er. Sie werden auch wegen Vergewaltigungsvorwürfen gesucht. Ich bin sicher, sobald einer davon hängen bleibt, werden die Gerichte in Ihrer Vergangenheit graben, und na ja, den Rest können wir den Gerichten überlassen. Und dieser hier wird hängen bleiben und wehtun, Simone. Ich glaube nicht, dass Vergewaltigern erlaubt wird, Babys zu behalten."

Ihre Lippe zuckte, dann ihre Augenbraue. Es fühlte sich an, als würde unser Blickduell ewig dauern, während sie ihre Position und die Ausgänge checkte.

„Die unbesiegbaren Wagner-Anwälte wollen einen Sieg gegen mich erringen? Na gut. Diesmal werde ich Ihnen sagen, wie das laufen wird. Die Anwälte werden keine Chance bekommen, weil ich auf Kaution freikommen und Tristans Baby bekommen werde. Wir werden das Haus an der Bucht renovieren, zusammen einziehen und uns mit unserem Kind verbinden."

„Sie sind wahnhaft", sagte ich angewidert.

„Kommt, lasst uns gehen." Sie deutete nach vorn. Ihre Anzugträger erhoben sich, aber Laura versperrte ihnen den Weg.

„Whoa, gibt's ein Problem, meine Herren?"

Ihre steinernen Gesichter blieben intakt, und ich warf Laura einen warnenden Blick zu.

„Da lang", zeigte einer von ihnen und schob an Lauras Schulter.

„Hey, Hände weg! Ich gehe ja schon. Wir gehen."

Simones geschmeidiger Gang hinter uns hallte triumphierend. Ich steuerte auf die Wendeltreppe zu und erklomm die gläsernen Stufen. Lichter glitzerten, und die Geräusche von Spielautomaten klingelten unter uns.

Ich überquerte die lange Brücke zu den Vorhängen, wo Tristan mit dem Silver Securities Team wartete. Der Samtstoff war zur Seite gezogen, und wir betraten den schwach beleuchteten Raum. Tristan saß an einem Tisch zusammen mit James und einer Handvoll Bundesagenten. Wir traten beiseite, und zum ersten Mal seit ihrer Ankunft muss Simone Hartley ihren Fehler erkannt haben. Ihr Gesicht wurde blutleer, als sie den Raum absuchte.

„Bringt mich hier raus", flüsterte sie und zeigte auf ihre Anzugträger. „Die haben Sie auch gekauft?"

Ich räusperte mich. „Wenn ein so großer Krimineller wie Ihr Vater von der Straße verschwindet, öffnen sich viele Jobs."

Sie drehte sich auf dem Absatz um, und sofort stellte sich ein Wachmann zwischen uns.

„Von der Straße verschwindet? Mein Vater ist tot, Sie Schlampe. Ich hätte Sie bei der Spendenveranstaltung fertigmachen sollen."

„Ruhig, Simone." Tristans ruhige Stimme trug durch den Raum. Er stand auf und durchquerte den Raum auf uns zu, nahm den Platz des Wachmanns in der Schusslinie ein und beschützte mich. „Es tut mir leid, aber es ist vorbei. Meine Herren?"

Einer der Anzugträger, die mit Simone gekommen waren, holte Handschellen hervor und packte ihre Handgelenke hinter ihrem Rücken.

„Simone Hartley, Sie sind verhaftet unter dem Verdacht des Drogenschmuggels-"

Sie versuchte, sich aus seinem Griff zu reißen, aber er hielt sie fester. „Was für ein Drogenschmuggel?"

„Es wird einfacher sein, wenn Sie sie ihre Arbeit machen lassen, Simone." Tristan trat zurück.

„Tristan, Sie lassen das wirklich zu?" Perlengroße Tränen

rannen ihre Wangen hinab, während ihre Fassade der Unbesieg-
barkeit bröckelte. „Was ist mit unserem Baby?"

„Sie werden gut versorgt werden, und das Baby auch."

„Also lassen Sie uns einfach im Stich?"

„Ganz im Gegenteil. Wann immer Sie bereit sind, Beamte."

„Simone Hartley, Sie sind verhaftet unter dem Verdacht des
Drogenschmuggels, Menschenhandels, Identitätsbetrugs und der
Entführung. Sie haben das Recht zu schweigen, und alles, was Sie
sagen, kann vor Gericht gegen Sie verwendet werden. Haben Sie
das verstanden?"

Das Klicken der Handschellen hallte wie süße Musik durch
den Raum und ließ mich innerlich triumphieren. Simone drehte
sich zu mir. „Sie haben das getan! Das ist alles Ihre Schuld." Sie
hob ihr Kinn noch höher in die Luft. „Wenn Sie denken, das wäre
vorbei, irren Sie sich. Gewaltig!"

Tristans Handy piepste, und James' folgte. Ich hörte Lauras als
nächstes und dann mein eigenes. Als wir alle die Nachrichten
checkten, wurde die wachsende Stille im Raum immer
drückender.

„Was ist los?"

Simone schaute sich die ernsten Gesichter an. Ich wollte es
ihr nicht sagen, aber wir wussten alle, wer es tun sollte. Tristan
hob seinen Blick vom Handy und sah Simone an.

„Tristan? Bitte sagen Sie mir, was los ist?"

Er steckte sein Handy in die Gesäßtasche, ging auf sie zu und
räusperte sich. „Ihre Onkel sind heute Morgen in einem Privat-
flugzeug geflohen ... und es ist über dem Amazonas
verschwunden."

Ihr Mund verzog sich zu einem langsamen Lächeln, als sie
flüsterte: „Sie sind entkommen."

„Sie sind nicht entkommen, Simone. Das Flugzeug ist
abgestürzt."

„Genau." Ihr Lächeln wurde breiter, aber Tristan widersprach, und als sie sein Gesicht beobachtete, schwand dieselbe Zuversicht langsam aus ihren Augen.

„Sie flohen auf Kaution aus dem Land. Die Absturzstelle wurde überprüft, und Ihre Onkel waren unter den geborgenen Leichen."

„Leichen?"

„Ja."

„Das bedeutet-"

„Es tut mir leid, Simone. Ihre Onkel sind tot."

Sie sah auf, neigte den Kopf und drehte sich langsam im Kreis, wobei sie jedes Gesicht im Raum musterte. „Sie Leute denken, es interessiert mich, dass meine Onkel tot sind? Es ist mir scheißegal! Alles, was mich interessiert, ist dieses Baby." Sie zeigte darauf. „Und jetzt, wo meine gruseligen Onkel weg sind, werden Sie alle versuchen, mir alles anzuhängen, oder?"

Stille.

Ihr ausgestreckter Finger fuchtelte wild in der Luft. „Oder? Oder? Ha! Eher gehe ich über den Jordan, als zuzulassen, dass Sie mir was anhängen!"

Ich zuckte zusammen, als Simone sich krümmte und schrie. „Ahh!"

Zuerst dachte ich, es sei Simones überdramatische Art, aber als einer der Wächter sie auffing, als sie zusammenbrach, dachte ich, meine eigenen Knie würden nachgeben. Ich eilte an ihre Seite.

„Simone, öffne deine Augen. Komm schon, Simone."

Sie kam langsam zu sich und öffnete die Augen. Der Arzt vom taktischen Team überprüfte Simones Vitalzeichen; ihre Wehen kamen nah und regelmäßig. Zu nah. Wir packten sie in einen Krankenwagen, und Tristan fuhr mit einer schreienden Simone los. Ich sprang in James' Auto, und er folgte dem Krankenwagen.

„Es ist seltsam, aber ich fühle mich schlecht für sie", sagte Laura vom Beifahrersitz aus. „Ganz allein und im Bewusstsein, dass ihr das Baby weggenommen wird? Das muss hart sein."

„Sie können die Geburt immer noch aufhalten", sagte ich.

James erhielt eine eingehende Nachricht auf dem Bildschirm seines Autos.

Tristan: Fruchtblase geplatzt.

Ich vermutete, dass sie das Baby bekommen würde, ob zu früh oder nicht.

„Wie geht es dir, Allie?", James fing meinen Blick im Rückspiegel auf.

„Ich weiß nicht. Ich kann immer noch nicht glauben-"

„Es gibt viele Dinge im Leben, die wir nicht glauben wollen", sagte er. „Aber mit dem Teufel zu leben, den man kennt, ist besser als mit einem, den man nicht kennt."

Ich schluckte hart. Tristan würde ein zweites Baby mit einer anderen Frau bekommen, seit wir uns kennengelernt hatten, bevor ich mein erstes hatte. Es war keine Eifersucht, sondern eher der Verlust unserer ersten Erfahrung. Was albern war, denn wir würden ein Leben lang Erfahrungen sammeln können, während Simone im Gefängnis verfaulen würde.

„Tristan muss vielleicht jetzt etwas Zeit mit Simone und dem Baby verbringen, aber er liebt dich."

Ich schaute auf. „Ich weiß, dass er das tut, aber du hast recht. Das Baby braucht ihn jetzt."

Laura drehte sich in ihrem Sitz um und ergriff meine Hand. „Wir können Foxy mitbringen und bei dir bleiben, bis sich die Dinge beruhigt haben."

„Das würde ich wirklich gerne. Danke euch beiden."

Ich sehnte mich nach einem Hauch von Normalität, und Laura war das Nächste dazu, was ich je hatte.

„Das machen Familien anscheinend so." Sie zwinkerte, und ich kicherte.

Ich lehnte meinen Kopf gegen die Kopfstütze und schloss die Augen. Es war fast vorbei, und doch fühlte sich dieses Ende wie der Beginn eines neuen Kapitels an. Das Baby - hoffentlich gesund - würde alles verändern. Wir standen vor der Herausforderung, eine zusammengewürfelte Familie zu werden, ohne je darüber gesprochen zu haben, wie wir alle unsere Kinder gemeinsam großziehen würden. Ende letzten Jahres hatte ich kein Verlangen nach einer Familie gehabt, sondern nur nach Rache an dem Mann, der das Leben meiner Mutter ruiniert hatte, und jetzt bekam ich eine Familie mit nicht einem, sondern vier Kindern.

„Du siehst überfordert aus." Laura streckte sich nach hinten und nahm meine Hand. Sie drückte meine kalten Finger. „Mach dir keine Sorgen. Es wird alles gut werden. Du machst das nicht allein."

Ich schenkte ihr ein dankbares Lächeln und hielt meinen Bauch fest. „Danke." So sehr ich Simone auch aus unserem Leben verbannen wollte, konnte ich nicht anders, als mir zu wünschen, dass Tristans Baby in Sicherheit war. Die widersprüchlichen Gefühle zerrten an mir.

James und Laura fuhren mich nach Hause und blieben bei mir, bis Tristan anrief. Ich saß mit Laura und TJ an der Küchentheke und trank Tee, als mein Handy mit Tristans Nummer klingelte.

„Hey, wie geht's dir?"

„Okay. Sie hat das Baby bekommen. Es ist auf der Neugeborenen-Intensivstation und wird dort für mehrere Wochen bleiben. Es wiegt nur 1,13 Kilo, und seine Lungen sind winzig, aber kräftig."

„Es wird dem Baby gut gehen, Tristan. Du wirst schon sehen."

Nach einer kurzen Pause, in der ich mir vorstellte, wie er durch eine Glaswand auf sein Neugeborenes starrte, sagte er: „Ich werde den Papierkram im Krankenhaus fertig machen und dann nach Hause kommen. Ich kann es kaum erwarten, dich zu sehen. Simone steht jetzt offiziell unter Bundesaufsicht."

Wie es schon längst hätte sein sollen.

„Tu, was du tun musst, und ich warte zu Hause auf dich."

„Und TJ?"

„TJ geht's gut; er ist glücklich, aber ein bisschen verwirrt wegen ... na ja, Simone und dem Baby. Er braucht einfach etwas Normalität und neue Freunde."

„Wir werden ihm da durchhelfen. Die Therapie nächste Woche ist ein guter Anfang."

„Ich bin sicher, das wird helfen. Wir sehen uns bald?"

„Ja, bis bald."

Doch in dieser Nacht bekam das Neugeborene Atemprobleme, und Tristan blieb im Krankenhaus. Es war der Auftakt zu einer Reihe schlafloser Nächte für uns beide.

Ich saß im Schaukelstuhl auf der Neugeborenen-Intensivstation mit der kleinen Faith. Es war unser Glaube, der mein Mädchen gerettet hatte. Sie hatte zugenommen, war aber immer noch klein. So klein, dass ich noch nie etwas so Kleines gesehen hatte, und ich befürchtete, dass jeder Atemzug sie zerbrechen könnte. Aber das tat er nicht, denn sie war widerstandsfähig. Und wir beteten ... wir beteten viel. Als ich sie zum ersten Mal im Inkubator sah, sah sie aus wie eine kleine Spinne mit zweigartigen Armen und Beinen. Ich wusste, es sah aus, als hätte sie kaum eine Chance, aber jetzt, vier Wochen später, gab es keinen Zweifel daran, dass Faith eine Kämpferin war.

„Komm schon, ich bin dran." Emma wartete im anderen Schaukelstuhl, als ich ihr das Baby reichte.

„Du siehst aus, als hättest du eine schlaflose Nacht hinter dir." Meine Mutter richtete meine Haare, als wäre ich noch ihr kleiner Junge. „Wenn du willst, dass es deinem Baby gut geht, musst du auch auf dich achten. Das funktioniert in beide Richtungen."

Die Erschöpfung dröhnte in meinem Kopf. Was ich brauchte, war noch ein Kaffee. Starker Kaffee.

„Ja, aber schau mal, wie sehr Faith gewachsen ist."

„Und was ist mit Allie? Kümmerst du dich um deine Frau?", fragte sie.

„Mir geht's gut, Wilma. Ich verspreche es." Allie rieb ihren Bauch. „Aber ich mache mir Sorgen um Tristan."

Meine Mutter nahm ihre Brille ab und beäugte den Wildwuchs in meinem Gesicht. Seit Simone entbunden hatte, hatte ich täglich Besuche gemacht und sogar einige Nächte im Krankenhaus geschlafen.

Sie zog an meinem Arm. „Na, was wird mit Faith passieren, wenn sie entlassen wird?"

„Sobald es ihr gut genug geht, kommt sie mit uns nach Hause. Ich stelle eine Neugeborenen-Krankenschwester und ein Kindermädchen ein, die uns mit den Babys helfen werden. Allie steht kurz vor der Geburt, und ich hoffe wirklich, dass wir alle vorher nach Hause können."

„Und Simone? Wird sie nicht um ihre Tochter kämpfen?"

Ich küsste den Kopf meiner Mutter. „Keine Sorge, Mama. Ich habe alles unter Kontrolle, und diese Entscheidung liegt nicht mehr bei Simone. Sie hat die Adoptionspapiere unterschrieben im Austausch für Milde. Sie bringen sie heute ins Gefängnis."

„Gut. Halt diese Hexe weit weg von meinen Enkelkindern."

„Willst du sie halten, Mama?", fragte Emma, und Wilma nahm ihren Platz im Ehrenstuhl ein.

Ich brachte meine Mutter mit dem Baby zur Ruhe und ging zu Allie hinüber, die eine Stelle rieb, wo ein Baby einen Fuß gegen ihren Bauch drückte. „Möchtest du dich hinsetzen?"

„Nein, es geht mir gut. Wo ist Simone?"

„Sie ist auf der psychiatrischen Station im dritten Stock. Sie haben sie letzte Woche unter Suizidbeobachtung gestellt. So schwer das auch für Simone ist, es ist das Beste für das Baby. Ich werde nicht zulassen, dass ein weiteres Kind von einer Verrückten aufgezogen wird."

In der Nacht, nachdem die Adoptionspapiere durchgingen, versuchte Simone, sich das Leben zu nehmen. Sie schnitt sich die

Handgelenke auf, aber der Schnitt war nicht tief genug, um zu töten.

„Es tut mir so leid, Tristan." Sie berührte meinen Arm. „Wann kommt Faith nach Hause?"

„Sie sagen, in ein paar Wochen. Wir werden dann ein volles Haus haben."

Allie strich schützend über ihren Bauch. Die Zwillinge hatten noch sechs Wochen bis zum vollen Termin.

„Vor ein paar Monaten war ich noch allein, und jetzt ... Jetzt werde ich auf einmal viele Kinder haben."

Vier, um genau zu sein, und einer davon war ein Teenager.

Eine Krankenschwester räusperte sich, und wir drehten uns zur Tür, wo Simone in einem Rollstuhl saß. Ihre Handgelenke waren wund unter den Verbänden und an die Armlehnen gefesselt.

„Ms. Hartley möchte ihre Tochter sehen, bevor sie heute entlassen wird."

Meine Familie erstarrte auf der Stelle.

„Das hätte vorher geklärt werden sollen", sagte ich.

„Tristan", flüsterte Allie neben mir. „Es ist okay. Wer weiß, wann sie ihre Tochter wiedersehen wird?"

Simone würde direkt vom Krankenhaus ins Gefängnis gebracht werden, wo sie auf ihren Prozess warten würde. Aber Allie hatte Recht. Es wäre für lange Zeit das letzte Mal, dass sie Faith sehen würde.

„In Ordnung." Ich betrachtete die gebrochene Gestalt im Rollstuhl. Simones Botox war verschwunden, ihre Haut war fleckig und fahl, ihre Haare fettig und zu einem wirren Knäuel verfilzt, und ihre Augen waren von dunklen Ringen umschattet. Dieses gebrochene Gesicht war ein krasser Gegensatz zu der strahlenden Society-Lady, die sie einst gewesen war. Die Ärzte sagten, sie hätte sich geweigert zu essen, also hatten sie ihr Nahrung durch eine Sonde zugeführt. Simone hatte alles in ihrer Macht Stehende getan, um so lange wie möglich im Krankenhaus zu bleiben, nur um bei Faith sein zu können. Während ich ihren mütterlichen Instinkt nachempfinden konnte, hatte derselbe Antrieb meinen Sohn vierzehn Jahre lang von mir ferngehalten, und heute würde der letzte Tag sein, an dem Simone Hartley unsere Tochter für eine Weile sehen würde.

Ich räumte den Raum und fuhr mir mit der Hand durch mein zerzaustes Haar. Die Krankenschwester schob Simone näher an die Babywiege heran.

„Sie ist wunderschön." Ihre Stimme brach. Eine Träne sammelte sich in Simones Augenwinkel, und zur gleichen Zeit bildete sich ein Kloß in meinem Hals.

„Sie ist eine Kämpferin", sagte ich.

„Genau wie ihr Papa."

Ich senkte meine Hand in den Inkubator, und Faith verstärkte ihren Griff um meinen Finger. „Ja, genau wie ihr Papa."

Nach einer langen Stille setzte ich mich Simone gegenüber und beobachtete, wie sie Faith beim Schlafen zusah.

„Isst sie gut?", fragte sie.

„Ja. Danke, dass du die Milch abpumpst."

„Sie ist meine Tochter. Das ist es, was ich tun soll. Ich sollte bei ihr sein –"

„Simone –"

Mein Handy piepte, und ich las die eingehende Nachricht. Die Nachricht würde in wenigen Minuten die nationalen Sender erreichen.

„Wo ist die Fernbedienung? Schaltet den Fernseher ein."

„Es gibt keinen Fernseher in diesem Raum, mein Herr", sagte die Krankenschwester. „Dies ist die Neugeborenenstation. Babys schauen kein Fernsehen, und wenn ihre Eltern hier sind, haben sie nur Augen für ihre Babys."

„Nein, schon gut. Danke."

„Aber es gibt einen im Gemeinschaftsbereich, falls Sie ihn brauchen."

„Danke."

„Tristan, was ist los?", fragte Simone.

Scheiße. Simone.

Ich scrollte durch die Nachricht, um Details zu erfahren. Wie zum Teufel sollte ich ihr das beibringen?

„Die Gerichte werden volle Gerechtigkeit für die abscheulichen Verbrechen der verstorbenen Hartley-Brüder fordern", las ich. „Simone Hartley wird für diese Verbrechen angeklagt werden."

Simone saß danach lange Zeit schweigend da, und ich wartete, bis die Realität einsank. Ich nahm an, dass sie es nie wirklich akzeptieren würde, aber jeder ebnet sich seinen eigenen Weg im Leben. Die Hartleys hatten ihre Entscheidungen getroffen und Simone hatte ihre getroffen. Sie war die einzige verbleibende Hartley in der neuen Klage. Ihre Anklagen waren im Vergleich zu denen ihrer Onkel minimal, aber ich war sicher, dass sie haften würden. Selbstüberschätzung hatte sie verraten und Karma hatte ihre Familie auseinandergerissen.

„Es ist Zeit zu gehen, Simone." Die Krankenschwester legte Faith zurück in den Inkubator. Sie hatte noch ein paar Wochen vor sich und Meilensteine zu erreichen, bevor wir sie nach Hause nehmen konnten.

„Du kannst sie mir nicht wegnehmen, Tristan. Ich habe TJ schon verloren. Sie ist das Letzte, was ich habe, und ich kann ohne sie nicht leben. Ich werde ohne sie sterben."

Ich wollte ihr sagen, dass wir sie besuchen würden, aber ich konnte die Worte nicht über meine Kehle bringen. Ich wollte keine Versprechen machen, die ich nicht halten konnte, und da ich in dieser Vaterrolle neu war, sagte mir mein Bauchgefühl, dass ich den Rat eines Fachmanns einholen sollte. Faith brauchte eine faire Chance, und ich wusste einfach nicht, ob es angemessen war, dass ein Kind seine Mutter im Gefängnis besucht. Zumindest jetzt nicht.

„Simone, du kannst kein Baby ins Gefängnis mitnehmen."

„Ich bin noch nicht im Gefängnis. Du kannst mich hier rausholen, Tristan. Wir können eine Gesichtsoperation und Prothesen machen, und sie werden mich nie finden. Ich bin sicher, wir können einen Doppelgänger finden, wenn es nötig ist, aber du bist der Einzige, der mir helfen kann, Tristan. Bitte", flehte sie.

„Ich bin müde, Simone. Ich bin es leid, mich mit allem auseinanderzusetzen, und ich will einfach nur etwas Frieden. Das ist alles. Wir hätten das anders machen können, aber jetzt ist es zu spät."

„Es ist nie zu spät. Du hast mich einmal geliebt, erinnerst du dich? Da muss doch irgendwo Mitgefühl sein." Sie zeigte mit dem Finger auf meine Brust. „Ich bin nicht umsonst hergekommen. Ich bin hergekommen, um mein Baby zu holen."

Rechtlich gesehen gehörte Faith nicht mehr zu Simone. Je eher sie das akzeptierte, desto besser für alle Beteiligten.

„Du bist im Krankenhaus, weil du dir selbst schadest. Ich weiß, dass du bei Faith bleiben wolltest, aber sie wird auch bald gehen, und ... du weißt, dass sie dich heute entlassen."

„Was ist mit meinem Baby?"

„Faith wird mit mir nach Hause kommen. Ich werde mich um sie kümmern."

„Und das war's? Das ist mein Leben von jetzt an?"

„Du hast gute Anwälte, und mit Kooperation –"

„Was? Ich werde mein Baby durch eine Glaswand besuchen? Wenn du dich überhaupt entscheidest, es zu erlauben? Nein, Tristan. Du kannst sie das nicht mit mir machen lassen. Das kannst du mir einfach nicht antun!"

Außer, dass es bereits geschehen war.

Sie zerrte an den Fesseln, bis sie sich in ihre Handgelenke schnitten.

„Simone, du brauchst Hilfe –"

„Ich brauche mein Baby!", schrie sie verzweifelt. Die Krankenschwester füllte eine Spritze mit weißer Flüssigkeit und gab das Medikament in den Tropf.

Ich wusste nicht, was nach dem Prozess mit Simone passieren würde, aber die Wahrscheinlichkeit, dass sie eine Weile im Gefängnis bleiben würde, war groß. Die Chancen, dass sie früher verrückt werden würde, waren noch größer.

„Es tut mir leid."

„Du kannst nicht! Das ist noch nicht vorbei!", weinte sie. Zwei weitere Krankenschwestern kamen in den Raum und sedierten sie. Als ich zusah, wie Simone schlaff und schluchzend aus dem Zimmer gerollt wurde, zerriss es mir das Herz. Nein, es zerbrach regelrecht in tausend Scherben.

⁙

„WO JUCKT ES SONST NOCH?"

Allie lag halb aufgerichtet auf dem Sofa, ihr Bauch wölbte sich nach oben. Der Himmel färbte sich orange im Fenster hinter ihr, als der Abend hereinbrach.

„Genau da." Sie zeigte auf die Stelle nahe dem Bauchnabel, wo einer der Zwillinge gerne seinen Fuß platzierte. Ich kratzte die Stelle und trug eine klebrige Creme auf, die Allie mir gegeben hatte.

„Es ist grün. Warum muss es grün sein?"

„Es ist biologisch und hilft gegen Dehnungsstreifen und Juck-reiz. Fünfzig bis neunzig Prozent der Frauen entwickeln während der Schwangerschaft Dehnungsstreifen."

„Hat Laura das gesagt?"

Sie warf mir einen bösen Blick zu. Ich kitzelte sie in der Nähe ihrer Rippen, und sie quietschte, bevor sie sich beruhigte. Ihre Anwesenheit besänftigte alles, was in den letzten Monaten verrückt gespielt hatte. TJ war in seinem Zimmer und ordnete Babyfotos in einem Album, das er für Simone von ihm und Faith gemacht hatte. Mein Mädchen würde morgen Nachmittag nach Hause kommen, und die Gerichte hatten Simones Verhandlung in drei Wochen angesetzt. Der Fall des Staates war solide, und TJ wusste, dass seine Mutter etwas brauchen würde, um den Schlag abzumildern.

Allie rutschte auf dem Sofa herum und verzog vor Schmerz das Gesicht.

„Alles in Ordnung?"

„Ja, es wird nur ein bisschen eng da drin."

„Es könnte jeden Tag so weit sein."

„Nein, sie sind noch nicht bereit."

„Ja, aber es könnte sein, und wenn die Zwillinge kommen, werden wir das super machen. Schau dir die kleine Faith an. Sie kommt morgen Nachmittag nach Hause."

Allies Augen weiteten sich und ihre Lippen zitterten. „Oh mein Gott. Sie kommt nach Hause."

„Hey, hey. Es ist alles gut. Wir kriegen das hin. Ich nehme mir frei und werde hier sein."

„Du solltest etwas typisch Männliches unternehmen."

„Was? Was meinst du damit?"

„Sobald das Baby da ist, wirst du keine Zeit mehr haben, um sie mit deinem Bruder und deiner Familie zu verbringen. Wir werden drei Babys haben. Das sind drei, falls du mich nicht gehört hast. Drei. Du musst angeln gehen."

„Angeln?"

„Ja, angeln. Ist das nicht, was Männer machen?" Sie setzte sich auf dem Sofa auf.

„Du gerätst in Panik. Leg dich wieder hin."

„Ich hatte noch nie ein Baby, und jetzt bekomme ich auf einmal drei. Um Himmels willen, deine Eltern wissen nicht einmal, dass wir Zwillinge bekommen."

Von meinen Eltern ganz zu schweigen. Ich machte mir Sorgen, dass Emma, wenn sie herausfände, dass wir dieses Geheimnis vor ihr gehalten hatten, die Zügel anziehen würde. Wir fügten die Kinderbetten, Wickeltische und Accessoires in letzter Minute zum Kinderzimmer hinzu, weil Emma sonst vorher geschnüffelt hätte.

„Sie werden es bald genug erfahren, und ich bin sicher, sie werden begeistert sein. Meine Mutter wohnt gleich um die Ecke und Emma auch, und Peg zieht dieses Wochenende fünfzig Meter von hier ein. Es gibt nichts, worüber man sich Sorgen machen müsste. Wir werden jede Menge Hilfe haben."

Ihre Nase zuckte, und sie stützte sich auf ihre Ellbogen. „Sagt der Mann, der Guacamole auf meinen Bauch reibt."

„Ich dachte, das wäre die Dehnungsstreifencreme?"

„Das ist die Dehnungsstreifencreme." Sie zeigte auf die Tube auf dem Tisch, dann auf eine kleine Schüssel. „Das ist Guacamole, die Olivier von den Nachos übrig gelassen hat."

„Es ist trotzdem bio, oder?"

Sie kicherte. „Und du sagst, du kommst mit drei Babys klar?"

Ich ging in die Küche, befeuchtete ein Handtuch und kehrte zurück. Nachdem ich die Guacamole abgewischt hatte, setzte ich mich zu ihren Füßen.

„Okay, ich verstehe dich. Aber ich habe es mit Regierungskriminellen und der Mafia aufgenommen. Ich bin sicher, ich kann mit drei Babys umgehen. Jetzt gib mir deine Füße."

„Was?"

„Komm schon, heb sie hoch. Du musst dich entspannen. Und ich verspreche, ich werde diesen Angelausflug machen. Morgen früh. Wie wäre das? Julian hat sein Motorrad repariert und sich um Kendra gekümmert. Er braucht auch eine Pause, also werde ich mit meinem Bruder angeln gehen und wir machen Männersachen. Wir nehmen TJ mit ans Ufer und fangen ... na ja, hoffentlich Fische. Und machen eben Männersachen."

Sie lächelte. Ich liebte ihr Lächeln. Für diese Frau würde ich Berge versetzen. Sie hob ihren Fuß, und ich drückte meine Finger in ihre Sohlen, um den Schmerz von dem täglichen Gewicht, das sie trug, zu lindern. Sie schloss ihre Augen, stöhnte, und mein Schwanz wurde hart.

Sie öffnete ihre Augen so schnell, wie sie sie geschlossen

hatte. „Ich werde Waffeln zum Frühstück machen. Ich habe schon lange keine Waffeln mehr gemacht."

„Ich weiß. Deine Mutter hat es mir erzählt. Aber du musst dich entspannen."

Ich massierte den Fuß härter, und sie ließ sich in das Sofa sinken.

„Du hast es ihr über Tequila erzählt?"

Ich nickte. Da Allie schwanger war, hatte ich es auf mich genommen, meine Schwiegermutter zu besuchen und ihre Sorgen zu lindern. Sie hatte nur noch ein Schloss an ihrer Tür, und wir planten, ihr einen Welpen zu kaufen, wenn sie einzog. Weil drei Babys nicht genug waren.

„Ich freue mich auf die Waffeln, aber weißt du, worauf ich mich noch mehr freue?"

Ich ließ meinen Blick von unten nach oben über sie wandern, und sie wand sich auf dem Sofa. Das Bild von ihr, nackt auf unserem Bett, blitzte in meinem Kopf auf.

„Was?", flüsterte sie.

Ich senkte ihren Fuß und rutschte höher auf dem Sofa, mein Mund traf ihre geschwollenen Lippen.

„Dich."

Kapitel 19

Allie

Tristan und Julian standen am Ufer mit ihren Angelruten in der Hand. TJ machte Fotos von einer Entenfamilie, die in der Nähe des hinteren Teichs nistete. Morgendliche Brisen wehten durch das Küchenfenster und ersetzten den Waffelduft durch warme Frühlingsluft. Es war erst neun Uhr morgens, aber die Hitze hatte sich bereits in Form von Schweiß auf meinem Rücken gesammelt. Die Jungs hatten noch eine Stunde, bevor der Laden die Kinderbetten lieferte, und Faith würde am Nachmittag nach Hause kommen. Bei dem Gedanken begann sich in meinen Brüsten Milch zu bilden, und beide Babys traten gleichzeitig.

Ich balancierte die zweite Portion Zutaten auf meinem Bauch, lehnte mich mit dem meisten Gewicht auf die Arbeitsplatte und rührte den Teig. Olivier hatte mir sein bestes Waffelrezept geschickt, also wagte iNach vierzehn Jahren, in denen ich mich auf gefrorene Eggos verlassen hatte, wagte ich das Unmögliche: selbstgemachte belgische Waffeln.

Der Geruch des backenden Teigs brachte Erinnerungen an die Zeit vor dem Tod meines Vaters zurück, als meine Eltern lachend über den Küchenboden tanzten. Die staubige Mehlwolke schwebte in der Luft und legte sich über die schwarze Jeans meines Vaters.

Ich lächelte bei der Erinnerung und goss den Teig auf das karierte Waffeleisen, schloss den Deckel und drehte den Griff.

„Zweite Runde, los geht's."

Ich vermisste meinen Vater, aber jetzt, da mein Leben sich beruhigt hatte und meine Familie vollständig war, würde ich sein Vermächtnis mit meinen Kindern teilen. Die Waffeln dampften, und ich öffnete das Fenster weiter. Ein leises Klopfen ertönte von der Haustür. Ich blickte durch das hintere Fenster zu den Brüdern, die am Ufer standen. Die Babys traten heftiger, und ein zweites Klopfen kam von der Haustür, diesmal lauter.

„Lieferung", hörte ich von draußen.

Die Kinderbetten mussten früh dran sein.

Ich stellte die Schüssel beiseite, wischte mir die Hände an der Schürze ab und wackelte zur Haustür.

„Ich komme." Aber als ich den Griff zog und die Tür aufschwang, erstarrte ich.

Die Zeit stand still, als ich auf einen geladenen Lauf starrte. In meinem Kopf spulte sich das Band fünfzehn Jahre zurück, als Dave Wright meine Mutter angegriffen hatte. Plötzlich war ich wieder dort, zitternd und weinend, Rotz lief mir die Nase herunter und Angst kroch durch jeden Knochen. Damals konnte ich das Zittern nicht kontrollieren, und auch jetzt wurde ich davon überwältigt, als Dave Wright eine Pistole gegen meinen Bauch drückte. Meine Knie wurden weich, als ich zurückwich und die gezielte Waffe beobachtete. Ich senkte meine Hände auf meinen Bauch, ihre Spannweite und meine gespreizten Finger waren nicht einmal annähernd groß oder dick genug, um meine Kinder vor einer Kugel zu schützen. Er schloss die Tür hinter sich und folgte mir ins Haus, holte auf.

„Hallo, Allie. Schön, dich wiederzusehen."

„Was machen Sie hier?" Meine Stimme zitterte und mein Körper bebte, als ich langsam durch den Flur bis in die Küche im hinteren Teil zurückwich. Wie zum Teufel war er am Leben? Noch wichtiger, wie zum Teufel würde ich lebend hier rauskommen?

„Sie meinen, wie ich noch am Leben bin?" Er grunzte. „Es ist gut, Freunde in hohen Positionen zu haben, und Prothetik hat große Fortschritte gemacht. Ihre Männer haben einen Doppelgänger erschossen. Ms. Hartley hat mir versprochen, sie würde Sie finden. Und sie hat geliefert."

Simone?

Ich hätte wissen müssen, dass sie einen Reserveplan hatte.

Oh mein Gott! Wir hatten einen unschuldigen Mann getötet anstelle von Wright.

„Ich hätte Sie an diesem Tag erschießen sollen", flüsterte ich und hielt meinen Bauch fest. Ich hätte an dem Tag abdrücken sollen, als Tristan mich aus Charleston holte und wir in die Berge fuhren, wo er mein Geheimnis entdeckte. An diesem Tag gab mir Tristan die Chance, alles zu beenden, und ich kniff. David Wright hätte schon vor Jahren in einer Urne sein sollen. Stattdessen stand er vor mir und bedrohte meine Babys. Mein Kopf drehte sich. Oder vielleicht war es der Raum. Meine Gedanken und meine Sicht verschwammen, als ich nach einer dunklen Treppe suchte, aber es gab keine. Das Geräusch meines Herzschlags dröhnte in meinen Ohren, zusammen mit dem meiner Babys. Die Schreie und Hilferufe meiner Mutter hallten aus der Vergangenheit zurück. Erinnerungen an das Blut, das Krankenhaus, die Beerdigung und unsere knappen Fluchten rasten wie ein Schnelldurchlauf-Film vorbei. Adrenalin pumpte durch meinen Körper. Ich konnte nicht unter dieser Treppe bleiben, wenn ich meine Babys retten wollte.

„Gehen Sie zur Hölle und lassen Sie mich in Ruhe." Ich stieß die Waffe von meiner Brust weg und hörte meine Stimme zittern, obwohl ich das nicht wollte. Ich wollte stark sein, doch ich wich an eine Wand zurück, weil er die Waffe in meine Rippen drückte.

Diese Waffe kontrollierte in diesem Moment alles, nicht ich.

„Ich bin gekommen, um das zu holen, was mir gehört, Allie, und das sind Sie." Er kam näher, bis sein Zigarettenatem in meinen Lungen brannte. Er hob die Waffe an meine Stirn, und ich schloss die Augen. Die kalte runde Spitze drückte fest gegen meine Haut.

Er wird es tun. Er wird abdrücken.

„Ich dachte, Sie wären tot. Wie können Sie nicht tot sein?"

Das Leben war so viel besser, als er tot war, aber Wright schien mich nicht zu hören. Ich konnte mir vorstellen, wie Simone im Gefängnis triumphierte. Sie würde nie aufhören, mich zu verfolgen. Ich hätte das kommen sehen müssen, aber ich hatte es verpasst.

„Sie hatten auch einen Doppelgänger, meine Liebe. Erinnern Sie sich nicht an Marissa? Marissa war der perfekte Köder und so, so gut, aber sie war nicht Sie. Ich wusste, ich konnte Sie nicht bei der Auktion bekommen. Sie hatten Sicherheitsleute, also nahm ich das Nächstbeste." Er griff nach meinem Bauch und ich stieß seine Hand weg.

Seine buschigen Augenbrauen zogen sich zusammen. „Weißt du, was ich auch bei der Auktion herausgefunden habe? Dass ich dir nahe kommen konnte, und als Frau Hartley mir sagte, sie würde dich für mich finden, mir zeigte, wo du arbeitest, mir direkten Zugang von ihrem Bootshaus zu deinem gab, machte es all die Jahre, die ich nach dir gesucht habe, wert. Wer hätte gedacht, dass ein kleines Mädchen vom Bauernhof ihren Weg nach Manhattan finden würde?"

Ein Tropfen Mut breitete sich in mir aus, zusammen mit einer Mundvoll Ekel. „Verpiss dich", bellte ich.

Wright drückte die Waffe fester an meine Schläfe und zwang meinen Kopf zur Seite. Wenn er jetzt abdrücken würde, wären meine Waffeln ruiniert. Sie waren fast fertig.

„Ich sollte das Waffeleisen ausschalten. Sie werden verbrennen."

Aber er ignorierte mich und sah sich im Haus um. „Du hast dich hier gut eingerichtet."

Seine zitternde Hand presste die kalte Waffe gegen meine Rippen.

„Tristan wird in einer Minute zurück sein", flüsterte ich.

Bitte sei in einer Minute zurück.

Die Überraschung von Wrights Besuch ließ langsam nach, und ich spürte, wie mein Instinkt einen Plan zusammenschusterte.

„Er ist gleich draußen. Hier ist eine Sicherheitskamera, und die Polizei wird jeden Moment eintreffen", log ich. Mit den Babys unterwegs installierte Tristan ein neues System, aber während der zwei Tage, die es dauern würde, es fertigzustellen, hatte Wright mich gefunden.

Er bedeutete mir, zur Küchentheke neben der Hintertür zu gehen. „Du siehst genauso aus wie deine Mutter. Und auch mit einem Bauch. Ich liebe Babybäuche."

Mein Magen zog sich zusammen. Ich zwang die Übelkeit hinunter und hielt sie zurück. Ein Krampf schoss durch meinen unteren Rücken.

„Ich habe einige schöne Erinnerungen an diesen Tag." Sein Grunzen verströmte einen Gestank nach schmutzigen Zähnen und leerem Magen.

Er musterte mich von oben bis unten mit einem Grinsen. „Peg liebte es, wenn ich sie berührte."

Scheiße, Scheiße, Scheiße. Ich fluchte in Gedanken. Das passierte nicht! Worauf wollte er hinaus?

„Ich bin sicher, du würdest es auch lieben, meine Liebe."

Der selbstgefällige Schatten auf seinem geisterhaften Gesicht verdunkelte sich.

Ich würde eher sterben, als zuzulassen, dass er mich vergewaltigt und meine Kinder tötet.

Komm schon, Allie. Denk nach! Du musst hier raus!

Er bewegte sich vorwärts.

„Wag es ja nicht, mich anzufassen, du krankes Arschloch! Ich schwöre, wenn du noch einen Schritt näher kommst, werde ich dich mit bloßen Händen töten, bevor du schießt, und dich selbst begraben", drohte ich.

Das Grinsen kehrte zurück. Wright zog die Waffe langsam meine Nase hinunter, dann die Seite meines Halses entlang. Ich spürte, wie meine Halsschlagader gegen die Metallspitze pulsierte. Er senkte sie zu meiner Brust und dann zu meinem Bauch. Mein Herz raste, und ich hielt den Atem an. Das leise Klicken der Waffe hielt mich an Ort und Stelle, und ich schob meine Hände nach vorne, umklammerte meinen Bauch fester und fürchtete um das Leben meiner Babys.

„Mach drei Schritte nach links und dreh dich um", befahl er.

„Fick dich!"

Er schlug mir mit seiner freien Hand ins Gesicht. Die Ohrfeige brannte und klingelte in meinen Ohren. Der süße Duft von Waffeln stieg in die Luft, als mein Hintern gegen die Kante des Türrahmens stieß.

„Denkst du, ich mache Witze?" Er drückte die Waffe tiefer in meinen Bauch, und ich schlurfte mit den Füßen in die Küche, um Abstand zu gewinnen.

Oh mein Gott! Er wird mich erschießen und dann vergewaltigen!

Ich konnte das nicht zulassen. Ich hatte geschworen, nie wieder Angst zu haben und versprochen, nicht nachzugeben und zu kämpfen. In Sekundenschnelle blitzte der Instinkt, den ich mein ganzes Leben lang genährt hatte, um zurückzukehren, in meinem Kopf auf, und Adrenalin durchflutete meine Adern wie ein heranbrausender Tsunami. Ich würde das heute klären, und David Wright würde nicht lebend aus diesem Haus gehen.

„Gut, gut." Ich hob meine Hände, die Handflächen nach vorne, und bewegte mich dorthin, wo er mich haben wollte, gegen die Theke.

„Was wirst du tun, wenn du fertig bist?", zögerte ich.

Seine Stimme wurde weicher. „Dich heiraten, Peg, so wie wir

es vor Jahren waren. Ich hatte Pläne für nach dem Abschlussball, und ich werde dich diesmal nicht gehen lassen."

Hat er mich gerade mit dem Namen meiner Mutter angesprochen? Etwas hatte sich in der Luft verändert.

„Ich habe überall nach dir gesucht, Peg, und als deine Tochter sagte, sie wüsste, wo du wohnst, nun, das war einfach ein Bonus."

Er verwechselte mich mit Marissa. Er hatte Marissa gekauft, weil er dachte, sie wäre ich.

„Ich hätte mich fast mit deiner kleinen Tochter zufriedengegeben, Peg. Das Mädchen war eng und willig. Aber sie hatte das Baby, also ist sie jetzt verdorben. Es ist gut, dass ich dich habe, Peg. Es war immer gut, dich zu haben."

Galle stieg in meiner Kehle auf. Was war mit Marissa passiert? Wo war sie? Was hatte er ihr angetan?

Lass mich in Ruhe, wiederholte ich in meinem Kopf. Lass mich in Ruhe.

„Aber es gibt niemanden, der jemals mit dir vergleichbar wäre, Peg. Wir werden wieder zu unserem Abschlussball gehen und die Familie haben, die wir uns immer gewünscht haben." Sein stinkender Mund kam meinem Ohr näher, und ich wandte mich angewidert ab. Seine Hand glitt zu meinem Bauch, als ob ich sein Kind tragen würde. Mein Magen verkrampfte sich. Mit seiner freien Hand packte er mein Kinn und drehte meinen Kopf zur Seite. Sein dreitägiger Bartstoppel kratzte an meiner Wange. „Alles, was du tun musst, ist still zu bleiben, Peg. Einfach. Still. Bleiben."

Das Geräusch seines sich öffnenden Reißverschlusses hallte endlos nach, und ich schloss die Augen.

Tristan. Wo bist du?

Der Duft von Waffeln erfüllte die Küche, und ich schaute aus dem Fenster, konnte aber weder Tristan noch Julian sehen. Eher würde die Hölle zufrieren, als dass Schweine in Regenbogenmustern fliegen, als dass ich zulassen würde, dass meine Familie noch einmal unter den Händen dieses Mannes leidet.

„Warum setzen wir uns nicht ins Wohnzimmer, Dave?", sagte ich und veränderte meine Stimme zu der meiner Mutter.

Mit diesem Mistkerl zu argumentieren würde nicht helfen. Nichts würde helfen, aber vielleicht konnte die Stimme meiner Mutter mir die Zeit verschaffen, die ich brauchte.

„Komm schon, Dave. Wir haben uns so lange nicht gesehen. Lass uns hinsetzen."

Für einen Moment dachte ich, er würde auf den Vorschlag eingehen.

„Wir können uns danach hinsetzen. Alles, was ich will, bist du, Peg. Nur du. Jetzt sofort. Dann können wir uns hinsetzen."

Meine Kehle schnürte sich zu. Ich war vielleicht nicht meine Mutter, aber wenn ich sein Spiel mitspielte, konnte ich die Situation vielleicht umkehren.

„Nein, Dave. Ich möchte zuerst Tee. Du bist Gast in meinem Haus, und Gäste bekommen immer Tee. Warum mache ich uns nicht etwas Tee?"

Er stieß die Waffe wieder gegen meinen Bauch, und mein Plan löste sich in Luft auf. Die Tränen liefen frei über meine Wangen.

„Ich trage ein Kind, Dave. Du musst vorsichtig sein. Ich... ich kann nicht zulassen, dass ihnen etwas passiert. Bitte." Ich flüsterte durch das Schluchzen und stützte meine Hände auf die Theke, während ich durchs Fenster nach Tristan suchte.

„Du musst nicht wie beim letzten Mal bluten, wenn du einfach zuhörst." Er grunzte und drückte seine Vorderseite gegen meinen Rücken. „Kein Kampf. Jetzt heb deinen verdammten Rock."

Ich tat, was er verlangte, aber mein Verstand raste mit tausend Stundenkilometern. Der Gestank seines Zigarettenatems, zusammen mit etwas Verbranntem, füllte den Raum, als Wright sich hinter mir positionierte. Das Geräusch, wie er erneut an seiner Hose nestelte, jagte mir Schauer über den Rücken. Ekel sammelte sich in meinem Hals.

Das kann nicht wahr sein, das kann einfach nicht wahr sein!

Ich atmete tief ein, um meine Nerven zu beruhigen, aber die Waffe an meinem Brustkorb hatte alle Macht. Eine falsche Bewegung, und die Kugel würde durch mich hindurchfliegen - durch uns. Ich atmete langsam aus und umklammerte die Theke, gab mir selbst genug Platz für meinen Bauch und noch etwas mehr, nur für den Fall, dass er zu hart drücken würde, wie er es bei meiner Mutter getan hatte.

Was denkst du da? Kämpfe!

Ich zuckte zusammen.

„Bleib still", bellte er, und ich erschrak.

„Nein."

Ich musste kämpfen, und es musste jetzt geschehen, denn wenn ich es nicht täte, würde er meine Babys töten, wenn er fertig wäre.

„Was hast du gerade gesagt?"

„Nein", sagte ich lauter.

Der Geruch von verbranntem Teig wurde intensiver, und ich erinnerte mich an die Waffeln. „Wir werden die Küche in Brand setzen, Dave. Lass mich sie von der Pfanne nehmen. Bitte. Bevor sich das Feuer ausbreitet." Ich schlüpfte zwischen ihm und der Theke heraus und ging direkt zum Waffeleisen. Ich drehte die Platten, aus denen schwarzer Rauch strömte, und schaltete das Gerät aus, wobei ich die Küchenmesser im Auge behielt. Ich müsste eines werfen und nicht verfehlen. Und wenn ich verfehlte, würde er schießen. Das einzige Problem war, die Klinge lautlos aus dem Fach zu ziehen. Ich blickte zurück zu Wright, wo ein winziger roter Punkt in der Mitte seiner Stirn erschien. Dann passierte alles auf einmal. Das Fenster zersprang, der rote Punkt auf Wrights Kopf explodierte, und ich brach auf dem Marmorboden zusammen.

Momente später erschien Tristan über mir und half mir in eine sitzende Position, wobei er mich gegen die Schränke lehnte. Er blockierte den Türrahmen, wo das Glas zersplittert war, und überprüfte meinen Körper. „Schau nicht hin, Baby, schau nicht hin. Es ist jetzt alles vorbei."

Ich musste nicht hinsehen, um das über unseren Küchenboden verspritzte Blut zu sehen. „Ist er tot? Ist er wirklich tot?"

„Ja, er ist tot."

„Riechst du das?" Ich versuchte aufzustehen, aber der Schmerz um meine Hüften verstärkte sich.

Der Rauchmelder ging los.

„Es ist das Waffeleisen. Warte kurz."

Tristan sprang auf die Füße, zog den Stecker des Waffeleisens und öffnete das Küchenfenster weiter.

Ein krampfartiger Schmerz schoss durch meinen Bauch.

„Ahh!" Der Schrei zerriss meine Lungen. Ich griff nach meinem Bauch, und er sprang über meine Beine auf die andere Seite und umfasste mein Gesicht. „Allie, sieh mich an. Was ist los? Hat er dir wehgetan?"

„Nein, nein. Er ist nicht dazu gekommen... Ich... ich glaube, ich bin okay." Ich schüttelte den Kopf und spürte, wie sich innen die Tränen anstauten. Ein Zusammenbruch war unvermeidlich, aber der unbekannte Schmerz, der sich um meinen unteren Rücken und den Bauchnabel ausbreitete, lenkte meine Aufmerksamkeit auf die Babys.

Julian kam durch die Hintertür herein, stieg über die Blutlache und kniete sich auf meiner anderen Seite nieder. Er hatte ein Scharfschützengewehr gegen seine Schulter gelehnt. „Der Krankenwagen ist unterwegs, und die Polizei auch."

„Du hast ihn getötet? Du hast Wright erschossen?"

„Nein, ich war es nicht." Julian nahm das Gewehr von seiner Schulter und legte es auf den Boden.

Ich sah Tristan an. „Warst du es?"

„Nein, ich war es auch nicht", er blickte zu seinem Bruder hinüber.

„Wirst du klarkommen?", fragte Julian. „Ich sollte gehen."

„Geh", sagte Tristan, und Julian eilte durch die Hintertür hinaus.

„Wenn ihr beide es nicht wart, wer war es dann?", fragte ich.

Die Brüder sahen einander an, aber gerade als Tristan den Mund öffnete, schrie ich auf. Mein Bauch verkrampfte sich. Schmerz schoss durch meinen ganzen Körper und konzentrierte sich in meinem Becken. Die nächste Wehe war so stark, dass ich Tristans Hand mit meinem Schrei fast zerbrochen hätte. Eine Pfütze Flüssigkeit sammelte sich zwischen meinen Schenkeln und sickerte aus meiner Unterhose.

„Was tut weh? Geht es dir gut?"

„Tristan, ich glaube, meine Fruchtblase ist gerade geplatzt."

Der Klang der Krankenwagensirenen wurde von Allies schmerzerfüllten Schreien übertönt. Ihr Griff um meine Hand verstärkte sich, sodass meine Finger weiß wurden. Ich saß auf einem kleinen Sitz neben ihrer Trage, während sie in einem unregelmäßigen Rhythmus atmete. Das war nicht das, was ich gelesen hatte, und ich dachte, wir hätten mehr Zeit, aber wie es aussah, hatten es die Zwillinge eilig.

„Atme, Schatz. Atme."

„Ich atme ja", sagte sie durch zusammengebissene Zähne, und ich nahm all meine Geduld und Kraft für sie zusammen. „Die Babys kommen, Tristan. Die Babys kommen."

„Ich weiß, dass sie kommen, und du machst das großartig."

„Hier ist überhaupt nichts großartig. Sie kommen zu früh." Ihr Gesicht verzog sich, als sie gegen den Schmerz ankämpfte. Es ließ sie aussehen wie eine ... nun, ich sollte das besser nicht mal denken.

„Sie kommen genau richtig, Schatz. Alles wird gut. Atme einfach."

„Es ist normal, dass Zwillinge früher geboren werden", sagte der Sanitäter, während er ein Oximeter an Allies Finger befestigte. „Konzentrieren Sie sich auf einen Atemzug nach dem anderen, Frau Silver. Atmen ist gut. Atmen Sie einfach, und wir sind in drei Minuten im Krankenhaus."

„Hört auf mit diesem Atem-Gequatsche! Ich atme ja offensichtlich, sonst wäre ich tot. Also lasst das endlich!"

Ich tauschte einen Blick mit dem Sanitäter, und wir entschieden uns beide für Schweigen, anstatt zuzugeben, dass meine Frau wie ein Feuerdrache atmete.

Sie drehte ihren Kopf zwischen den Wehen zu mir und schmollte.

Ich beurteilte den Stimmungswechsel vorsichtig. „Was ist los?"

„Meine Waffeln sind ruiniert."

„Das ist okay. Wir machen neue Waffeln."

„Sie sollten eine Überraschung sein, und jetzt sind sie ruiniert."

„Der Waffelduft hat dir das Leben gerettet, Allie."

„Wirklich?"

„Ja, wirklich."

„Wie das?"

„Wir haben ihn alle vom Ufer aus gerochen. Nachdem die Babys da sind, gehen wir nach Hause und haben ein großes Familienfrühstück mit so vielen Waffeln, wie du willst."

„Wir können kein Familienfrühstück haben." Sie richtete sich auf der Trage auf. „In der Küche ist überall Blut. Ich muss nach Hause und putzen."

„Bleib ruhig." Ich strich ihr die Haare zurück und drückte sanft auf ihre Schulter. „Wir sind fast da."

„Ahh!" Sie zog ihre Knie bei der nächsten Wehe hoch und zerquetschte meine Finger in ihrem Griff.

Ich sah den Sanitäter an. „Sie kommen schnell. Es ist unser erstes Baby. Na ja, das dritte und vierte, wenn man genau sein will, aber das erste zusammen, und ich dachte, wir hätten mehr Zeit."

„Jeder Körper ist anders, aber wir sind fast da." Der Sanitäter überprüfte erneut Allies Vitalwerte und trug sie auf einem Bildschirm ein. „Und wie es aussieht, ist euer Geburtsteam schon bereit."

„Team? Wir haben ein Team?", keuchte Allie.

„Anscheinend schon. Ich bin sicher, Emma hat es neulich erwähnt, aber ich habe nicht so genau zugehört."

„Verdammt, es tut weh. Was ist mit Mom? Hast du meine Mom angerufen?"

„Ich habe alle angerufen. Laura, meine Eltern, Peg. Alle. Ich habe zuerst Emma angerufen, und sie hatte die Aufgabe, alle anderen anzurufen, also bin ich sicher, dass sie es getan hat."

„Okay, gut."

„Jetzt at..." Ich hörte auf, bevor sie wieder Feuer spuckte.

„Und Laura? Kommt sie? Wo ist Julian? Julian war im Haus."

„Sie kommen alle, und du machst das großartig. Julian holt Kendra ab."

Ich wollte sie nicht an die Szene im Haus erinnern, bei der mein Bruder Fragen der Polizei beantwortete.

„Alle werden die Babys sehen wollen."

Sie lächelte und atmete kürzer. „Okay, okay. Ich brauche Medikamente. Viele Medikamente. Die Babys kommen. Ich weiß nicht, ob ich das kann." Sie lächelte, bevor sie durch eine weitere Wehe schrie.

„Ja, die Babys kommen." Ich strich ihr die Haare aus dem Gesicht. „Und ich weiß, dass du das kannst, weil du stark bist. Brich durch den Schmerz."

Sie griff nach dem Laken. Ihre Lippen verzogen sich zu einer dünnen Linie und unterbrachen ihren angestrengten Atem. „Es gibt definitiv etwas, das ich jetzt brechen möchte, Tristan, und ich flehe dich an, wegzugehen, weil ich mich nicht kontrollieren kann."

„Ich verlasse dich keinen Moment. Nicht jetzt und nicht in Zukunft."

„Auch wenn ich dich breche."

„Selbst wenn du mich brichst. Jetzt atme. He-he-haw."

„Das ist es nicht. Es ist hee-hee-hoooo."

„Gut, dann mach es einfach so: hee-haw-hoooo."

Der Krankenwagen kam sanft zum Stehen, und die Tür öffnete sich weit zu einer Gruppe von Ärzten. Ich folgte ihnen, als sie Allie auf der Trage herausrollten und ins Krankenhaus brachten. Wir rasten durch den Flur, bogen ein paar Mal um die Ecke, und dann reichte mir jemand einen blauen Kittel. Alles passierte so schnell. Die Wehen, der Ansturm von Ärzten und Krankenschwestern und Allies angestrengtes Atmen. Ihre ängstlichen Augen trafen meine. „Ich weiß, es sind meine ersten, aber sie kommen, Tristan. Sie kommen jetzt. Ich muss pressen."

Die nächsten Minuten vergingen wie im Nebel. Die Krankenschwestern und Ärzte bewegten sich wie eine koordinierte Armee durch den Raum. Keine Zeit für eine Epiduralanästhesie. Allie war vollständig geöffnet. Sie presste stark.

„Herr Silver, können Sie etwas näher kommen?", fragte der Arzt. „Sie werden gleich ein Baby bekommen."

„Was ist mit meinen Medikamenten? Ich brauche Medikamente." Allie presste mit der Wehe.

„Dafür ist keine Zeit, Frau Silver. Sie sind vollständig geöffnet."

„Du machst das großartig, Schatz. Du machst das großartig."

„Der Druck." Sie beruhigte ihren Atem, griff nach der Bettkante und stemmte sich ins Bett, während sie presste. „Ahh!"

Heilige Scheiße, kein Wunder, dass das echt Frauensache ist. Ich konnte mir nicht mal vorstellen, einen Basketball durch meinen... oh Gott! Der Raum drehte sich. Meine Sicht verengte sich und ich wäre fast ohnmächtig geworden, bis ich den Arzt wieder hörte.

„Okay, Frau Silver. Der Kopf ist draußen, und ich brauche noch einen kräftigen Pressvorgang bei der nächsten Wehe. Bereit?"

Allie nickte hastig, biss die Zähne zusammen, schloss die Augen, zog die Schultern nach vorne, zog ihr Kinn zur Brust und presste. Sobald die Schultern durch waren, glitt der Rest des Babys heraus, und sein Schrei war der glücklichste Klang, den ich je in meinem Leben gehört hatte.

„Herzlichen Glückwunsch, Herr und Frau Silver, Sie haben einen Jungen."

Die Welt um mich herum verschwand. Irgendwo in der Ferne hörte ich, wie unser erstes Baby den Krankenschwestern übergeben wurde, wo sie ihn reinigten, aber ich konnte Allies Hand nicht loslassen. Ich wischte ihr den Schweiß von der Stirn und küsste sie. „Wir haben einen Jungen. Noch einer, Allie. Noch ein paar Mal pressen und du hast es geschafft."

„Um Emmas willen hoffe ich, dass sie sich nicht für Barney entschieden hat", kicherte Allie, bevor ihre nächste Wehe einsetzte. Ich ließ sie meine Hand fest drücken, denn das war das Mindeste, was ich tun konnte, wenn sie zwei melonengroße Babys am selben Tag zur Welt brachte.

„Sie werden das gleiche Bedürfnis zu pressen spüren, Frau Silver. Wenn es so weit ist: pressen."

„Es kommt", schrie sie, biss die Zähne zusammen, spannte ihren Oberkörper an und presste.

Der Schrei des zweiten Babys ließ die Welt wieder verschwinden. Mein Fokus wanderte von Allie zum Baby und wieder zurück zu Allie.

„Herzlichen Glückwunsch, es ist ein Mädchen", sagte der Arzt.

„Ein Mädchen? Wir haben einen Jungen und ein Mädchen?", fragte ich, als sie das Baby der Krankenschwester übergab.

„Er hat acht Punkte auf der Apgar-Skala", hörte ich die andere Krankenschwester sagen und warf einen Blick hinüber, als sie die Kinder reinigten, maßen und wogen.

„Sie hat ebenfalls acht Punkte."

„Das ist gut, oder?", fragte ich, aber der Arzt konzentrierte sich auf Allie.

„Das ist sehr gut. Jetzt brauche ich noch einmal ein sanftes

Pressen, Frau Silver." Der Arzt konzentrierte sich auf Allies Unterleib, und Allies Augen weiteten sich.

„Ist da noch ein drittes drin?"

„Nein. Es ist nur noch die Plazenta."

Allie strengte sich noch einmal an, presste noch einmal kräftig und sank dann erleichtert ins Bett zurück. Ich wischte ihr den Schweiß von der Stirn. Beide Babys schrien auf und trieben ihr einen frischen Tränenstrom übers Gesicht.

„Sie sind da", flüsterte ich, ließ meinen Blick über ihre kleinen Körper gleiten und sah dann wieder zu Allie. „Sie sind rosa und perfekt."

Sie waren nicht gerade rosa – eher pfirsichfarben, mit weißem Zeug in den Ellbogenfalten –, aber sie waren trotzdem perfekt: klein, aber gesund. Und sie waren die unglaublichsten zwei kleinen Dinge, die ich je in meinem Leben gesehen hatte. Ich hatte mich in sie verliebt, als sie noch in meiner Frau schliefen, und jetzt verliebte ich mich wieder in sie.

Allie grinste von einem Ohr zum anderen. Gerötete Flecken waren über ihre Arme verteilt.

„Geht es ihnen gut? Sie sind zu früh. Bitte sagen Sie mir, dass es ihnen gut gehen wird."

„Den Babys geht es prima. Sie werden beide noch ein paar Tage im Krankenhaus bleiben, aber alles andere sieht bisher gut aus."

„Gott sei Dank!" Ich verstärkte meinen Griff um ihre Hand und küsste ihre Stirn. „Geht es dir gut?"

„Ja, ich glaube schon."

„Du hast es geschafft, Allie."

„Wir beide haben es geschafft." Sie schloss die Augen. „Wir beide haben es geschafft."

„ZWEI?! Ihr wusstet von Zwillingen und habt echt die Klappe gehalten?!" Emma fuchtelte mit den Armen in der Luft herum. Danach brachte sie kein Wort mehr heraus. Ihr Mund öffnete und schloss sich lautlos, wie ein Karpfen auf dem Trockenen, während sie die Zwillinge in den Inkubatoren anstarrte.

„Wir wollten dich überraschen, Ems", sagte ich ihr.

Ich kämpfte gegen den Drang an, ein Foto meiner sprachlosen Schwester zu machen. Schließlich wusste ich, dass ich Hilfe beim Babysitten brauchen würde. Meine Mutter saß auf dem Stuhl neben den beiden Inkubatoren und strich sanft mit dem Handrücken über Faiths Arm. Peg saß auf der anderen Seite, starrte ihre Enkelkinder an und wischte sich alle paar Augenblicke die Tränen weg.

„Ihr habt zwei Babys. Ich bin eine doppelte Tante", sagte Emma.

„Dreifache Tante." Ich zeigte auf die Babywiege mit Baby Faith. „Technisch gesehen-"

„Bitte, keine Spitzfindigkeiten mehr. Sag es einfach, wie es ist."

Ich streckte meine Hand aus, den Daumen eingeschlagen. „Wenn du TJ mitzählst, haben wir vier Kinder. Du bist eine vierfache Tante, Ems."

„Ich bin eine vierfache Tante?" Sie setzte sich auf den Stuhl neben Allies Bett und starrte ins Leere.

„Du bist die beste Tante, die sich diese Babys wünschen konnten." Allie rutschte im Bett herum. Sie hatte während der Geburt viel Blut verloren, und ihre müden Augen konnten sich kaum offen halten.

„Weißt du, Ems, du lässt nach. Ich werde einige deiner Trainingseinheiten überdenken müssen." Ich überprüfte Allies Krankenakte und die neuesten Blutwerte.

Sie schoss vom Stuhl hoch und stellte sich hinter mich. „Was meinst du damit, ich lasse nach?"

Ich schloss Allies Akte und legte sie beiseite. „Die gefälschten

Blutwerte, die du gemacht hast, als Allie zum ersten Mal erfuhr, dass sie schwanger war, zeigten höhere Hormonspiegel als bei einer normalen Schwangerschaft zu erwarten wären. Du hättest die Erste sein müssen, die wusste, dass wir Zwillinge bekommen."

„Was für gefälschte Blutwerte?", fragte meine Mutter. „Emma, was hast du getan?"

„Ich verspreche, es war keine große Sache." Sie klimperte mit den Wimpern in Richtung unserer Mutter. „Das Wichtigste ist doch, dass wir zwei gesunde Babys haben. Drei. Du bist jetzt Oma, Mom, und ich bin eine vierfache Tante."

Meine Schwester lenkte Wilmas Aufmerksamkeit nahtlos zurück auf die Babys. Die Tür öffnete sich und Julian schaute herein, wobei er mir bedeutete, nach draußen zu kommen.

„Entschuldigt mich einen Moment." Ich verließ meine Familie im Zimmer und trat hinaus auf den Flur, wo Julian auf und ab ging. Blut hatte seine Jeans und sein Hemd befleckt.

„Die Putzkolonne sollte sich um dieses Chaos kümmern." Ich zeigte darauf.

„Ich bin ausgerutscht, bevor sie saubermachen konnten, und wir sind direkt ins Krankenhaus gekommen, nachdem ich mit der Polizei fertig war."

„Wie geht es Kendra?"

„Sie steht unter Beobachtung. Was, wenn sie nach all dem wieder rückfällig wird?"

„Sie hat Allies Leben gerettet."

„Ich weiß, aber was, wenn sie ... was, wenn sie mir nicht verzeiht?"

„Wofür? Dass du dein Wort gehalten hast? Dass du sie all die Jahre beschützt und aus Schwierigkeiten herausgehalten hast?"

Er lehnte sich mit dem Rücken gegen die Wand und senkte die Hände auf seine Knie.

„Ich habe mein Wort nicht wirklich gehalten, oder? Ich habe die Tochter meines besten Freundes genommen und sie ruiniert. Ich habe Jahre damit verschwendet, gegen sie zu kämpfen, aber sie war so jung. Sie ist immer noch jung, und ich bin der Arsch, der sich in sie verliebt hat. Ich weiß nicht mehr, wo ich die Grenze ziehen soll."

„Was du dich fragen solltest, ist, ob du überhaupt eine Grenze ziehen solltest. Sie hat mehr durchgemacht als Menschen, die doppelt so alt sind. Du solltest vergessen, dass überhaupt eine Grenze existiert."

„Du hast wahrscheinlich recht." Er stand auf. „Aber wir haben noch mehr Probleme vor uns."

Ich konnte mir nicht vorstellen, was das sein sollte, denn ich hatte drei gesunde Babys auf der anderen Seite des Flurs und eine erschöpfte, aber glückliche Ehefrau. Ganz zu schweigen von einer aufgeregten Schwester, die gerade eine vierfache Tante geworden war.

„Was ist es?", fragte ich ihn. „War es nicht Wright in der Küche?"

„Doch, er war es. Das weiß ich ganz sicher."

„Sein Kopf war zertrümmert, und ich bin mir sicher, dass die DNA-Ergebnisse nicht so schnell da sind."

„Was sagt Allie?", fragte er.

„Sie sagt, es war Wright. Er hat ihr erzählt, dass wir damals auf der Farm einen Doppelgänger getötet haben. Simone hat das Ganze orchestriert."

„Apropos Teufelsbrut, sie haben sie eingeliefert."

„Du meinst, in dieses Krankenhaus?"

„Ja. Diesmal hat sie tief genug geschnitten, dass sie sie hier behalten müssen."

„Sind die Wachen bei ihr? Ich will erhöhte Sicherheit."

„Schon erledigt."

Julian tigerte rastlos zwischen mir und Allies Tür hin und her. Er sah aus, als hätte er nicht nur einen Marathon gelaufen, sondern auch noch die Hölle gesehen.

„Was ist das andere Problem, Julian? Was verschweigst du mir?"

Er hielt inne, blickte auf und atmete tief aus, als hätte er den Atem jahrelang angehalten. „Kendra hat sich erinnert."

„Was?"

„Ich glaube, sie hat sich erinnert. Sie sagte wenig, aber nein, nein ... ich bin mir sicher, sie hat sich erinnert."

„Okay, okay. Damit haben wir doch gerechnet, oder? Du wolltest das doch."

„Stimmt."

„Donaldson sitzt im Gefängnis und die Hartleys sind tot. Alles wird gut. Möchtest du jetzt deine Nichte und deinen Neffen sehen?"

„Moment, was?"

„Allie hat Zwillinge bekommen. Komm schon, sieh sie dir an. Ich weiß, die Babys werden dir ein Lächeln ins Gesicht zaubern, Onkel Julian. Heute ist ein freudiger Tag. Wir können uns um alles andere kümmern, nachdem wir wenigstens ein paar Minuten Frieden genossen haben."

Unser Vater und TJ kamen mit Tabletts voller Kaffee zurück, lächelnd und scherzend. Julian entspannte sich endlich ein wenig. Ich hatte das Gefühl, dass alles gut werden würde.

„Worüber sprecht ihr beiden?", fragte mein Vater.

„Nichts, Papa."

„Hör auf mit dem Quatsch, Tristan. Jetzt hört ihr beide auf, über Geschäfte zu reden, und nehmt euch einen Moment Zeit, um das Wunder in diesem Zimmer zu genießen." Er zeigte auf die Tür und öffnete sie. „Kommt schon."

Ich hob die Augenbrauen in Richtung meines Bruders und er kicherte. „Ich frage mich, nach wem du kommst."

Wir folgten unserem Vater zurück ins Zimmer. Allie öffnete die Augen. Es würde nicht lange dauern, bis sie wieder einschlief. Sie hatte bereits zweimal Milch für die Babys abgepumpt und wirkte erschöpft.

„Also, Ems. Habt ihr den Babys schon Namen gegeben?", fragte mein Vater.

„Namen? Oh mein Gott! Ich habe die Namen total vergessen. Na ja, ich habe einen, aber ich wusste nichts von dem anderen, und jetzt passen sie nicht zusammen-"

„Ist schon gut, Emma. Hast du einen Namen?"

„Nun, ihr habt mir gesagt, dass es ein Junge wird."

„Stimmt."

Sie wandte sich Allie zu und sagte: „Also dachte ich, vielleicht Raleigh, nach deinem Vater - Ray Green."

Peg stockte der Atem, und Allie brachen die Tränen aus den Augen. „Ich liebe es, Ems. Es ist perfekt."

Ich reichte ihr ein Taschentuch und sie putzte sich die Nase.

„Und was ist mit dem Mädchen?", Emma fummelte an ihren Fingern herum. „Wie sollen wir das Mädchen nennen?"

Ich nickte Allie zu.

„Wie wäre es mit Rose?", fragte Allie.

„Rose?" Emmas Kopf schnellte hoch. „Aber ich bin Emma Rose."

„Wenn es dir nichts ausmacht, würden wir gerne, dass diese Kleine nach deinem zweiten Namen benannt wird."

„Nach mir?"

„Nach der besten Tante der Welt, weil unser kleines Mädchen genauso einzigartig, liebevoll und schön ist wie du, Emma."

Da war es wieder: dieser seltene Moment, in dem meine Schwester keinen Ton von sich gab. Aber das machte nichts, denn sie würde es mit Schlafliedern, Alphabetliedern und Rätseln wieder wettmachen. Als meine Familie lachte und weinte, wurde mir klar, dass die Frau, die ich in meinem Haus und in meinem Bett haben wollte und die ich bald dort haben würde, mir die Art von Liebe und Erfüllung gab, die ich nie erwartet hatte.

Kapitel 21

Allie

Ich öffnete die Augen, als es leise an meiner Krankenhaustür klopfte. Ich sah Lauras Kopf hereinlugen.

„Hey, bist du anständig?", fragte sie.

„Komm rein. Danke für die Blumen und die Kuscheltiere. Wo ist Foxy?"

Ihr Lächeln wurde breiter. „Bei James."

„Gut. Das ist fantastisch." Meine beste Freundin und ihr Kindesvater waren das perfekte sturköpfige Paar, das sich gegenseitig ergänzte.

Das Geräusch von fließendem Wasser lenkte Laura ab.

„Emma ist im Bad. Die Aufregung hat ihr Durchfall beschert."

„Ich kann euch hören", rief sie. „Und das ist nicht lustig. Ich glaube nicht, dass ich so nach Hause gehen kann."

„Warum nicht?", hakte Laura nach.

„Weil ich mir in die Hose kacken werde."

„Ich kann dir ein paar Erwachsenenwindeln besorgen, Ems."

„Das ist nicht lustig! Verdammt, das tut weh!"

„Soll ich eine Krankenschwester rufen?", fragte Laura.

„Noch nicht", rief Emma. „Da kommt noch mehr."

„Das hört sich gar nicht gut an. Dieses Krankenhaus hat doch keine Chicken Nuggets, oder?" Laura machte es sich neben mir bequem.

„Nicht dass ich wüsste."

„Wie fühlst du dich, Mama?"

„Gut. Wund und schwach, aber gut. Tristan ist endlich nach Hause gegangen, um sich umzuziehen, sollte aber bald zurück sein, und die Familie wechselt sich ab, um bei mir zu bleiben. Was ist mit dir? Ich vermisse dich. Ich vermisse Foxy."

„Mir geht's auch gut. Glaube ich. Wir finden uns zurecht. Ich dachte, du solltest wissen, dass Wilma und Fred eine Party planen, wenn du zurückkommst. Sie sagten, es sei nur für die Familie, aber alle sind eingeladen. Und ich meine alle. Sogar die Wagners."

Ich sank zurück in mein Kissen und schloss die Augen. „Fast wie vor dreieinhalb Jahren in Colorado."

„Nur ohne die Lawine."

„Ich habe an diesem Weihnachten viel verpasst, oder?"

„Ich habe aufgefangen, was du verpasst hast. Meinen Silver Fox."

Tatsächlich war ich mir sicher, dass ich nichts verpasst hatte. Ich hatte vielleicht einen anderen Weg genommen, um dorthin zu gelangen, aber ich hatte meinen eigenen silbernen Boss mit goldener Erfahrung und sehr begabten Fingern.

„Allie? Hörst du mir zu?"

„Ähm, nein. Wiederhole bitte."

„Marissa geht es gut, und dem Baby auch. Sie ist in einer Unterkunft und erhält Hilfe und Beratung."

„Oh gut. Ich hatte gehofft, dass du das sagst."

„Herrgott, siehst du müde aus."

Müde? Das trifft es nicht mal ansatzweise. Ich bin völlig am Ende.

„Danke. Sie haben mich gnadenlos aufgerissen. Es wird noch ein paar Tage dauern, bis ich laufen kann, was in Ordnung ist, weil sie noch nicht bereit sind, nach Hause zu gehen. Ich bin auch noch nicht bereit, nach Hause zu gehen, aber zum ersten

Mal in meinem Leben fühlt es sich an, als wäre es endlich vorbei."

Ich blickte zu meinen schlafenden Engeln. Mein Gott, mein Herz hatte sich noch nie so voll angefühlt. Und ängstlich. Sie waren großartig, wenn sie schliefen, aber wenn sie hungrig waren, weinten sie alle gleichzeitig. Dann kamen die Windeln und Tabellen. Ich war mir nicht sicher, wie ich zu Hause damit Schritt halten würde.

Laura berührte meinen Arm, und ich zuckte zusammen. „Du hast jedes Recht, dich überfordert zu fühlen, aber du bist nicht allein, und du bist stark."

„Danke. Ich denke, ich werde eine Weile von zu Hause aus arbeiten."

Sie lachte und verdrehte dann die Augen. „Du machst Witze, oder? Hör zu, mit einem Baby hast du kaum genug Zeit, um genug Mist zu essen, um die schlaflosen Nächte und stinkenden Windeln durchzustehen. Mit dreien ... Mensch, Mädel, du tust mir echt leid."

„Ich dachte, du hättest gerade gesagt, ich solle mich nicht überfordert fühlen?"

„Das bleibt so. Du solltest es nicht, auch wenn du es bist. Schlaf einfach, wenn die Babys schlafen. Ich mache mir mehr Sorgen darüber, dass du nach Hause zurückkehrst."

„Du meinst wegen Wright?"

Sie nickte.

„Er ist tot, Laura. Ich habe gesehen, wie er gestorben ist, also weiß ich, dass er nie wieder aufstehen wird. Er ist endlich tot. Dieser Bastard verdient keine weitere Sekunde meiner Zeit. Diese Babys verdienen meine ganze Zeit und Aufmerksamkeit."

„Das ist die Allie, die ich kenne."

„Ich muss mich nur ausruhen, solange ich kann." Ich schloss meine Augen.

Die Krankenhaussprechanlage schaltete sich ein. „Code Gelb, Code Gelb."

„Was ist Code Gelb?", wollte Laura wissen. Sie ging zur Tür und öffnete die Jalousie, die das kleine Fenster bedeckte. Dahinter herrschte ein Tumult von Ärzten und Sicherheitspersonal, die durch den Flur eilten.

„Das ist ein vermisster Patient", rief Emma aus dem Badezimmer.

„Ich gehe nachsehen und bin gleich wieder da. Du bleibst hier."

„Okay."

Als ob ich irgendwohin gehen könnte! Ich hatte Schwierigkeiten, mich aufzusetzen, und hatte noch nicht versucht aufzustehen, außer wenn ich zur Toilette ging. Der Alarm piepste über mir und wiederholte Code Gelb, und ich muss schnell eingeschlafen sein, denn als ich die Augen wieder öffnete, stand Simone am Tropf neben meinem Bett. Ihre Handgelenke waren bandagiert, und ein Schnitt zog sich durch ihre Wange, gehalten von frischen Stichen.

„Simone?", keuchte ich. „Was machen Sie hier?"

„Sie haben mein Baby genommen", flüsterte sie.

Ihre Lippen waren aufgesprungen und bluteten, und ihre Augen waren tiefer eingesunken als bei unserem letzten Treffen.

„Ich glaube nicht, dass Sie hier sein sollten, Simone."

Eine Träne lief an der Seite ihres Nachthemds herunter. Ihre Hände waren blutig von den offenen Wunden, die sie freigelegt hatte, und ihre Stirn war mit Schmutz und Blut verschmiert.

„Ich will mein Baby." Sie trat näher.

„Lassen Sie uns einen Arzt holen und sehen, was wir tun können." Ich griff nach dem Rufknopf, aber sie riss das Kabel heraus, bevor ich ihn drücken konnte. Ich drückte mich auf meinem Bett hoch, bis ein Stich zwischen meinen Beinen platzte. Ein stechender Schmerz durchzuckte mein Inneres.

Simone neigte ihren Kopf zur Seite. „Sind Sie eine Katze?"

Hatte sie schon den Verstand verloren?

„Was? Nein, ich bin keine Katze."

„Sie haben neun Leben. Egal wie oft ich es versuche, Sie bleiben am Leben. Sie stehlen mein Leben, meinen Verlobten und mein Baby, und nichts, was ich tue, kann Sie töten."

Sie schlurfte näher ans Bett und griff in ihre Tasche. „Außer das hier."

„Sie brauchen Hilfe", flüsterte ich. „Wir können Ihnen die Hilfe besorgen, die Sie brauchen."

Aber sie ignorierte mich und zog eine Spritze aus der Tasche. Ich schüttelte den Kopf.

„Wir haben es bei Ihrer Freundin Kendra benutzt." Sie kicherte. „Ein bisschen davon wird Sie ausknocken. Die Mädchen nannten es die Wunderdroge, weil es sie umhaute. Es half ihnen so zu tun, als wären sie nicht meine Huren."

Mein Magen drehte sich, und ich wollte mich übergeben.

„Aber so viel" – sie tippte auf das Plastikrohr – „davon wachen Sie nicht mehr auf."

Sie befestigte das Ende an meinem Tropf und drückte darauf, um die Flüssigkeit hineinzupressen. Ich sah zu, wie sie aus dem Beutel floss und in den Tropf gelangte.

„Simone. Das können Sie nicht machen." Ich zog an der Infusionsleitung und versuchte, sie aus meinem Arm zu reißen, bevor die Flüssigkeit durchkam, aber sie packte meine Hand und hielt sie fest.

Das passiert nicht wirklich. Ich kann nicht zulassen, dass sie das tut.

„Hilfe! Irgendjemand, helft mir!", schrie ich.

Sie griff nach dem zusätzlichen Kissen auf einem Stuhl und warf es in meine Richtung.

„Halt die Klappe! Halt die Klappe, oder ich erwürge Sie."

„Ich brauche Hil-"

Ein lauter Schlag ertönte von dort, wo sie stand, und sie erstarrte. Simones Mund öffnete sich, und ihre Augen wurden tellergroß. Sie ließ meinen Arm los, und ihre Knie gaben nach, als sie zu Boden sank. Emma stand hinter ihr mit dem Deckel eines Toilettenbeckens in den Händen.

„Ich mochte diese Schlampe noch nie. Simone Hartley, Sie haben das Recht zu schweigen." Ihr Grinsen verblasste, und sie sah zu mir auf. „Geht es dir gut?"

Ich nickte schnell und riss die Infusionsleitung aus meinem Arm. Emma ließ die Keramik auf den Boden fallen und eilte zur Tür. „Sicherheit! Ich habe Ihre vermisste Patientin gefunden."

Eine Schar von Krankenschwestern, Ärzten und Sicherheitspersonal füllte den Raum. Sie überprüften meine Vitalzeichen. Weitere Ärzte beugten sich über Simone, bevor sie sie bewusstlos auf eine Trage legten. Das Sicherheitspersonal fesselte sie ans Bett.

„Wenn mein Bruder diese Frau nicht in ein anderes Krankenhaus verlegt, werde ich es tun."

„Danke, Ems. Du hast mein Leben gerettet."

„Dafür sind Schwestern da. Und du bist jetzt und für immer meine Schwester."

Sie saß neben mir, während die Krankenschwester mich für eine neue Infusionsleitung pikste. Die Ärzte schoben Simone zusammen mit dem Sicherheitspersonal aus dem Zimmer, gerade als Tristan und Laura durch die Tür stürmten.

„Was zum Teufel ist passiert? Sieht aus, als hätte jemand ihr ordentlich die Lichter ausgeknipst. Ich gehe für eine Minute weg, und ihr macht eine Verhaftung?", sagte Laura und stellte sich auf die andere Seite meines Bettes.

„Das war ich. Ich habe ihr zugesetzt. Wir haben niemanden verhaftet. Sie hat versucht, Allie zu töten, und dieses Mal wird sie für immer weggesperrt", erklärte Emma.

„Ich verlasse deine Seite nicht mehr", versicherte Tristan, der neben mir stand.

„Das ist nicht deine Schuld. Es ist niemandes Schuld, aber Simone braucht Hilfe. Echte Hilfe." Ich starrte ihn an und beobachtete seine Augen, während ich auf eine Antwort wartete. „Sie hat niemanden und ist verloren."

„In Ordnung. Ich werde dafür sorgen, dass sie die richtige

Hilfe bekommt. Ich verspreche es." Er beugte sich hinunter und zog meinen Kopf an seine Brust, hielt mich dort fest. „Ich weiß nicht, was ich getan hätte, wenn ich dich verloren hätte."

Es klopfte an der Tür, und der Sicherheitschef trat ein.

„Alles in Ordnung? Die Ärzte sagen mir, dass Frau Hartley eine Verletzung am Hinterkopf hatte."

„Das stimmt." Emma stand auf. „Ich habe ihr eins übergebraten, bevor sie meine Schwägerin umbringen konnte. Das war Notwehr."

„Nicht ganz", flüsterte Tristan und zog sie am Arm, damit sie still war.

Emmas erschrockenes Gesicht wandte sich Tristan zu. „Werden sie mich anklagen?"

„Niemand wird dich anklagen. Es war deren Fehler, einen Sträfling entkommen zu lassen. Du hast das großartig gemacht, Ems. Ihr beide habt das großartig gemacht."

Tristan blieb von diesem Moment an bei mir und den Babys, bis die Ärzte uns alle über eine Woche später entließen. Er ließ Emma Kaffee und Sandwiches holen, während er die Babys badete und wickelte. Seine großen Hände zu beobachten, wie sie ihre zerbrechlichen Körper handhaben, tat etwas Seltsames mit mir. Es traf diesen Mutterinstinkt, bei dem ich meinen Mann so attraktiv fand. Meine Zehen kribbelten. Nur konnte ich ihn nicht haben, weil ich wund und geschwollen war. Und geil.

„Ich habe dieses lebensrettende Ding besorgt, das deinem ... Sitz Erleichterung verschaffen soll." Er fummelte an dem aufblasbaren Donut herum und ich lachte, während ich die Babys für ihre Fütterungen vorbereitete.

„Danke."

„Vielleicht solltest du dich setzen. Du bist schon auf den Beinen seit ..." Seine Arme fielen an seinen Seiten herab. „Ich kann mich nicht mal erinnern, wann du dich das letzte Mal hingesetzt hast."

„Der Arzt sagt, ich werde schneller heilen, wenn ich mich

bewege." Ich stellte die Babyflasche ab, ging zu Tristan hinüber und küsste ihn hart auf die Lippen. Ahh, dieser Mund und diese Zunge machten mich betrunkener als jeder Tequila. Als ich mich zurückzog, verzog sich die Narbe auf seiner Lippe zu einem Lächeln.

„Ich verstehe", knurrte er. „Wenn Laufen das ist, was du brauchst, wirst du die Gelegenheit dazu bekommen, wenn wir heute Nachmittag zu meinen Eltern gehen."

„Moment mal, was?" Ich hielt inne. „Ist das die Party, die Laura erwähnt hat? Wo alle da sein werden?"

„Wahrscheinlich."

Ich sackte zusammen. „Ich werde so müde sein. Wir haben drei Babys. Na ja, ich kann zwei tragen, und wenn sie weinen, nimmst du eins. Ich schätze, zwischen uns beiden könnten wir das schaffen. Mein Punkt ist-"

„Ich glaube, du siehst den Punkt nicht, Schatz. Wir gehen zu einer Party mit einer übereifrigen Tante und zwei Großmüttern, die unsere Kinder nicht aus den Augen lassen werden. Das ist eine Gelegenheit zum Entspannen: die Seele baumeln lassen und nichts tun. Aber wenn du lieber herumlaufen möchtest, kannst du herumlaufen. Es gibt eine Hängematte unter den Glyzinienblüten im Garten meiner Mutter." Er wackelte mit den Augenbrauen. „Es ist nur ein Familientreffen. Ganz entspannt."

Es wäre schön, für einen Moment abzuschalten und die Veränderung und all die Segnungen zu genießen, die uns zuteil geworden waren.

„Okay, lass es uns machen."

„Noch nicht." Er packte mich an den Hüften, drehte mich herum und drückte mich gegen den Kühlschrank. Die Luft entwich aus meinen Lungen.

„Mr. Silver, wenn Sie versuchen, mich zu verführen-"

„Nicht verführen."

Seine Hand wanderte meinen Oberschenkel hinunter, und er

schob mein Kleid nach oben, wobei er mit seinen Fingern über meine Haut strich. „Ich werde dich zum Kommen bringen."

Mein nächster Atemzug stockte und mein Körper versteifte sich bei dem Gedanken, dass er mich dort berühren würde, wo ich wund von der Geburt der Zwillinge war. So sehr ich es auch wollte, ich konnte ihn mich noch nicht berühren lassen.

„Entspann dich, Allie", flüsterte er in mein Ohr. „Es wird nicht wehtun. Ich weiß, was ich tue."

Er zog seine Hand unter meinem Kleid hervor, leckte großzügig die Spitze seines Fingers und glitt damit zurück unter mein Höschen, direkt über meine Klitoris. Ich erschauderte bei dem Gefühl seiner kalten Haut auf meinem erhitzten Fleisch.

„Oh mein Gott." Ich schloss meine Augen und gab mich den sanften Kreisen über meiner Schwellung hin.

Sein Mund zog eine Spur von Küssen vom Träger auf meiner Schulter, über meinen Hals und entlang des Kieferknochens, bis seine Lippen die meinen fanden und mich auf eine Reise mitnahmen. Ich hob meine Hände, um ihn näher zu ziehen, aber er packte meine Handgelenke und pinnte sie über meinem Kopf fest. Ich wand mich unter dem Druck seines Mundes und den verlockenden Zungenschlägen, gab mich seinen führenden Fingern hin und drückte mein Verlangen in seine Hand. Der Druck explodierte und Erleichterung zuckte durch meinen Körper. Ich zitterte in seinem Griff, als der Orgasmus sich mit seinen langsamer werdenden Bewegungen legte. Meine Augen fühlten sich schwer an und mein Körper erschöpft. Ich klammerte mich an Tristans Arme, um Halt zu finden.

„Warum legst du dich nicht hin? Ich wecke dich rechtzeitig, damit du dich vor der Party umziehen kannst."

„Was ist mit den Kindern?"

„Ich hab das im Griff, und ich kann um Hilfe bitten, wenn ich sie brauche." Er küsste meine Stirn und meine Augen schlossen sich bereits. Ich mochte erschöpft gewesen sein, aber ich war noch nie so glücklich und erfüllt in meinem Leben.

SILBERNE DEKORATIONEN WIRBELTEN zwischen dem Blau und Rosa. Emma musste Blumen aus jedem Laden im Staat bestellt haben, denn die Sträuße stachen in jedem Eingang und jedem Raum hervor.

Wilma und Fred hatten ein privates Catering engagiert, um uns alle zu Hause willkommen zu heißen, und alle versammelten sich im Garten. Ich legte meine Füße auf die gepolsterte Korbliege unter einem Sonnenschirm. Faith schlief, und die Großmütter kuschelten mit den Zwillingen.

Gabe und Sam waren für diesen Anlass aus Österreich mit ihrem Neugeborenen eingeflogen, und Sam stillte das Baby oben. Tristan stand neben seinen Cousins, jeder mit einem Scotch in der Hand, und warf alle fünfundvierzig Sekunden einen Blick auf die Babys.

„Schau." Laura startete ihre Stoppuhr. „Es ist, als hätte er eine Uhr in diesem Gehirn."

„Hast du nichts Besseres zu tun, als zu messen, wie oft mein Mann nach den Babys sieht?"

Sie legte ihr Handy beiseite. „Natürlich habe ich das. Ich ertrinke förmlich in Fällen und Akten. Die Hartleys sind vielleicht weg, aber der Schaden ist angerichtet. Die Wagner-Anwälte waren allerdings großartig, denn Infinity ist ein Monster."

Hartleys Organisation hatte einen unaufhaltsamen Verbrechensring geschaffen, und die Wagner-Brüder steckten mittendrin in der Operation. Laura fand Arbeit für Marissa im Café im Erdgeschoss. Sie fügten einen Kinderbetreuungsbereich hinzu, und das Geschäft blühte durch die Unterstützung, die es der Gemeinschaft bot.

Simones Verurteilung stand nächste Woche an. Sie hatte einen Deal für ein paar Jahre Gefängnis angenommen, in der Hoffnung, Faith und TJ zu sehen. Tristan sorgte für eine fortlaufende Therapie, und vielleicht könnte sie eines Tages, wenn sie gesund wäre, Teil derselben Familie werden, die auch mich mit offenen Armen empfangen hatte.

„Und wie läuft die Arbeit mit James?"

„Es ist... er ist alles, was ich nie erwartet hätte."

Sie blickte über die Terrasse, wo die Silvers sich unterhielten. Der verträumte Blick in ihrem Gesicht war neu, stand ihr aber gut.

Ich fing Tristans Blick auf. Er hatte seinen Bart gestutzt und sah in seinem weißen Hemd einfach zum Anbeißen aus. Er hob sein Glas zum Prost und ich lächelte. „Ich weiß genau, was du meinst."

Der plötzliche Ansturm von Menschen im Seitengarten erschreckte uns beide. Wir beobachteten, wie Julian am Sandkasten vorbeiging, Foxys Kopf tätschelte und direkt auf die Gruppe von Jungs zusteuerte.

„Komm. Da ist was los." Ich erhob mich so schnell, wie mein Körper es zuließ, und wir näherten uns möglichst unauffällig der Gruppe.

Ich fürchtete, mir würden die Nähte platzen, als ich ihre ernsten Gesichter sah.

„Was ist los?", fragte Laura.

„Sie haben Kendra verhaftet." Julians Gesicht verdüsterte sich.

„Wofür?", stieß ich hervor.

„Mord."

Kapitel 1

Julian

Ärger war Katherines zweiter Vorname, und er folgte ihr wie ein Welpe seiner Mutter. Als ich das erste Mal auf sie aufpasste, erfuhr ich, dass Chaos durch die Adern dieses Mädchens floss. Ich war gerade mal achtzehn, und sie verschluckte sich an einem Lego kurz vor ihrer Taufe. Meinem Lego. Jake und Ashley hätten mich geviertelt, wenn ihrer kleinen Tochter etwas zugestoßen wäre, aber ich rettete die kleine Katherine, weil ich eben ein geborener Held bin. Es stellt sich heraus, dass das gar nicht so schlecht ist, wenn man Bodyguard ist. Und Jake und Ashley haben nie davon erfahren. Sie haben auch nie von der Socke erfahren, die sie die Toilette runtergespült hat. Ich verbrachte einen halben Tag damit, die verdammte Toilette zu entstopfen. Oder von dem Mal, als sie in den Pool fiel, weil die Wartung das Tor nicht abgeschlossen hatte.

Wie gesagt, sie hätten mich umgebracht. Im Laufe der Jahre wuchs Katherine heran, und ich entlastete Ashleys und Jakes vollen Terminkalender, indem ich babygesittet habe. Ich ging mit einem Kinderwagen durch den Park, während Jake seinen politischen Was-auch-immer-Doktor zusammen mit seiner Frau machte, die irgendwo auf einer Parkbank büffelten. Ich machte meinen Abschluss an der NYU und tat das, was alle Silvers am besten können: Kontakte knüpfen. Dazu kamen Schulungen. Verflucht noch mal, so viele Schulungen, weil das nötig war, um ein guter Privatdetektiv zu sein. Und heute Abend brachte mir all dieses Prestige einen späten Notruf von meinen besten Freunden ein.

Ich zog meine Karte am Haupteingang durch und eilte den langen Flur zu meinem Eckbüro hinunter, wo der Nachtwächter an der Tür wartete.

„Sie sind drinnen."

„Gut. Informieren Sie mich sofort, wenn jemand unten klingelt."

„Jawohl, Sir."

Ich stieß die Tür auf. Jake und Ashley sprangen vom Sofa auf mich zu, Jake in einer Jogginghose und Ash in Leggings und Jakes Sweatshirt. Das Vorzeigepaar aus D.C. war auf dem Weg zu einer weiteren Kongressnominierung und einem Sieg, und sie sahen aus, als hätte man sie durch den Wolf gedreht.

„Was ist los?", fragte ich. „Geht es Katherine gut?"

Ash schüttelte den Kopf und weinte, während ihre fünfzehnjährige Tochter hinter meinem Schreibtisch saß und in die Nacht hinausblickte. Der Himmel war klar, und der Mond zeichnete Manhattans wunderschönen Horizont nach, aber wenn ich wetten müsste, achtete mein Patenkind nicht auf die Skyline der Stadt. Ich warf einen Blick zu ihr hinüber. Sie zupfte an der Haut neben einem Nagel, und sie sah absolut fertig aus. Ihr Schottenrock war kürzer, als ich ihn in Erinnerung hatte. Sie musste ihn gesäumt haben, und Ashley muss außer sich gewesen sein. Aber das quirlige und aufgeweckte Mädchen, das ich von Geburt an kannte, schien irgendwie neben der Spur zu sein.

„Nein. Nichts ist okay. Gar nichts."

Ich reichte ihr ein Taschentuch. „Fang von vorne an."

„Es geht um Katherine", flüsterte sie. „Sie steckt in Schwierigkeiten."

Katherine führte ihren Daumen zum Mund und kaute an

ihrem Nagel, während sie auf die Stelle starrte, wo die Flamme der Freiheitsstatue die Nacht erhellte. Ihre leblose Haltung kombiniert mit diesem Starren jagte mir einen Schauer über den Rücken.

„Warum trägt sie ihre Schulkleidung?"

„Wir haben sie vier Stunden nach Schulschluss in unserem Hinterhof gefunden. Es hatte geregnet, und sie war durchnässt und wollte sich nicht umziehen."

„Sind das Blutflecken?"

Ich eilte zum Korb in der Ecke und nahm eine weiße Plüschdecke heraus, ein Geschenk von Stefanie. Die Psychiaterin hatte meinem Büro letztes Weihnachten eine Generalüberholung verpasst – und mir am nächsten Morgen einen geblasen. Ich legte die Decke um ihre Schultern, und Katherine sah auf. Mein Körper wurde taub, als ich ihre Gesichtszüge sah. Ihr langes, verfilztes braunes Haar klebte an ihrem Gesicht und Hals.

„Sie hat nach dir gefragt. Sie sagt, du bist der Einzige, der helfen kann."

Vorsichtig hob ich sie von meinem Stuhl hoch. Ein Päckchen Kaugummi fiel aus ihrer Tasche, als ich sie zum anderen Sofa trug. Dort legte sie sich in Embryonalstellung hin und zitterte.

„Hey, Kay. Du bist jetzt in Sicherheit. Was auch immer passiert ist, wir werden es in Ordnung bringen." Ich wandte mich an ihre Eltern. „Hat ihr jemand wehgetan?" Die Worte kamen kaum über meine Kehle.

„Ich ... ich weiß es nicht. Ich glaube nicht." Ashleys leises Schluchzen brach mir das Herz entzwei.

„Ich kann alles wieder in Ordnung bringen. Egal was es ist, wir können alles wieder in Ordnung bringen."

Katherine drehte sich in Zeitlupe zu mir um und sah zu mir auf. Der Geist, den ich in ihren tellergroßen Augen in Erinnerung hatte, war verschwunden.

Mein Herz beschleunigte sich. Jakes verzweifelter Blick zu seiner Tochter traf mich wie ein Schlag in den Magen.

„Was zum Teufel ist passiert?"

„Ich muss unter vier Augen mit dir sprechen." Jake stand auf. Es war so ernst.

„In Ordnung. Komm mit mir. Ash, wir werden nicht lange weg sein, und ihr seid in Sicherheit. Ihr seid beide in Sicherheit. Das verspreche ich euch."

„Ich weiß, ich weiß." Sie strich sanft über Katherines Arm und flüsterte leise: „Es tut mir leid."

Jake folgte mir durch das drehbare Bücherregal. Ich schenkte uns beiden einen Scotch ein und reichte ihm ein Glas.

„Was ist los?"

„Wir haben bereits mit Fred und Jacob gesprochen. Alle Silvers sind mit dem Plan einverstanden. Ich habe dich früher angerufen, aber du warst nicht erreichbar."

Ich hatte das Büro heute früh für ein Date mit Stefanie verlassen. Jake rief an, ich ging ran und konnte mich damit auf einen frustrierten Abend einstellen.

„Ich hatte ein Date." Ich winkte ab. „Das spielt keine Rolle. Von welchem Plan sprichst du?"

„Julian, du bist ihr Patenonkel. Du kümmerst dich um sie, seit sie in Windeln war."

„Ich liebe sie wie mein eigenes Kind."

„Deshalb weiß ich, dass wir die richtige Entscheidung getroffen haben."

Er reichte mir einen Umschlag, den ich vorher nicht bemerkt hatte. „Falls etwas passiert, hier ist ein Schlüssel zu einem Bankschließfach. Du findest die Anweisungen mit den Dokumenten. Tristan und James bereiten den Einsatz für morgen vor, und ich hoffe, du stimmst dem zu. Wir beide hoffen, dass du dem zustimmst, denn wir brauchen dich als Katherines Vormund. Vorübergehend natürlich."

Wo zum Teufel kam das her, und warum war ich noch nicht aufgewacht?

Mir wurde das Blut aus dem Gesicht gesaugt, und ich stellte

mein Glas beiseite. Ich wusste, dass die Moores mitten in einem Kampf mit dem Kongress steckten, aber mir war nicht klar gewesen, dass sie in Schwierigkeiten waren. „Was zum Teufel ist passiert?"

„Wir müssen für eine Weile untertauchen."

„Ihr geht ins Zeugenschutzprogramm?", vermutete ich.

„Ja, aber wir können Katherine nicht mitnehmen."

„Was? Warum?"

„Das Profil eines Paares mit einer Teenagertochter würde alle anlocken, die wir vermeiden müssen. Es wäre unmöglich, ihr ein normales Leben zu geben, oder so normal wie möglich."

„Das Bundeszeugenschutzprogramm hat damit täglich zu tun. Ich bin sicher, sie können mit Katherine umgehen."

„Aber du bist der Einzige, dem wir vertrauen, ihr das zu geben, was der Zeugenschutz nicht kann: ein Leben. Ein normales Leben."

„Was ist mit Neuseeland? Sie wurde dort geboren."

„Aber ihr Leben ist hier."

„Was für ein Leben, wenn sie sich verstecken muss? Du hast das nicht durchdacht, Jake. Ich bin verdammt noch mal aus gutem Grund ein Single ohne Kinder" Arbeit war mein Leben, und Dates? Die genoss ich hauptsächlich im Bett. Oder an der Wand.

Er schüttelte den Kopf. „Es ist der einzige Weg, sie in Sicherheit zu bringen. Dein Vater und dein Bruder bereiten sich schon auf morgen vor." Er legte einen weiteren dicken Umschlag auf den Tisch. Ich füllte mein Glas nach und leerte es in einem schmerzhaften, aber äußerst befriedigenden Schluck.

„Was passiert morgen? Und was ist mit Katherine passiert?"

„Es gab einen Unfall in der Schule, also kann sie nicht zurück. Sie wird von nun an einen Privatlehrer haben, und wir werden in Kontakt bleiben. Vielleicht nicht sofort, aber bald. Sie wird bei dir bleiben, in der Nähe deiner Eltern. Sie liebt deine Familie, und ich weiß, dass du sie auch liebst. Wir sollten bis zum

Sommer zurück sein." Er sagte es, als würden sie in den Urlaub fahren.

„Jake, ich habe nicht mal ein Kind. Ich habe keine Frau oder Freundin. Wie soll ich erklären, dass ich einen Teenager habe?"

„Das Tolle an dir, Julian, ist, dass du dich anpassen kannst. Und du bist ein guter bester Freund und ein großartiger Patenonkel. Wenn alles nach Plan läuft, wird es nicht lange dauern, bis wir zurück sind. Das FBI wird die Beweise gegen Donaldson finden, und wir sind aus dem Schneider."

„Kongressabgeordneter Donaldson?"

„Der einzig Wahre." Er packte meine Schulter. Als wäre der Deal endgültig. Als hätten wir gerade beschlossen, dass ich die Vormundschaft für die Tochter meines besten Freundes übernehme. Alles unter dem Siegel der Verschwiegenheit.

War er das nicht?

Sie war mein Patenkind, und ich hatte geschworen, sie zu beschützen, wenn ihre Eltern es nicht konnten. Die Antwort auf dieses Versprechen war einfach, und Jake musste es in meinen Augen gesehen haben, denn zusammen mit meinem Heldenkomplex floss eine Flut von Mut.

„Danke. Ich wusste, du würdest es tun."

„Ich habe nicht ja gesagt."

„Deine Augen haben es getan, und das reicht."

Er überreichte mir den anderen Umschlag mit einem dicken Stapel Papiere, beschriftet mit Kendra, den er bis jetzt unter dem Arm gehalten hatte. Wie viele davon hatten sie?

„Wer ist Kendra?"

„Ashley mochte den Namen als neuen für Katherine. Vorerst."

„Und weiß deine Tochter das?"

„Offensichtlich nicht. Wir zahlen dir nicht das dicke Gehalt, damit du alles alleine machst, Julian. Sie wird einen Psychiater brauchen, und ich weiß, dass du einen guten kennst."

Ich konnte Stefanie nicht da reinziehen. Der Grund, warum wir funktionierten, war, dass wir frei von Drama waren.

„Jake, ich weiß, wir sind schon lange Freunde, aber-"

„Aber es gibt niemanden sonst, der diesen Job besser machen kann als du, und ich vertraue niemandem sonst. Du bist ihr Patenonkel, und es ist nur für ein paar Monate, Julian. Nachdem du den Plan für morgen gehört hast, wirst du zustimmen, dass du das Beste für Katherine bist. Sie kennt dich bereits, und sie fühlt sich bei dir wohl."

„Was passiert nochmal morgen?"

„Es steht im Umschlag. Wir müssen einen Ort finden, um uns zu säubern und die Nacht zu verstecken, aber wenn wir morgen früh noch am Leben sind, sehe ich dich dann."

Er drehte sich um und ging zurück in mein Büro. Ich stellte mein Glas auf die Theke und eilte ihm hinterher zu Ashley, die neben ihrer Tochter saß. Katherine lag zusammengerollt in Embryonalstellung. Ich hatte das quirlige Mädchen noch nie so zerbrechlich gesehen.

„Sie ist eingeschlafen", flüsterte Ashley. „Ich habe ihr mein Xanax gegeben."

„Du hast ihr was gegeben?" Ich blieb mitten im Schritt stehen. „Ash, die machen süchtig. Ich bin nicht sicher, ob eine Fünfzehn-jährige Xanax nehmen sollte."

Sie wandte sich Jake zu und verankerte ihren Blick in seinem. „Hast du ihm nicht erklärt, was passiert ist?"

„Ich hatte keine Zeit für diesen Teil", antwortete er.

„Welchen Teil?"

„Wir müssen gehen und uns verstecken, bevor morgen kommt."

„Okay, gebt mir nur eine Sekunde, um aufzuholen."

Ich zog die Papiere aus Jakes Umschlag und blätterte durch die Seiten. „Oh, verdammt."

„Du siehst unser Problem?"

Ich sah ihr Problem, aber ich konnte keinen Ausweg aus meiner Zwickmühle erkennen, selbst wenn ich es versuchte. Egal, welche Wahl ich traf, es würde Ärger geben. Jede Menge

Ärger.

„Wo geht ihr heute Abend hin?", fragte ich. „Wo übernachtet ihr?"

Er fuhr sich mit den Fingern durchs Haar. „Es gibt einen Auftragskiller, der hinter uns her ist. Donaldson hat einen Auftragsmörder angeheuert... Sein Name ist Martinez, aber das ist alles, was wir wissen. Ich bin mir nicht mal sicher, ob die Sicherheitsleute da draußen ausreichen." Er nickte in Richtung meiner Bürotür. „Ich weiß nicht, wohin ich meine Frau und mein Kind bringen soll, um sie in Sicherheit zu wissen."

Ich legte meine Hand auf seine Schulter und drückte sanft, damit er sich neben seine Frau und Tochter setzen konnte.

„Ihr seid bereits da, wo ihr sein müsst. Ihr könnt Tristans Schlafzimmer neben seinem Büro nehmen. Da gibt's auch eine Dusche. Ich bin sicher, er hat nichts dagegen. Ich werde Katherine in mein Bett bringen, wenn sie aufwacht." Gott, was sich in dem Moment so unschuldig anhörte, würde zu einer meiner schmutzigsten Fantasien werden. Hätte ich gewusst, welche Falle ich mir damit selbst stellte, hätte ich der Regelung nie zugestimmt.

Ich deutete auf den Stapel Papiere von meinem Vater. „Sieht so aus, als hätte ich bis morgen früh einiges zu lesen. Es gibt Essen im Personalraum; ich würde kein Risiko eingehen und etwas bestellen. Nehmt keinen Kontakt auf. Schaltet eure Handys aus. Gebt sie mir am besten gleich."

„Wir haben sie schon Tristan gegeben."

„Gut. Na ja, vielleicht hätten wir damit anfangen sollen."

Ich wollte ihnen erklären, dass die Aufgabe, um die sie mich gebeten hatten, schwierig sein würde; so gut wie unmöglich. Aber Silvers waren Meister des Unmöglichen, und ich konnte meine Freunde unter keinen Umständen im Stich lassen. Ich würde Katherine in meinem Haus verstecken, und... ja... unmöglich.

Scheiße.

Ich wusste es damals noch nicht, aber ich war nicht bereit für den Ärger, den mir meine besten Freunde da aufhalsten. Ich war völlig von Sinnen zu glauben, Katherine könnte bei mir bleiben.

Andererseits war ich auch nicht bereit gewesen, als Ash und Jake zu meinem Penthouse kamen, als Katherine vier war. Dieser Notfall-Babysittingabend endete damit, dass die kleine Kay mir Make-up ins Gesicht schmierte. Die verschmierten Lippenstift-flecken auf meiner Badezimmerablage wurden nicht so geschätzt. Katherine wusch sie mit meiner Zahnbürste ab. Die sie vorher in die Toilette getaucht hatte.

„Moment mal. Was ist mit ihrer Patentante?", fragte ich. „Wie hieß sie noch gleich – Jodi? Die von der Seite deiner Mutter, Ash?" Ich wedelte mit dem Finger in der Luft, als wäre es ein Zauberstab und ich könnte Jodi aus dem Nichts erscheinen lassen.

„Jodi ist vor drei Jahren an Krebs gestorben."

„Scheiße."

Ashley legte ihre kalte und zitternde Hand auf meine. Ich könnte meine Eltern fragen, aber Emma war erst acht, und sie hatten alle Hände voll zu tun. Außerdem würde ich mich nicht drücken. Das lag nicht in meinem Blut.

„Julian, wir würden dich nicht darum bitten, wenn es nicht unbedingt nötig wäre."

Ashleys raue Stimme und flehende Augen durchbrachen die dicke Mauer um mein Herz. Ich bedeckte ihre Hand mit meiner und schenkte ihr ein beruhigendes Lächeln. Katherine hatte defi-nitiv die wunderschönen Augen ihrer Mutter geerbt.

„Ich habe schon gesagt, dass ich es mache", flüsterte ich. „Ich werde alles tun, was ihr braucht. Das ist es, was Familien tun, und wir sind schon lange eine Familie."

„Danke", schluchzte sie und schnäuzte sich in ein weiteres Taschentuch.

Ich stand auf und lockerte den obersten Knopf meines Hemdes.

„Ihr beide wisst, wo Tristans Büro ist, und ich werde Greg bitten, euch die privaten Räumlichkeiten zu zeigen. Er wartet draußen im Flur mit eurer Sicherheit, die ihr in diesem Gebäude, wie ich euch versichere, nicht braucht. Wir haben hier mehr als genug."

„Danke, Julian." Jake reichte mir noch einen Umschlag. Wie viele davon hatte er?

„Was ist das?", fragte ich.

„Details zum Plan für morgen."

Ich überflog die Papiere bis zum Ende, wo mein Vater und mein Onkel eine Vereinbarung mit Jakes verrücktem Plan unterzeichnet hatten. Wir würden eine private Zugfahrt über die Berge machen, und morgen würden wir die Suche nach den Kongressmitgliedern und ihrer Tochter mit einem einzigen Knopfdruck in die Irre führen.

„Das kann doch nicht euer Ernst sein."

„Es muss absolut echt wirken, Julian."

„Ihr sterbt?"

„Der beste Weg, aus der Schusslinie zu bleiben, ist zwei Meter unter der Erde. Katherine kann nicht mit uns kommen. Sie braucht ein normales Leben, und du kannst ihr das geben."

Sie hatten keine Ahnung, worum sie mich da baten, aber der Punkt war, sie hatten gefragt, und ich konnte nicht Nein sagen.

Ashley und Jake gingen in ihr Zimmer, und ich brachte Katherine in mein Zimmer und in mein Bett. Ich zog ihr die Schuhe, den Mantel und den Pullover aus und deckte sie zu, bevor ich mich wieder an meinen Schreibtisch setzte. Ich las den Plan, den mein Vater und mein Onkel ausgearbeitet hatten, in dieser Nacht mehr als ein Dutzend Mal durch. Es war ein ehrgeiziger Plan mit zu vielen Lücken und beweglichen Teilen, und er nährte meine Schlaflosigkeit bis zum Morgen.

In dieser Nacht beobachtete ich Katherine beim Schlafen, völlig ahnungslos, dass es die erste von vielen Nächten sein würde, die ich mit diesem Mädchen verbringen würde. Und keine einzige davon würde einfach sein, denn Ärger war ihr zweiter Vorname.

„Silvers Unruhestifterin", Buch 5 in der *Saga der Silver-Brüder*, folgt Kendras und Julians verbotener Liebesgeschichte und hat ein glückliches Ende.

ÜBER DIE AUTORIN

USA Today Bestseller-Autorin Lacey Silks schreibt fesselnde romantische Spannung voller Leidenschaft, Würze und atemberaubender Spannung. Viele ihrer liebenswerten Charaktere sind von ihrem eigenen Leben inspiriert, und ihre Lieben finden sich oft spielerisch in ihre Geschichten eingewoben. Ihre beiden Kinder und ihr Hund Kygo sorgen mit Hausaufgabenfragen und liebevollen, sabbernden Küssen (natürlich von Kygo) für abwechslungsreiche Tage.

Wenn sie nicht gerade intensive Liebesgeschichten zu Papier bringt, ist Lacey eine begeisterte Camperin und Skifahrerin. Als natürlicher Frühaufsteher greift sie oft eher zum Kaffee als zum Wasser und gibt ihren Milliardärshelden die Schuld an ihrem vollen Terminkalender.

Laceys Charaktere, voller Fehler und Eigenheiten, rufen auf jeder Seite Lachen, Schlagfertigkeit und Emotionen hervor. Sie misst Männer schelmisch an ihrer Schuhgröße, hat eine Vorliebe für verführerische Dessous und träumt davon, das Land in einem Wohnmobil zu erkunden.

* * *

DANKSAGUNGEN

„Silvers Geheimnis" sollte eigentlich nicht so viele Wendungen haben, denn ich habe eine Regel. Sie heißt KISS (keep it simple stupid), und ich habe sie gebrochen. Aber hätte ich es einfach gehalten, wäre die Geschichte nicht vollendet worden.

Ich schätze, manche Regeln sind dazu da, gebrochen zu werden ;)

Ich hätte die Arbeit nicht ohne die Unterstützung meiner Leser oder die stets inspirierende Indie-Autorengemeinschaft mit ihrem Reichtum an Wissen schaffen können. Die anhaltende Ermutigung und der Glaube an meine Arbeit, zusammen mit der überwältigenden Liebe, haben meine Muse neu belebt.

An meine fantastische Lektorin, die immer Zeit für mich findet: Danke, dass du mein Leben einfacher und mein Schreiben verständlicher machst. Ich werde noch eine Weile über diese ‚silbernen Augen' schmunzeln.

An meine Testleser: Danke für eure scharfen Augen! Wenn ich eine Geschichte zwanzig Mal (oder öfter) gelesen habe, sind die Details nicht mehr leicht zu erkennen. Euer Feedback ist unbezahlbar und macht den Roman zu dem, was er sein sollte.

An meine Familie: Die letzten Jahre haben uns mehr geprüft, als uns lieb war, und ich könnte nicht tun, was ich liebe, ohne euch. Danke für eure Unterstützung, euren Glauben und eure Ermutigung.

Maya, danke für dein künstlerisches Auge und das Cover-Design. Es ist mir eine Ehre, dich als Künstlerin wachsen und dich entwickeln zu sehen. Alex, dein liebevolles Herz und dein Humor sind eine ständige Inspiration. Mike, „All You Need Is Love". Danke, dass du mich deinen Körper benutzen lässt (ich weiß, es macht dir nichts aus), um die pikanten Szenen auszuprobieren.

An meine Eltern: Dieses Buch wäre ohne euch nicht möglich gewesen. Danke, dass ihr an meine Träume glaubt.